AF546285

ullstein

MARIE HATZBACH ist das Pseudonym der Autorin Nicole Knoblauch. Seit ihrer Jugend schreibt sie humorvolle Liebesromane, die immer auch ernste Themen ansprechen. Die Liebe, egal ob in der Familie, zwischen Freunden oder einem Paar, bleibt dabei immer das Hauptthema. Die Autorin lebt mit ihrem Mann und zwei Söhnen am Rande des Rhein-Maingebiets ihr ganz persönliches Happy End.

MARIE HATZBACH

Weihnachtspost im kleinen Cottage

ROMAN

Ullstein

Besuchen Sie uns im Internet:
www.ullstein.de

Wir verpflichten uns zu Nachhaltigkeit
- Papiere aus nachhaltiger Waldwirtschaft und anderen kontrollierten Quellen
- Druckfarben auf pflanzlicher Basis
- ullstein.de/nachhaltigkeit

Originalausgabe im Ullstein Taschenbuch
1. Auflage Oktober 2024

Umschlaggestaltung: Sabine Kwauka
Titelabbildung: Shutterstock / © Dzmitrock (Bäume Hintergrund) / © PJ photography (Häuser Hintergrund) / © Dmitry Molchanov (Personen) / © svfotoroom (Bach / Schnee) / © Ann Stryzhekin (Eichhörnchen) / © Antares Light (Briefumschlag) / © 19srb81 (Poststempel Wellen) / © Katarinanh (Poststempel Great Britain) / © Ortis (Beeren) / © Melica (Beeren mit grünen Blättern) / © Godline (Schneeflocken)
Gesetzt aus der Albertina powered by *pepyrus*
Druck und Bindearbeiten: ScandBook, Litauen
ISBN 978-3-548-06999-9

Erste Strophe

Der Weihnachtsbuchclub

»Kümmerst du dich um den Weihnachtstisch, Liebes?« Die Stimme meiner Mutter hallt durch den Laden, und ich werfe einen Blick auf den großen Wandkalender hinter der Kasse: Dreißigster September. Der Tag, an dem wir die Weihnachtsbücher präsentieren. Macht irgendwie keinen Spaß bei den sommerlichen Temperaturen draußen. Bedenkt man, dass einige Supermärkte den Weihnachtsverkauf schon vor vier Wochen gestartet haben, sind wir vergleichsweise spät dran. Aber die ersten neuen Weihnachtstitel sind in den letzten Tagen erschienen, und damit ist der Zeitpunkt genau richtig.

»Klar, mach ich. Hat Papa die Bücher für die Auslage schon vorbereitet?« Obwohl die Sonne scheint und es sich so gar nicht nach Weihnachten anfühlt, verspüre ich diese innere Freude, die das Fest immer in mir auslöst. Heute beginnt die schönste Zeit des Jahres.

»Liegen hinten im Lager. Zusammen mit der Deko.«

»Lass mich raten: die grüne Tischdecke mit den goldenen

Weihnachtsbäumen und diese hässliche Plastiktanne mit dem künstlichen Schnee.«

»Aber natürlich, Liebes.« Meine Mutter ist inzwischen zu mir hinter die Kasse gekommen und sieht mich mit unschuldiger Miene an. »Unsere Kunden lieben unsere Weihnachtsdekoration. Du weißt doch, wir bieten Tradition …«

» … und Wohlfühlatmosphäre in diesen Zeiten des schnellen Wandels«, bete ich den Sermon meiner Eltern herunter. »Aber glaubst du nicht auch, wir könnten mal ein wenig frischen Wind vertragen? Ich war letzte Woche bei IKEA und habe da Weihnachtsdekoration gekauft.«

»Die wird sich in deiner Wohnung sicher ganz wunderbar machen«, unterbricht mich meine Mutter. »Aber wir sind eine Traditionsbuchhandlung und kein schwedisches Möbelhaus.« Sie unterstreicht ihre Worte mit einem Nicken, einem Lächeln und tätschelt mir sanft die Schulter. Das steht nicht zur Diskussion.

Ich seufze und gebe auf. Ist eh sinnlos, wir führen dieses Gespräch ja nicht zum ersten Mal. Ändern kann ich erst etwas, wenn der Laden mir gehört. Was leider heißt, dass zumindest mein Vater tot sein müsste. Ein schrecklicher Gedanke, denn ich liebe meine Eltern, meinen Job in unserem Buchladen und den engen Kontakt zu ihnen. Nicht normal für eine fast Fünfunddreißigjährige, das ist mir durchaus bewusst. Aber was ist schon normal? Mir geht es gut, ich habe alles, was ich brauche, und lebe meinen Traum als Buchhändlerin.

Manchmal sehne ich mich nach einer Familie: Ehemann, Kinder, eigenes Haus, mit allem, was dazugehört. Zuallererst fehlt dafür der passende Mann. Meine bisherigen Freunde – zwei, um genau zu sein – waren nicht die Richtigen. Beide wollten, dass ich mit ihnen wegziehe, die Buchhandlung meinen Eltern überlasse und mir was anderes suche. Das konnte ich einfach nicht.

Mit einem Kopfschütteln verscheuche ich die Sehnsucht nach einer Familie und einem modernen Buchladen. Wunschträume, denen ich ein andermal nachhängen kann. Der Tag heute ist zu schön, um ihn mit so trüben Gedanken zu verbringen. Jetzt muss ich sowieso erst mal ins Lager, was mich ablenkt. Dort, umgeben von Büchern, habe ich das Gefühl, vollkommen frei zu sein. Zumindest so lange, bis ich wieder rauskomme und dieselbe Deko wie jedes Jahr aufbaue.

Ich brauche keine Viertelstunde, um alles zu arrangieren, und widme mich dann dem Aufstellen der Bücher. Die Bestellung hat mein Vater übernommen, weil er eine sehr präzise Vorstellung davon hat, was wir an Weihnachtsliteratur auslegen. Neben den Neuheiten finden immer auch ein paar Klassiker ihren Weg auf unseren Weihnachtstisch, was mir gut gefällt. Dieses Mal ist es eine bebilderte Ausgabe der biblischen Geschichte sowie *Der kleine Prinz* von Antoine de Saint-Exupéry und *Eine Weihnachtsgeschichte* von Charles Dickens.

Ich liebe diese Erzählung. Nicht zuletzt, weil sie mich immer an den Weihnachtsbuchclub erinnert, den ich mit ein paar Freunden während der Schulzeit gegründet habe. Das süße Ziehen von Nostalgie breitet sich in meiner Brust aus, und ich genieße dieses Gefühl. Keine Ahnung, was heute mit mir los ist. Muss an der beginnenden Weihnachtszeit liegen. Dieses bittersüße Sehnen gehört für mich ebenso zu Weihnachten wie der Duft nach Plätzchen und der Geschmack von Lebkuchen.

Ich nehme die Neuausgabe von Dickens' Weihnachtsklassiker in die Hand, und mir entfährt ein leiser Ausdruck der Bewunderung.

»Hast du die Sonderausgabe entdeckt, Liebes?« Plötzlich steht mein Vater neben mir und betrachtet das Buch ebenfalls.

»Die ist atemberaubend.« Vorsichtig lasse ich die Fingerspitzen über den Schutzumschlag und den golden glänzenden Schnitt gleiten.

»Mach es auf. Laut Prospekt enthält diese Ausgabe einzigartige Illustrationen.« Die Augen meines Vaters leuchten. Wir teilen eine besondere Leidenschaft für opulent ausgestattete Sonderausgaben.

Ich öffne das Buch, und gleich auf der ersten Seite erwartet mich eine charmante Jugendstil-Illustration, ebenfalls mit Goldelementen. »Wunderschön«, murmle ich und blättere ehrfürchtig weiter, hebe das Buch an, rieche daran, sauge den Geruch nach Papier und Druckerschwärze ein und weiß, dass ich einen Blogartikel über diese Ausgabe verfassen werde.

»Ich dachte, das wäre doch ein tolles Beispiel für deinen Blog«, sagt mein Vater mit einem stolzen Lächeln. Er kennt mich eben.

»Auf jeden Fall! Dieses Prachtstück darf ich meinen Followern nicht vorenthalten.« Seit vier Jahren schreibe ich Artikel über Sonderausgaben, vorzugsweise über britische Klassiker. Ob Shakespeare, Jane Austen, Mary Shelley, Elizabeth Gaskell oder Charles Dickens, ich liebe sie alle. Besonders, wenn sie in einem so edlen Gewand daherkommen.

Eine Weihnachtsgeschichte – oder auf Englisch *A Christmas Carol* – habe ich bisher noch nicht vorgestellt. Dabei passt diese Geschichte so wunderbar in die Vorweihnachtszeit.

Während ich vorsichtig die Seiten umblättere und die Bilder bewundere, entsteht vor meinem inneren Auge bereits der Text. Ich werde kurz den Inhalt zusammenfassen, wie der geizige Weihnachtshasser Ebenezer Scrooge durch den Besuch der Geister der Vergangenheit, Gegenwart und Zukunft geläutert wird. Zu jeder der fünf Strophen, in die Dickens seine Erzählung aufgeteilt hat, werde ich ein Bild aus der Sonderausgabe heraussuchen und mit einem kleinen Zitat genauer besprechen.

In meinem Blog bewerte ich keine Geschichten, weil es bei Klassikern nicht darum geht, eine inhaltliche Rezension zu schreiben. Vielmehr möchte ich den Menschen die Schönheit dieser Bücher näherbringen, in jeder Hinsicht. Außerdem will ich dafür sensibilisieren, wie aktuell und zeitlos viele der Themen sind. Bei *A Christmas Carol* geht es darum, dass Nächstenliebe auch das eigene Leben bereichert und es nie zu spät ist, sich zu ändern. Ein schöner Gedanke. Warum habe ich so lange gewartet, mich dieser Geschichte zu widmen?

Die Antwort gebe ich mir selbst, noch während ich die Frage stelle. Wegen des Weihnachtsbuchclubs und all den Erinnerungen, die mit dieser Zeit zusammenhängen. Gegründet während des Abijahres meiner Schulzeit, ist dieser Buchclub für mich wie ein längst vergangener Traum und Albtraum zugleich. Wir waren nur zu viert gewesen, alle grundverschieden und aus völlig unterschiedlichen Gründen dabei. Und doch sind wir uns sehr nahegekommen.

Angefangen hatte alles während einer Studienfahrt nach Rochester in England, dem Ort, an dem Dickens seinen Lebensabend verbrachte. Unser Englischlehrer hatte diese Fahrt für diejenigen Schüler organisiert, die ihre Note fürs Abitur aufbessern wollten. So war eine Gruppe von vier Menschen entstanden, die sonst niemals zusammen weggefahren wären.

Wir besuchten die Dickens-Weihnachtsfestspiele mit Weihnachtsmarkt, tranken viel und spielten verrückte Spiele. Schnell hatte sich ein Gemeinschaftsgefühl eingestellt, das uns alle vier einerseits beflügelte und andererseits irgendwie überforderte. Das ist meine heutige Sicht auf die Geschehnisse. Damals machten wir uns keine großen Gedanken über so etwas, wir lebten einfach in den Tag hinein, wie es jungen Menschen zu eigen ist.

»Ich freue mich schon auf den Artikel«, unterbricht mein Vater meinen gedanklichen Ausflug in die Vergangenheit. Er wirft einen Blick auf die Dekoration und lächelt zufrieden. »Perfekt«, sagt er und verschwindet wieder im Lager.

Ich seufze ein weiteres Mal und stelle das Buch so auf den Tisch, dass es als Eyecatcher dient. Dabei erinnere ich mich an eine Sache, die an unserem letzten Abend in Rochester passiert ist. Unser Lehrer kam auf die Idee, dass wir Briefe an uns selbst schreiben sollten. Jeder je einen über sein Weihnachten in der Vergangenheit, der Gegenwart und der Zukunft. Angelehnt an die drei Geister, die Scrooge in der Weihnachtsgeschichte begleiten. Die Briefe kamen in einen Umschlag und …

Meine Güte! Ich schlage die Hand vor den Mund und sehe erneut zum Wandkalender.

30. September 2024. Das Versprechen, das wir uns an jenem Abend gegeben haben, wird bald fünfzehn Jahre her sein. Wie ferngesteuert gehe ich ins Büro und von dort die Treppen hoch in meine kleine Wohnung über dem Laden. Ich greife nach einem Ordner ganz oben auf dem Schlafzimmerschrank, blase den Staub weg, niese und öffne ihn langsam. Dort stecken sie, fein säuberlich beschriftet und verklebt, in vier Klarsichthüllen. Unsere Briefe von damals.

Eine Idee formt sich in meinem Kopf, ich klappe den Laptop auf, und meine Hände fliegen über die Tastatur. Es dauert nicht lange, bis ich gefunden habe, was ich suche.

Das Cottage in Rochester, in dem wir damals vier intensive Tage verbracht haben, kann man noch immer mieten. Ich schreibe eine Mail, lehne mich zurück und atme mehrmals tief durch. Jetzt muss ich nur Annika, Alex und Jonas finden. Entschlossen mache ich mich an die Arbeit. Was wohl aus den dreien geworden ist? Nach dem Abi haben wir den Kontakt verloren, wie das ja meist so ist.

»Alles in Ordnung bei dir, Liebes?« Die Stimme meiner Mutter, die mir wohl nachgegangen ist, dringt an mein Ohr.

»Ja, alles gut. Ich werde am zweiten Adventswochenende wahrscheinlich nicht hier sein.«

»Oh, warum?«

»Wie es aussieht, fahre ich nach Rochester.«

Ein Wiedersehen in Rochester

»Mensch, Klara, der Wahnsinn, dich wiederzusehen.« Annika schüttelt den Schnee aus ihren Haaren und zieht mich in eine Umarmung, die ich herzlich erwidere.

»*Wahnsinn* ist der richtige Ausdruck. Ich bin so froh, dass du da bist. Hatte schon ein wenig Panik, dass alle einen Rückzieher machen und keiner außer mir kommt.« Das stimmt, auch wenn die Angst unberechtigt war. Sie haben schließlich zugesagt. Aber vier Stunden allein in diesem Cottage voller Erinnerungen führen zu merkwürdigen Hirngespinsten. Zum Glück ist Annika jetzt da und setzt dem ein Ende. Lächelnd trete ich zur Seite und gebe den Weg ins Innere frei.

»Das konnte ich mir unmöglich entgehen lassen. Fünfzehn Jahre ist das schon her, du meine Güte, sind wir alt.« Ihr Blick geht durch den Flur, von dem aus man die Küche und das Wohnzimmer sehen kann. Unauffällig, wie ich hoffe, vergleiche ich sie mit der neunzehnjährigen Partyqueen aus meiner Erinnerung. Sie hat sich verändert und doch irgendwie nicht. Offensichtlich steht sie auch nach all den Jahren noch auf Leopardenprint. Im Gegensatz zu früher trägt sie jedoch keine Leggins in der besagten Optik, sondern einen Rock, der zu dünn für diese Jahreszeit ist. Genau wie das schwarze T-Shirt mit buntem Aufdruck und der Lederblazer. Ihr Haar ist heute länger als zu Abizeiten, und die schwarze Brille ist neu.

»Irre ich mich, oder sieht hier alles wie früher aus? Das ist wie eine Zeitkapsel.«

»Genau«, antworte ich, reiße den Blick von ihr los und gehe ins Wohnzimmer. Das leise Surren der Kofferrollen auf den Holzdielen zeigt, dass sie mir folgt. »Es ist alles wie vor fünfzehn Jahren.«

»Samt geblümter Couch und den beiden karierten Ohrensesseln an diesem Kaminmonster. Unglaublich. Selbst das matte Türkis an den Wänden …« Sie dreht sich einmal im Kreis und hält mit einem breiten Grinsen inne. »Ich könnte schwören, dass das auch dieselbe Weihnachtsdeko ist wie damals. An diese komischen Girlanden aus Tannenzweigen und Stechpalme mit den Schleifen erinnere ich mich genau. Ich fand die so hübsch und wollte zu Hause auch welche haben.« Sie verstummt, und es ist deutlich sichtbar, dass sie in Erinnerungen versinkt. Keine guten, wenn ich ihre zu Fäusten geballten Hände betrachte.

Sie reißt sich von dem Anblick los und lächelt übertrieben fröhlich. »Herr Lindner kommt nicht, oder?«

»Nee, den habe ich gar nicht eingeladen. Der war doch damals schon gefühlt tausend Jahre alt. Ich dachte, nur wir vier wäre …«

»Perfekt!« Annika grinst übers ganze Gesicht. »Obwohl wir inzwischen Mitte dreißig sind, wäre es mir falsch vorgekommen, die hier vor seinen Augen aufzumachen.« Sie lässt ihren Koffer stehen, geht die wenigen Schritte zu dem massiven Eichenholzesstisch, stellt ihre Duty-free-Tüte darauf ab und öffnet sie. Zum Vorschein kommen vier unterschiedlich geformte Flaschen, die sie mir grinsend entgegenhält.

»Rotwein und Gin?« Mir schwant Übles. »Sag nicht, du willst …?«

»Was sein muss, muss sein. Tee, Zucker und die restlichen Zutaten kaufen wir hier, und schon haben wir den besten Punsch aller Zeiten.« Sie zwinkert mir zu.

»Ich habe praktisch heute noch einen Kater vom letzten Mal, als wir den gekocht haben«, scherze ich. Um der Wahrheit die Ehre zu geben, trinke ich seit jenem Ausflug vor fünfzehn Jahren keinen Glühwein oder Punsch mehr. Wenn ich jetzt allerdings die Flaschen vor mir auf dem Tisch stehen sehe, bin ich plötzlich gar nicht mehr so abgeneigt. Verrückt, was das Gehirn so alles anstellt, wenn man in der Vergangenheit schwelgt.

»Na, dann wird es Zeit, diese üblen Erinnerungen durch neue zu ersetzen. Gleicher Punsch, neue Erlebnisse!« Annika grinst. »Deine Einladung kam genau zur rechten Zeit. Ich kann diesen Kurzurlaub so was von brauchen.« Gewissenhaft platziert sie die Flaschen in der Tischmitte. »Die Jungs kommen doch auch, hoffe ich?«

»Sie haben zumindest zugesagt. Sogar Alex. Bei ihm habe ich am wenigsten damit gerechnet. Er ist inzwischen Schönheitschirurg an so einer Privatklinik in Berlin.«

»Ja, ich weiß, hab ihn gegoogelt. Schön für ihn. Ich schätze, er hat erreicht, was er wollte.« Sie sagt das etwas spöttisch. Klingt da Neid in ihren Worten mit? Oder missgönnt sie ihm den Erfolg? Wahrscheinlich interpretiere ich zu viel in ihren Tonfall hinein. Wir haben uns eine halbe Ewigkeit nicht gesehen und waren nie wirklich eng befreundet gewesen. Annika war immer quirlig, lebenslustig, extrovertiert und auf jeder Party zu Hause. Ich habe nichts gegen Partys und gehe hin und wieder auch gerne mal aus, aber extrovertiert würde ich mich nicht nennen. Obwohl wir so unterschiedlich sind, weiß ich möglicherweise mehr über sie als viele andere. Von ihrer zerrütteten Familie, den trinkenden Eltern und dass sie oft nicht nach Hause wollte, um den beiden aus dem Weg zu gehen.

Doch das ist Vergangenheit. Annika macht ganz den Eindruck einer Frau, die ihr Leben im Griff hat. Sie ist Eventmanagerin geworden. Bei einer großen Agentur. Ob sie damit glücklich ist, kann ich zwar nicht sagen, aber es scheint, dass sie es zu etwas gebracht hat.

»Und Jonas?« Diesmal bilde ich mir den Unterton in ihrer Stimme nicht ein.

»Hat auch zugesagt. Den hat es auf die andere Rheinseite in die Nähe von Oppenheim verschlagen. Ist dort jetzt Bio-Winzer.«

»Nicht dein Ernst!« Annika lässt sich in einen der gut gepolsterten Stühle fallen, die um den Esstisch herumstehen. »Sachen gibt's. Ich dachte nicht, dass der je die Kurve kriegt.«

Ihn hat sie also nicht gegoogelt, und mich interessiert, warum. Aber über Jonas will ich nicht reden. Das Thema ist zu speziell. Auf mehreren Ebenen. Er war lange mein heimlicher Schwarm. Der rauchende Rebell mit der Rockstar-Ausstrahlung, der jede Menge Alkohol trinkt und kifft. So völlig anders als ich und genau deshalb so wahnsinnig anziehend. Ich schwebte im siebten Himmel, als wir durch den Weihnachtsbuchclub Freunde wurden. Auch wenn er in der Schule immer so tat, als würde er mich nicht kennen, war ich trotzdem diejenige, die ihm mit endlosen Nachhilfestunden durchs Abi half.

Annika und Jonas waren damals in derselben Clique und kamen gut miteinander aus. Bis zu einem heftigen Streit auf der letzten Abiparty. Keine Ahnung, worum es dabei ging oder ob sie sich danach je wiedergesehen haben.

»Hattest du über die Jahre Kontakt mit einem von den anderen?« Eine blöde Frage, aber ich will wissen, ob die beiden sich wieder vertragen haben. Immerhin planen wir, die nächsten Tage unter einem Dach zu verbringen, und ich bin gern vorbereitet.

»Nein. Kein Kontakt zu niemandem. Und das war …«

Was auch immer sie sagen wollte, bleibt ungesagt, weil in diesem Moment das Donnern des alten Türklopfers durch das Cottage hallt.

Lachend deute ich hinter mich. »Das Ding hatte ich fast vergessen.«

»Ich auch. Komisches Geräusch. Ist bestimmt Jonas, der benutzt die Klingel aus Prinzip nicht.« Mit einem Satz springt Annika auf. »Wollen wir wetten?«

Ohne auf mich zu warten, läuft sie in Richtung Tür. Ich folge ihr und sehe, wie sie schwungvoll öffnet. Dort stehen zwei Männer, wie sie unterschiedlicher nicht sein könnten. Alexander Volkert, Schönheitschirurg, mit akkurat gestutztem Haar und Bart, was seine irgendwie feinen, aber trotzdem maskulin wirkenden Gesichtszüge unterstreicht. Der beige Mantel war sicher teuer, genau wie der dunkelrote Schal um seinen Hals.

Neben ihm steht Jonas Giesecke. Er sieht noch genauso heiß aus wie vor fünfzehn Jahren. *Verdammt!* Die damals immer präsente Lederjacke hat er gegen eine dieser dünnen Steppjacken getauscht, die unheimlich warm halten. Seine dunklen Locken quellen unter einer blauen Wollmütze hervor, die das Leuchten seiner stahlblauen Augen betont. Sein Bart ist nicht getrimmt, sondern einfach zwei oder drei Wochen wild gewachsen. *Wow!* Mein Körper vibriert und scheint sich über Jonas' Anblick zu freuen. Ganz so, als ob keine Zeit vergangen und ich noch die schüchterne Abiturientin von damals wäre, die ihn von Weitem anhimmelt. Oder, wie in diesem Fall, von Nahem.

Reiß dich zusammen, Klara. Du bist eine erwachsene Frau und kein Teenager, dessen Hormone verrücktspielen. Das hilft nur wenig, weshalb ich mich zunächst auf Alex konzentriere, der Annika gegenübersteht.

Es scheint, als wüssten sie nicht genau, wie sie miteinander umgehen sollen. Er streckt ihr die Hand hin, sie breitet die Arme aus für eine Umarmung. Gleichzeitig unterbrechen beide ihre Bewegung und ahmen die des jeweils anderen nach.

Es fällt mir schwer, ein Lachen zu unterdrücken, und irgendwie trifft mein Blick den von Jonas. Himmel, solche Augen sollten verboten werden. Er grinst, macht einen Schritt auf mich zu, und im nächsten Moment versinke ich in seinen Armen. »Es tut gut, dich zu sehen«, sagt er so leise, dass ich unsicher bin, ob ich ihn richtig verstanden habe. Er hat bestimmt *euch* gesagt, und nicht *dich*. Dennoch jagen seine Worte, gepaart mit seiner Nähe, meinen Puls in ungeahnte Höhen, während mein Herz es mit einem Salto probiert. Eine Kombi, die mir den Atem raubt.

Genauso unvermittelt, wie er mich an sich gezogen hat, entlässt er mich wieder und mustert jetzt Annika. Die hat ihre Begrüßung mit Alex offensichtlich hinter sich gebracht und sieht Jonas aufmerksam an. »Freunde?«, fragt sie.

»Freunde!«, antwortet er und umarmt auch sie.

»Dann sind nur noch wir übrig.« Alex lächelt und drückt mich kurz an sich. »Schön, euch zu sehen.«

Er hat deutlich *euch* gesagt.

»Kommt rein.« Annika zeigt ins Innere. »Hier ist alles noch genauso wie vor fünfzehn Jahren. Zumindest im Erdgeschoss.« Sie schaut zu mir. »Warst du schon oben?«

»Ja. Auch da hat sich nichts verändert. Wir müssen nur die Sache mit den Schlafzimmern klären.«

»Selbe Verteilung wie damals, würde ich sagen. Alex und ich

ein Zimmer und ihr eins.« Wieder sucht Jonas meinen Blick, und diesmal bin ich vorbereitet. Ein bisschen zumindest. Durch meinen Körper läuft lediglich eine sanfte Wärme.

»Herr Lindner ist nicht dabei.« Meine Stimme klingt ruhig und gelassen. Sehr gut, geht doch. »Nennt mich komisch, aber ich habe einen leichten Schlaf und wäre froh, wenn ich das ehemalige Lehrerzimmer haben könnte.«

»Ah, du traust dich inzwischen zu widersprechen.« Anerkennend nickt Jonas mir zu. »Finde ich gut und unterstütze ich. Mir macht es nichts aus, mein Zimmer zu teilen.« Er sieht zu Alex, der mit den Schultern zuckt.

»Soll mir recht sein. Solange du versprichst, nicht im Zimmer zu rauchen.«

»Damit habe ich schon vor Jahren aufgehört. Ist ungesund.« Zwinkernd schaut Jonas in meine Richtung, und ich hebe anerkennend die Brauen. Das habe ich ihm damals oft gesagt.

»Wer hätte gedacht, dass aus dir mal ein Gesundheitsfetischist wird?« Alex schlägt ihm auf die Schulter. »Dann ist es abgemacht?« Wir anderen nicken, und ich räuspere mich.

»Geht ihr nach oben, ich versuche inzwischen, den Kamin wieder anzubekommen. So langsam wird es kühl hier drinnen.« Ohne auf eine Antwort zu warten, gehe ich ins Wohnzimmer und mache mich an der Tür des Kamins zu schaffen. Das Konzept einer geschlossenen Gusseisentür vor einem in die Wand eingelassenen Kamin hat mich schon bei unserem ersten Besuch fasziniert. Herr Lindner hat uns damals erklärt, dass dies eine Neuerung aus viktorianischer Zeit war, die für eine bessere Wärmeverteilung sorgte als ein offenes Feuer. Als ich heute Morgen ankam, loderten auf jeden Fall noch Flammen, die inzwischen ausgegangen sind. Ich habe mich bisher davor gedrückt, das Feuer wieder zu entfachen, weil ich keine Ahnung habe, wie. Jetzt hält mich die Beschäftigung hoffentlich davon ab, allzu sehr über die Begegnung mit Jonas nachzudenken.

Entschlossen greife ich mir den Schürhaken und stochere damit in den erkalteten Überresten herum. Wie kann es sein, dass Jonas mich auch nach all der Zeit noch dermaßen aus der Fassung bringt? Was hat dieser Mann an sich, dass mir sein Anblick tief ins Herz fährt und dort Sehnsüchte weckt, von denen ich nicht mal wusste, dass sie noch da sind?

Ich würde mich nicht als kalt bezeichnen, aber der offenste und herzlichste Mensch bin ich auch nicht. Es dauert lange, bis ich Freundschaft oder sogar Vertrauen zu jemandem aufbaue. Das war früher so und hat sich bis heute nicht geändert.

Außer, wenn es um Jonas geht. Er war zur Oberstufe an unser Gymnasium gewechselt, weil wir einen Kunst-Leistungskurs hatten. Zusammen waren wir im Englisch-Leistungskurs und ein paar Grundkursen. Ich weiß noch, wie er zum ersten Mal im Unterricht erschien. Fünf Minuten zu spät, ein entschuldigendes Lächeln im Gesicht und mit dieser Ausstrahlung, die *Gefahr* schrie und mein Herz dermaßen schnell schlagen ließ, dass ich Angst hatte, jeder würde es bemerken.

»So wird das nie was.« Ich zucke zusammen und lasse den Schürhaken fallen. Seine warme Stimme geht mir durch und durch. »Immer noch so schreckhaft?«, fragt er schelmisch grinsend, und Hitze klettert meine Wangen hinauf, während ich verzweifelt um Worte ringe. Sehr erwachsen.

Er hingegen ist die Ruhe selbst, beugt sich hinab, hebt den Haken auf und wirft einen Blick an mir vorbei in den Kamin. Dabei kommt er mir so nahe, dass ich sein Aftershave riechen kann. Es ist noch dasselbe wie damals. Keine Ahnung, welches er benutzt, aber ich liebe es. Zwei- oder dreimal habe ich es an anderen Männern gerochen, und jedes Mal hat es einen Flashback ausgelöst. Na wunderbar. Beste Voraussetzungen für dieses Wochenende.

»Lass mich das machen. Ich habe einen ähnlichen zu Hause.«

»Du hast einen Kamin?« Ein Gespräch über seinen Hof hilft hoffentlich, meine Gedanken in andere Bahnen zu lenken.

»Nein, ich habe einen Kachelofen im Untergeschoss. Das Prinzip ist aber das gleiche. Es ist ein altes Haus. Das Obergeschoss hat eine moderne Heizung. Für unten reicht der Ofen. Erinnere dich an unseren letzten Besuch hier: Die Dinger heizen gut ein.« Er legt einen Holzscheit hinein. Dann noch einige mehr, sorgfältig gestapelt. Es folgen kleinere Stücke und schließlich ein wenig Zeitungspapier. Zum Schluss entzündet er ein Streichholz, wirft es auf das Papier und schließt die Klappe. »Sollte nicht lange dauern.«

Ich nicke. Seine Nähe sorgt dafür, dass sich ein Schleier über meine Gedanken legt und ich nicht mehr weiß, was ich sagen soll. »Gut, schön. Wir müssen …«

»Dringend die Zutaten für den Punsch besorgen«, ertönt Annikas Stimme hinter uns.

Das ist mein Stichwort. Ein wenig Abstand von Jonas hilft sicher, diese merkwürdigen Anwandlungen zu überwinden.

Ich lächele Annika an. »Gehen wir zwei zum Supermarkt?«

»Von mir aus gerne. Was brauchen wir sonst noch?«

Schnell schreiben wir eine Liste und machen uns auf den Weg, im winterlichen Rochester einen Supermarkt zu finden.

Warum sind wir hier?

Eine Stunde später sitzen wir im inzwischen mollig warmen Wohnzimmer. Der Kamin heizt mächtig ein, weshalb wir unsere Pullis ausgezogen haben – oder in Annikas Fall gar nicht erst an. Immerhin hat sie für unseren Ausflug zum Supermarkt eine dickere Jacke rausgesucht. Die Frau hat eindeutig ein anderes Kälteempfinden als ich.

Wir teilen uns das Sofa, und sie erzählt von ihrem Job. Wie schwer es während der Pandemie war und dass es nun wieder bergauf geht, weil es eine Menge Fördergelder gibt. Auch kleinere Betriebe könnten davon profitieren.

»Wie euer Buchladen auf dem Land.« Sie zeigt auf mich und nimmt einen Schluck von ihrem Punsch. »Ich kann mir vorstellen, wie hart es für euch war. Wenn ihr euch da bewerbt, könntet ihr zum Beispiel Lesungen veranstalten. Namhafte Autoren für publikumswirksame Auftritte gewinnen, ohne finanzielle Verluste zu befürchten.«

»Das klingt zu schön, um wahr zu sein«, muss ich zugeben.

»Unser Laden trägt sich, aber wir haben kein Budget für Lesungen oder dergleichen. Das können wir uns schlichtweg nicht leisten.«

»Genau dafür sind die Förderprogramme da. Wir können das gern mal durchgehen, wenn wir wieder zurück sind.«

»Klingt gut. Interesse hätte ich auf jeden Fall.«

»Das ist echt ein interessanter Ansatz«, wirft Jonas ein. »Ich habe schon lange die Idee eines Konzepts mit dem Titel *Wein und Kultur* im Kopf. Der Gedanke dahinter ist, beides zu verbinden und so regionalen Winzern und Künstlern eine gemeinsame Bühne zu bieten. Es scheitert aber, wie bei Klara, an den Finanzen.«

»Was für eine schöne Idee.« In meinem Kopf bauen sich Bilder eines kleinen Festivals auf, bei dem Musiker und andere Künstler abwechselnd mit Autoren ein buntes Programm liefern. Alles im Sommer, draußen unterm Sternenhimmel, mit gutem Wein und Essen. Dazu ein passender Buchstand – aber mein Vater würde bei so etwas niemals mitmachen. Was ich verstehe, denn der finanzielle Aufwand wäre beträchtlich, und niemand könnte garantieren, dass wir dabei schwarze Zahlen schreiben.

»Wir sollten uns wirklich mal zusammensetzen. Das klingt richtig gut«, ermuntert ihn Annika. »Fast alle Bundesländer haben solche Programme. Man muss sich zwar mit einem Haufen Papierkram rumschlagen, aber wenn man schön darauf achtet, dabei das Fähnchen der Kultur hochzuhalten, kann man eine Menge rausholen.«

»Wenn ihr mich fragt, ist das Verschwendung von Steuergeldern.« Alle Köpfe rucken zu Alex, der lässig an seinem Punsch nippt. »Schaut mich nicht so an. Ich habe doch recht. Wir brauchen das Geld an anderer Stelle dringender. In der medizinischen Versorgung zum Beispiel.«

»Sagt der Mann, der ausschließlich Privatpatienten behandelt.« Man hört deutlich die Verachtung in Annikas Stimme.

»Das bestätigt nur, was ich gesagt habe. Alles andere ist nicht profitabel.«

»Ah, ich vergaß, dass es bei der Medizin hauptsächlich darum geht, die Ärzte reich zu machen. In meiner Welt ist das ein Beruf, den man ergreift, um Menschen zu helfen.«

»Genau das tue ich. Ich helfe Menschen, sich besser zu fühlen.« Er fixiert Annika, die leicht die Augen zusammenkneift, während ihre Lippen einen schmalen Strich bilden.

Mein Blick wandert von ihr zu Alex und wieder zurück. Soll ich eingreifen? Will ich das? In der Sache stehe ich zu einhundert Prozent auf Annikas Seite, doch ich weiß von früher, dass man sich besser raushält, wenn die beiden streiten.

Jonas denkt wohl ähnlich, denn er lehnt sich in seinem Sessel zurück, zeigt eine amüsierte Miene und trinkt einen Schluck.

Hilflos hebe ich leicht die Hände, was er mit einem breiten Lächeln quittiert. »Reden wir doch einfach mal darüber, was wir hier eigentlich wollen«, sagt er so laut, dass Alex und Annika ihr Blickduell unterbrechen. »Was hat dich dazu veranlasst, uns einzuladen, Klara?«

»Gute Frage.« Alex dreht sich zu mir. »Wir hatten seit dem Abi nichts mehr miteinander zu tun, und ich hatte unseren Schwur, sich hier fünfzehn Jahre später wieder zu treffen, ehrlich gesagt längst vergessen.« Die leichte Überheblichkeit in seiner Stimme trifft mich mehr, als ich zugeben will. Was unterstellt er mir? Dass ich fünfzehn Jahre lang nichts anderes getan habe, als darauf hinzufiebern, wieder hier zu sein?

»Ging mir auch so«, schleudere ich ihm schärfer als nötig entgegen. »Aber dann habe ich eine wunderschöne Sonderausgabe von *A Christmas Carol* in die Finger bekommen. Ich musste an unsere Zeit damals denken, an den *Weihnachtsbuchclub*, und da ist mir alles wieder eingefallen.«

»Ja, der *Weihnachtsbuchclub.*« Alex verdreht die Augen. »Wie sind wir eigentlich auf diesen bescheuerten Namen gekommen?«

Da habe ich glatt vergessen, wie ätzend Alex sein kann. Schon früher hatte er die Tendenz, alles niederzumachen, was er für unwichtig oder überflüssig hielt. Die letzten fünf Minuten zeigen, dass sich daran nichts geändert hat.

Jonas scheint das aber nicht zu stören, er lehnt sich entspannt zurück und überlegt laut: »Vielleicht, weil der Lindner den *Club der toten Dichter* auf DVD mitgebracht hatte, um uns zu motivieren. Dazu der Weihnachtsschmöker, den wir lesen mussten, und entschieden zu viel von diesem Punsch.« Er prostet Alex zu.

»Wie auch immer«, sage ich ruhig. »Nachdem ich mich an die Briefe und unseren Schwur erinnert habe, bin ich online gegangen, und siehe da, dieses Cottage war zum Dickens-Wochenende frei. Ich habe der Besitzerin geschrieben, und sie hat mir erzählt, dass am selben Morgen jemand abgesagt hatte. Fünf Minuten vor meiner Anfrage.«

»Okay, jetzt bekomme ich eine Gänsehaut.« Annika fährt sich mit den Händen über die Arme.

»Ja, ein seltsamer Zufall.« Ich lächle. »Viel mehr gibt es eigentlich nicht zu sagen. Ich bin ins Netz, um euch zu finden, was unerwartet leicht war. Dann habe ich euch angeschrieben, und hier sind wir.«

»Hier sind wir«, wiederholt Jonas meine Worte. »Und du hast wirklich noch diese Briefe, die wir damals geschrieben haben? Ich erinnere mich, dass wir sie dir zur Aufbewahrung gegeben haben, weil du zuverlässig bist.«

Ich nicke und ziehe sie aus meinem alten Schulordner. Vier mehr oder weniger säuberlich beschriftete, recht dicke Umschläge. In jedem stecken drei Briefe von uns. Einer über die Vergangenheit, die Gegenwart und unsere erträumte Zukunft. Ich gebe den dreien ihre Briefe, und alle reagieren völlig unterschiedlich.

Während Jonas seinen belustigt in der Hand hin- und herdreht, liegt der von Alex in seinem Schoß, und er mustert ihn mit einem Ausdruck von Abscheu. Annika hingegen ist überraschend ruhig und ernst. Sie starrt auf ihre Handschrift und beißt sich auf die Unterlippe.

Ich kann jede dieser Reaktionen verstehen, denn ich habe sie in den letzten acht Wochen alle durchlebt. Zuerst hat mich die Vorstellung belustigt zu lesen, was ich vor fünfzehn Jahren geschrieben habe. Grob erinnere ich mich natürlich daran, aber der genaue Wortlaut fällt mir beim besten Willen nicht mehr ein. Wie ich mich kenne, bin ich sehr pathetisch und blumig an die Sache herangegangen. Angesichts dieses Gedankens hat mich die Scham überwältigt, und ich habe den Brief zur Seite gelegt. Denn im Grunde ist es eher peinlich als lustig.

Ruhe und der ernsthafte Wunsch, mich mit den Träumen und Sehnsüchten meiner Vergangenheit auseinanderzusetzen, traten erst ein, nachdem die anderen zugesagt hatten.

»Das hier«, ich halte meinen Brief in die Höhe, »ist eine Botschaft unserer Jugend an unser heutiges Ich. Komisches Gefühl, oder?«

»Absolut.« Jonas wirft seinen Umschlag auf den Couchtisch, der eigentlich ein etwas zu groß geratener Hocker ist. »Ich war damals so voll Wut und wusste nicht, wohin damit.«

»Und jetzt nicht mehr? Wie hast du das geschafft?« Zu meiner Überraschung kommt die Frage von Alex. Er hat seinen Brief immer noch nicht angerührt, sieht aber aufmerksam zu Jonas.

»Letztendlich, weil ich etwas gefunden habe, was mich erfüllt. Meine Arbeit als Winzer gibt mir die Ruhe und Gelassenheit, die ich immer gesucht habe. Der ökologische Ansatz spielt eine nicht unerhebliche Rolle dabei. Und meine morgendliche Meditation.«

Enttäuschung zeichnet sich auf Alex' Gesicht ab. »Du bist also zu so einem Ökofritzen geworden, der die Welt retten will?«

»Alex!« Annika wirft ein Kissen nach ihm, das er zwar mit der freien Hand abwehrt, dabei spritzt allerdings eine große Portion knallroter Punsch auf sein blütenweißes Hemd.

»Verdammt, Annika, was soll das!« Sichtlich sauer hält er das Glas zur Seite und sieht an sich hinunter. »Der Rotwein geht nie wieder raus!«

»Weil es nichts Schlimmeres auf der Welt gibt. Reg dich ab.«

»Ich will mich aber aufregen.« Er fährt unablässig mit der freien Hand über die nasse Stelle. »Weißt du, wie teuer das war?«

»Hat der arme Herr Doktor etwa nur ein Designerhemd?« Ätzend ist noch ein zu netter Ausdruck für Annikas Tonfall. »Wie wäre es, wenn du auf diese Statussymbole verzichtest? Dann könntest du es dir leisten, mit deiner Ausbildung was Sinnvolles zu tun, und Menschen helfen, die es wirklich nötig haben.«

»Was hat denn *das* jetzt damit zu tun, dass Jonas einen auf Öko macht?«

»Nichts. Aber es hat was damit zu tun, dass deine Kommentare unangebracht sind und du dich wie ein Arsch aufführst. Was wundere ich mich eigentlich. Ist ja nix Neues.« Kampflustig beugt sie sich in seine Richtung.

»Hey, Leute, regt euch mal wieder ab.« Jonas hebt beschwichtigend die Hände. »Ich finde es toll, dass du mich verteidigst, Anni, echt. Aber das ist nicht nötig. Ich bin schon von ganz anderen *Öko* genannt worden und kann daran nichts Schlechtes finden. Es bedeutet, dass ich meinen Beitrag zum Erhalt des Planeten leiste, weil es genau das ist, was ich tun möchte. Es hilft mir, mein inneres Gleichgewicht zu wahren. Gleichzeitig muss ich mich der Kritik von Menschen wie ihm«, er zeigt auf Alex, »stellen. Was ich gern mache, denn es tut mir nicht weh.«

Wenn Jonas mich nicht eh schon für sich eingenommen hätte, wäre es spätestens jetzt so weit gewesen. Diese Ruhe und Gelassenheit, gepaart mit seiner neuen Art, alles mit Humor zu nehmen, ist sogar noch anziehender als der rebellische Jonas von früher.

»Menschen wie du«, setzt Alex an, »sind der Grund, dass …«

»Ich denke, wir brechen die Diskussion an dieser Stelle ab«, sage ich, so streng ich kann, in die Runde. »Wir sind hier, weil wir uns vorgenommen haben, diese Briefe zu lesen und was fürs Leben daraus zu lernen.« Ein wenig pathetisch, aber es trifft den Kern und hält die beiden Streithähne hoffentlich davon ab, aufeinander loszugehen.

Alex murmelt etwas in seinen Bart, lehnt sich aber zurück und lässt es gut sein. Anders als Annika. Sie funkelt ihn wütend an, öffnet den Mund, schließt ihn jedoch wieder, als ich ihr eine Hand auf den Oberschenkel lege und den Kopf schüttle.

»Gut, dann die Briefe«, sagt sie und hält ihren vor sich. »Wie hast du dir das vorgestellt?«

»Wir machen es wie damals und folgen der Geschichte von Charles Dickens. Ihr erinnert euch sicher daran.« Die drei anderen schütteln nur stumm den Kopf.

Ich seufze einmal tief. »Ernsthaft? Na gut, ich erklär's euch. Das Buch besteht aus fünf Strophen, in denen es darum geht, Ebenezer Scrooge zu einem besseren Menschen zu machen.« Ich habe einen genauen Plan entwickelt, wie das hier ablaufen soll. »Die erste heißt *Marleys Geist*, und es geht darum, dass Scrooge durch den Geist seines verstorbenen Geschäftspartners auf das Kommende vorbereitet wird. Also im Prinzip das, was wir hier gerade machen.« Ich blicke in die Runde und ernte von Jonas ein amüsiertes Grinsen. Ich glaube, er versteht mich. Annika und Alex sehen eher skeptisch aus, doch ich lasse mich nicht aus dem Konzept bringen. »Die Geister der Weihnacht erscheinen in den Strophen zwei bis vier, jeweils um ein Uhr nachts, und führen Scrooge durch Vergangenheit, Gegenwart und Zukunft. Das Ganze dauert drei Nächte. Wir halten uns daran. Heute treffen wir uns um Mitternacht und lesen die ersten beiden Strophen. Danach, passend zur zweiten Strophe, unseren Brief über die Vergangenheit. Wer Lust hat, kann darüber reden, und wer das nicht will, hört einfach nur zu oder zieht sich zurück. Morgen folgt dann Strophe drei über die Gegenwart und am Samstag die Strophen vier und fünf.« In der Hoffnung, dass alle zustimmen, sehe ich sie nacheinander an.

Jonas nickt sofort, Alex nach kurzem Zögern und Annika mit einem Augenverdrehen.

»Alles muss bis ins Detail organisiert sein. Du bist noch genauso nervig wie früher«, sagt sie. »Und genauso liebenswert.« Sie schenkt mir ein kurzes Lächeln. »Dann also Abendessen, ein wenig quatschen und kennenlernen, und danach geht es ans Eingemachte. Kann ich mit leben. Wer hilft mir beim Essenmachen?«

Bevor ich mich melden kann, ist Alex schon aufgesprungen. Auf unsere verwunderten Blicke hin zuckt er mit den Schultern. »Das Hemd ist eh schon dreckig.« Gemeinsam mit Annika verschwindet er in die Küche.

»Dann decken wir wohl den Tisch und sorgen für Getränkenachschub?« Jonas grinst breit und steht auf. »Wenn das hier so weitergeht, brauchen wir eine Menge Alkohol, um die nächsten Tage zu überstehen.« Wie um zu beweisen, dass er es ernst meint, leert er sein Glas in einem Zug und deutet auf die Warmhalteplatte mit dem großen Pott Punsch.

Mein Blick folgt seinem, und ich runzle die Stirn. »Oder wir bleiben nüchtern und versuchen, das wie erwachsene Menschen zu regeln? Nur so eine Idee.« Auch ich erhebe mich und nehme mein halb volles Glas in die Hand.

»Du kannst Alex nüchtern ertragen? Respekt.« Er geht in Richtung Geschirrschrank.

»Du doch auch, wenn du ehrlich meinst, was du eben gesagt hast. Was sind das für Leute, die dich als Öko beschimpfen?« Vorsichtig stelle ich mein Glas auf dem Esstisch ab und helfe Jonas mit den Tellern.

»Familie«, sagt er in einem Tonfall, den ich schlecht einschätzen kann. Da ist Verachtung, aber auch die Wut, von der er vorhin gesprochen hat. Und etwas anderes, von dem ich nicht weiß, was es ist.

Für Jonas ist seine Familie also immer noch kein leichtes Thema. Soweit ich mich erinnere, gehören sie irgendeiner Kirche an und leben streng nach deren Regeln. Regeln, denen er sich nie beugen wollte.

»Meine Eltern sind der Meinung, dass Alkohol ein Werkzeug des Teufels ist«, erklärt er mit beißender Ironie in der Stimme. »Und ich, ihr missratener Sohn, widme der Herstellung mein Leben. Eine Enttäuschung auf ganzer Linie.« Das Grinsen auf seinem Gesicht erreicht seine Augen nicht. »Und bei dir? Hast du den Buchladen deiner Eltern übernommen und ein Begegnungscafé daraus gemacht?«

Vor Überraschung lasse ich beinahe den Teller fallen. »Daran erinnerst du dich?«

»Ich erinnere mich an alles. Daran, wie gern ich bei dir war. An die Nachmittage bei euch, an denen du mir erklärt hast, wie du das Geschäft deiner Eltern eines Tages umbauen würdest.«

»In meiner Erinnerung habe ich dir Nachhilfe gegeben«, murmle ich und freue mich insgeheim viel zu sehr über seine Worte.

»Hast du auch. Ohne dich hätte ich das Englisch-Abi nie geschafft. Ohne dich und den *Weihnachtsbuchclub*, was aber für mich immer zusammengehört hat.«

Was soll das? Warum tut er so, als hätte es damals zwischen uns eine besondere Beziehung gegeben? Er ist eher auf Mädchen wie Annika abgefahren und hat wilde Partys gefeiert. Bei mir war er nur zum Lernen. *Nicht weiter darauf eingehen, Klara. Nimm seine Worte als das, was sie wahrscheinlich sind: freundlicher Small Talk und ein Dankeschön für deine Hilfe damals.*

»Vielen Dank für die Blumen. Du konntest eigentlich alles, musstest dich einfach nur mal in Ruhe damit beschäftigen und über die Themen nachdenken.«

»Ohne dich hätte ich es trotzdem nicht geschafft.«

Schweigen breitet sich aus, aber es ist nicht unangenehm. Noch etwas, das sich nicht geändert hat. Ich fühle mich wohl in seiner Nähe. Ein wenig aufgeregt und kribbelig, aber auf eine gute Art.

»Pizza kommt in zehn Minuten«, ruft Alex aus der Küche. »Und Annika besteht auf Salat. Also gibt es auch den.« Ich verstehe nicht, was sie antwortet, aber Jonas kneift die Augen zusammen.

»Was ist zwischen dir und Annika passiert?« Die Frage ist raus, bevor ich darüber nachdenken kann.

»Streit über … ach, das muss sie dir selbst erzählen.« Mit einem tiefen Seufzer stellt er Salatschälchen neben die Teller. »Wir sollten dringend eine Kennenlernrunde starten, damit alle wissen, was die anderen in den letzten fünfzehn Jahren so getrieben haben. Wäre doch Blödsinn, das jedem einzeln zu erzählen.« Er meidet meinen Blick, ein eindeutiger Hinweis, dass die Sache zwischen ihm und Annika nicht komplett aus der Welt ist. Schlägt er diese Kennenlernrunde vor, weil er nicht allein mit ihr reden will? Ist ihm glatt zuzutrauen.

»Hier ist der Salat, den Alex wohl verschmähen wird.« Annika scheint ihre übliche gute Laune wiedergefunden zu haben, als die beiden zusammen aus der Küche kommen. Oder sie ist eine bessere Schauspielerin, als ich dachte. »Gerade er als Arzt sollte doch wissen, wie wichtig es ist, sich ausgewogen zu ernähren.«

»Gerade als Arzt weiß ich, dass es durchaus in Ordnung ist, an einem Wochenende wie diesem mal alle Fünfe gerade sein zu lassen und einfach nur zu genießen.« Er hebt sein leeres Glas in die Luft. »Dazu gehört auch Alkohol. Also, wo ist er?«

»Du bist mein Mann«, sagt Jonas. »Klara meinte, es ginge ohne, aber da muss ich widersprechen. Dieses Wochenende ist wie geschaffen für Stunden, in denen man von allem zu viel hat. Essen, Trinken, Gespräche und Vergangenheit.« Mit einer Kelle füllt er heißen Punsch in sein Glas und in das von Alex. »Auf Tage, an denen wir uns erinnern und hoffentlich das finden, was wir suchen.«

Wir prosten einander zu, und in mir stellt sich ein Gefühl der Entspannung ein. *Auf dass wir finden, was wir suchen.*

Wie lernt man sich nach Jahren wieder kennen?

»Klara und ich haben überlegt, dass es doch nett wäre, wenn jeder von uns kurz zusammenfasst, was ihm oder ihr in den letzten fünfzehn Jahren alles passiert ist. Einfach nur, um uns gegenseitig auf den neuesten Stand zu bringen.«

Jonas sieht in die Runde und erntet zögerliches Nicken von Alex und Annika, doch das scheint ihn nicht zu stören.

Er nimmt einen Schluck von seinem Punsch, holt tief Luft und sagt: »Gut, dann fang ich mal an. Nach der Schule war ich eher planlos. Hauptsache weg von meinem alten Leben und meiner Familie. Dem ganzen religiösen Kram, ihr wisst schon. Den Kontakt zu meinen Eltern und Geschwistern habe ich abgebrochen. Ich habe mich in der Welt herumgetrieben und nach etwas gesucht, das mich glücklich macht. Gefunden habe ich es im Weinbau. Ich habe einige Jahre in Frankreich auf einem Weingut gearbeitet und gemerkt, dass das mein Ding ist. Die Arbeit im Weinberg und auf dem Hof erfüllt mich. Viele Schritte, die für die Herstellung eines guten Weins notwendig sind, haben etwas Meditatives. Gute Ergebnisse zu erzielen braucht Zeit. Das ist, glaube ich, mein größtes Learning. Ist irgendwie zu meinem Lebensmotto geworden. Deshalb habe ich jahrelang jeden Cent gespart, um irgendwann mein eigenes Weingut zu gründen.« Er beißt in ein Stück Pizza. »Inzwischen besitze ich einen kleinen Hof in der Nähe von Oppenheim, den ich mit meinem Ersparten sowie dem Erbe meiner Großeltern angezahlt habe und auf dem ich ökologisch nachhaltigen Weinbau betreibe. Nicht verheiratet, keine Kinder. Fertig.«

Wieder sieht er in die Runde, diesmal bleibt sein Blick an mir hängen. Auffordernd hebt er die Brauen. Ich ignoriere das Kribbeln, das er durchgehend bei mir auslöst, und erzähle meine Geschichte, auch wenn es nicht viel zu berichten gibt. Buchhändlerin im Laden der Eltern, den ich irgendwann übernehmen werde und modernisieren will. Bloggerin für Sonderausgaben britischer Klassiker. Ich schaffe es, nicht zu Jonas zu sehen, während ich *Single* und *keine Kinder* sage.

»Das mit den Büchern habe ich gesehen«, sagt Annika, sobald ich geendet habe. »Das hat Potenzial, da könnte man durchaus ein paar coole Events in eurem Laden machen, bei denen du solche Klassiker vorstellst und über die historischen Hintergründe erzählst. Dafür gibt es ein Publikum. Nicht unbedingt für die englische Literatur, aber für deutsche auf jeden Fall. Mein Angebot steht.«

Ich nicke, weil mir die Idee gefällt, auch wenn ich nicht sicher bin, ob ich live vor einem größeren Publikum sprechen könnte. Das wäre schon was anderes als mein Blog. Außerdem habe ich es nicht so mit Goethe, Schiller oder Lessing. Zu meiner Schande muss ich gestehen, dass ich nicht mal weiß, ob es für die solche Sonderausgaben überhaupt gibt. Spielt aber eigentlich ohnehin keine Rolle, weil meine Eltern so was niemals zustimmen würden. Oder doch? Immerhin liebt mein Vater Sonderausgaben fast so sehr wie ich. Im Geiste mache ich mir eine Notiz, dass ich das mit ihm besprechen muss, sobald ich zurück bin. Die ganze Sache mit den Förderprogrammen klingt wie etwas, das ich mir genauer ansehen muss.

»Sorry, ich wollte unsere Vorstellungsrunde nicht unterbrechen.« Zerknirscht sieht Annika zu mir. »Ich behalte das im Hinterkopf.«

»Umso besser«, sage ich lächelnd.

Sie nickt mir zu und schaut zu Alex. »Los, du bist dran.«

Alex macht es kurz: Medizinstudium in Berlin, Plastischer Chirurg, geschieden, keine Kinder. Ehrlich gesagt habe ich so etwas wie *mein Haus, mein Auto, mein Boot* erwartet. Würde eher zu ihm passen als diese gespielte Zurückhaltung.

»Heißt das, du machst Brüste?«, fragt Jonas und trinkt einen Schluck.

Weil ich das Lachen nicht unterdrücken kann, schlage ich eine Hand vor den Mund. Es ist weniger die Erwähnung von Brüsten, die mich amüsiert, als Alex' Blick. Er ist zwar ein Meister darin, andere vor den Kopf zu stoßen, kann jedoch schlecht damit umgehen, wenn er selbst zur Zielscheibe wird.

»Selten«, antwortet er schnippisch. »Eigentlich bin ich auf das Gesicht spezialisiert. Nasen, Wangenknochen und Lifting.«

Annika schmunzelt. »Scheint ja ziemlich profitabel zu sein, wenn du dir so teure Hemden leisten kannst.«

Zwinkernd prostet sie in seine Richtung. Irgendwie scheinen sich die beiden in der Küche versöhnt zu haben. Ihre Beziehung – wenn man das so bezeichnen kann – habe ich eh nie verstanden. Es gab Tage, an denen sie glänzend miteinander auskamen, und andere, an denen sie sich ignorierten oder so lautstark stritten, dass die ganze Schule es mitbekam. Schon damals hat man nie gewusst, ob sie gerade Freunde waren oder sich hassten.

»Kann nicht klagen«, antwortet Alex und prostet zurück.

»Dann bin wohl ich an der Reihe.« Lächelnd stellt Annika ihren Punsch ab. »Wie bereits erwähnt, bin ich Eventmanagerin und arbeite für eine große Agentur in Frankfurt. Absoluter Traumjob. Nicht verheiratet, Single …«, sie macht eine kleine Pause, » … und Mutter. Ich habe eine vierzehnjährige Tochter namens Vanessa.« Die letzten Worte hat sie leise und mit gesenktem Kopf ausgesprochen. Jetzt hebt sie ihn in einer herausfordernden Geste und schaut uns nacheinander an.

»Vierzehn?« Alex fixiert sie. »Dann bist du kurz nach dem Abi schwanger geworden?«

»Ich war während des Abis schon schwanger.« Annikas Stimme hat die alte Stärke zurückgewonnen. »Der Vater wollte nichts mit dem Kind zu tun haben.«

Ich spüre spontanen Zorn auf den unbekannten Vater in mir hochwallen. »Zahlen muss er aber trotzdem, oder?« Die Worte sind raus, bevor ich nachdenken kann, und ich schicke ein unsicheres Lächeln hinterher. »Ich meine, er kann sich ja nicht einfach so aus der Verantwortung stehlen.«

»Das nicht, aber ich brauche keinen Mann und komme gut alleine klar.« Fast trotzig beißt Annika in ein Stück Pizza.

»Vielleicht wäre es anders gelaufen, wenn du ihm was von dem Kind erzählt hättest?«, presst Jonas zwischen zusammengebissenen Zähnen hervor. »Schon mal daran gedacht?«

»Sehr oft«, antwortet Annika ruhig. »Aber er hat mehr als deutlich gemacht, dass er keine Kinder will, und ich musste tun, was das Beste für mich und meine Tochter war.«

»Wenn du meinst«, brummt er und verschränkt die Arme vor der Brust. »Aber ein wenig Mitspracherecht wäre …«

»Bist du der Vater, Jonas?« Wie so oft stellt Alex die Frage, die sich sonst keiner zu stellen traut.

Mein Herzschlag beschleunigt sich. Ich will die Antwort unbedingt hören und es gleichzeitig nicht wissen. Haben Jonas und Annika damals was miteinander gehabt? Allein die Vorstellung lässt es eng in meinem Brustkorb werden. Im Grunde geht es mich nichts an, schließlich waren Jonas und ich weder zusammen noch hat er überhaupt Interesse an mir gezeigt. Trotzdem fühlt sich der Gedanke wie Verrat an.

Jonas' Lippen werden schmal, und er schüttelt den Kopf. Erleichterung durchflutet mich. Er war es nicht, auch wenn es gepasst hätte. Vor fünfzehn Jahren hat er immer rumgetönt, dass er nie Kinder haben würde, und eine Schwangerschaft wäre die perfekte Erklärung für seinen Streit mit Annika gewesen.

Mein Traum hingegen war schon immer eine große Familie mit drei oder mehr Kindern, weil ich keine Geschwister habe. Das ist ein Gegensatz, den ich mir seinerzeit oft vor Augen geführt habe, wenn ich nachts wach lag und an ihn dachte. Er redete oft davon, dass es verantwortungslos sei, Kinder in diese kaputte Welt zu setzen. Ob er das heute anders sieht?

»Wer ist es dann?« Jetzt richtet Alex den Blick auf Annika, und in seine Stimme hat sich eine Schärfe gemischt, die mich verwundert. »Du hast keine Ahnung, oder?«

Das geht zu weit. »Was ist denn das für eine dämliche Bemerkung?«, schieße ich in seine Richtung.

»Na, sie war doch die, die nichts hat anbrennen lassen, oder irre ich mich?« Er hebt provokant das Kinn, und wenn ich es nicht besser wüsste, könnte man fast meinen, er sei eifersüchtig. Eigentlich unmöglich, die beiden waren schließlich kein Paar, weder damals noch heute. Oder habe ich was verpasst?

»Ich bin zwar hier, um mich mit meiner Vergangenheit auseinanderzusetzen«, sagt Annika viel ruhiger, als ich an ihrer Stelle wäre, »aber es spielt wirklich keine Rolle, das ist Schnee von gestern. Diese Briefe und alles, was hier geschehen ist, lagen vor meiner Schwangerschaft und haben damit nichts zu tun. Und um das noch mal klarzustellen: Meine Tochter und ich kommen ohne Mann bestens zurecht.«

Mir liegt auf der Zunge zu fragen, ob ihre Tochter das genauso sieht, doch ich schweige. Letztlich ist es nicht meine Sache, und ich habe schon zu viel zu dem Thema gesagt.

Jonas schnaubt. »Ich bleibe dabei, dass du ihn wenigstens hättest informieren müssen.« Auch wenn er nicht der Vater ist, scheint Jonas zu wissen, wer es ist. Hatte ihr Streit am Ende der Schulzeit doch etwas mit der Schwangerschaft zu tun?

»Mein Körper, meine Regeln und damit Ende der Geschichte.« Annika macht eine entschiedene Cut-Bewegung mit der Hand. »Vanessa wird in den nächsten Tagen nur Thema sein, wenn ich mich über das Zusammenleben mit einem Teenager beschwere.« Diesmal ist sie es, die den Blick von jedem Einzelnen sucht und auf ein Nicken wartet. Sie bekommt es von allen, auch von Jonas. Zögernd zwar, aber besser als nichts.

Die Stimmung ist allerdings futsch. Wir essen schweigend, und ich überlege fieberhaft, wie ich die Lage entschärfen könnte. Die anderen drei halten offensichtlich Alkohol für das beste Mittel und schenken sich nach. Das bringt mich auf eine Idee. »Was haltet ihr von ein oder zwei Runden *Ich hab noch nie?*« Das Spiel haben wir damals gespielt. Heimlich, als Herr Lindner schlief. Das Ergebnis war der erste Kater meines Lebens und die Erkenntnis, dass ich es nicht mag, mich zu betrinken. Warum schlage ich dann jetzt ausgerechnet dieses Spiel vor?

»Bin dabei.« Alex hebt sein Glas.

»Gute Idee«, sagt Annika.

Jonas nickt mir anerkennend zu. »Also los.« Er reibt sich die

Hände. »Ich hab noch nie jemanden in diesem Raum geküsst.« Erwartungsvoll sieht er zu uns.

»Bei dem Spiel geht es darum, Fragen zu stellen, die die anderen zum Trinken animieren, nicht …«, setze ich an, und zu meiner großen Überraschung trinken Alex und Annika. »Euer Ernst?«

»Wann?«, fragt Jonas mit einem triumphierenden Grinsen.

»Das ist nicht Teil des Spiels.« Annika stellt ihr Glas ab. »Ich hab noch nie meine Eltern angelogen.« Sie nimmt einen tiefen Schluck, genau wie wir alle.

Ich bin dran. »Du hast das Spiel nicht richtig verstanden. Man stellt Fragen, bei denen man selbst nicht trinken muss. So was wie: Ich habe mich noch nie auf einer Party übergeben.«

»Das ist unfair«, kommt es von Jonas. »Wir alle wissen, dass du jedem von uns auf mindestens einer Abiparty zur Seite gestanden hast.« Trotz seines Widerspruchs hebt er sein Glas und trinkt.

»Ganz genau«, erwidere ich. »Ihr trinkt, ich nicht.«

»Ich spiele es lieber so, dass ich am Ende betrunken bin.« Annika prostet mir zu und sieht herüber zu Alex. »Und du?«

»Ich habe noch nie einen Partner betrogen.« Sein vielsagender Blick geht in Annikas Richtung, die ihn erwidert, ihr Glas aber nicht anhebt.

Will er damit andeuten, dass sie betrogen hat? Ihn? Waren die beiden doch ein Paar? Das kann ich mir eigentlich nicht vorstellen.

»Bei der Frage habe wohl ich die Arschkarte gezogen«, kommt es überraschend von Jonas. Nach einem tiefen Schluck fügt er hinzu: »Bin nicht stolz drauf.«

»Du hast deine Freundin betrogen?«, entschlüpft es mir, weil es mich überrascht und gleichzeitig nicht. Ich hatte ihn nie so eingeschätzt, doch sein Ruf war ihm vorausgeeilt. Angeblich war er damals mit einigen Mitschülerinnen im Bett gewesen, ohne dass die voneinander wussten. Er sagte immer, er wolle sich nicht festlegen.

»Du hattest eine Freundin, mit der du lang genug zusammen warst, um sie betrügen zu können?« Die Frage kommt von Alex, und ich stöhne auf. Im Prinzip sagt er nur wieder genau das, was ich gedacht habe. Aber das spricht man doch nicht laut aus.

»Ja, du Arsch«, antwortet Jonas entsprechend gereizt. »Ich sag ja, ich bin nicht stolz drauf, falls es irgendwen interessiert.«

»Ist mir eigentlich auch egal.« Alex wendet sich an Annika. »Lügen steht dir nicht, Anni.«

Sie funkelt ihn wütend an, und ich muss mir eingestehen, dass das Spiel kein bisschen hilft, die Stimmung zu verbessern. Das Gegenteil ist der Fall.

»Wisst ihr was?«, sage ich ruhig und stehe auf. »Es ist schon fast zehn. Nur noch zwei Stunden, bis wir mit dem Lesen anfangen wollen. Bringen wir schnell das Geschirr in die Küche, dann können wir noch mal auf unsere Zimmer gehen und treffen uns um kurz vor Mitternacht wieder hier unten.« Hoffentlich stimmen alle zu, dann können sich die Gemüter etwas beruhigen.

Jonas erhebt sich als Erster und greift nach seinem Teller. »Ist wahrscheinlich das Beste. Ich kann ein wenig Ruhe brauchen.«

Die drei verschwinden mit ihrem Geschirr in der Küche. »Lasst alles stehen, ich kümmere mich darum«, rufe ich ihnen nach. Zwar habe ich diese Auszeit vorgeschlagen, doch mir steht nicht der Sinn danach, allein auf mein Zimmer zu gehen und über das bisher Erlebte nachzudenken. Das würde unweigerlich in Überlegungen zu Jonas enden, und darauf habe ich keine Lust. Ich lenke mich lieber mit Arbeit ab.

»Danke.« Annika verschwindet als Erste. Auch die Jungs nicken mir zu und steigen nacheinander die schmale Treppe hinauf. Ich sehe ihnen nach und bin auf einmal gar nicht mehr sicher, ob ich mich auf die kommenden Tage freue.

Enthüllungen

»Kann ich helfen?« Überrascht zucke ich zusammen, lasse den Teller fallen, und Spülwasser spritzt auf meine Bluse. Jonas hat das mit dem Erschrecken echt drauf.

»Musst du dich immer so anschleichen?«

»Ich schleiche nicht, du bist nur schreckhaft und irgendwie abwesend. Willst du darüber reden?«

Da ich ihm ganz sicher nicht sagen werde, dass meine Gedanken sich mit ihm beschäftigen, muss ich sie ignorieren und improvisieren. »Woher wusstest du, dass Annika und Alex sich schon mal geküsst haben?«

»Wusste ich nicht, aber ich hatte so einen Verdacht, nach ihrer unbeholfenen Begrüßung vorhin.« Er seufzt, öffnet den Mund und schließt ihn wieder. Statt zu reden, nimmt er ein Handtuch und trocknet den ersten Teller ab. Ein Mann, der im Haushalt hilft. Er weiß, wie er sich in meinen Augen noch attraktiver macht. Fieberhaft überlege ich, was ich sagen könnte, um von meinen Gefühlen abzulenken.

»Was ist mit Annikas Tochter? Kennst du den Vater?« Die Frage ist indiskret. Eigentlich will ich Annikas Wunsch nach Privatsphäre achten, aber die Neugier ist zu groß, und das Thema hat nichts mit mir zu tun. Also irgendwie perfekt.

»Jap«, antwortet er und nimmt einen neuen Teller. »Es ist mein Bruder.«

»Der Priester?« Wer hätte das gedacht.

»Damals hatte er noch kein Gelübde abgelegt, aber ja.« Jonas nickt. »Deshalb haben wir gestritten, Annika und ich. Sie wollte es ihm nicht sagen, und ich fand, er habe ein Recht darauf. Zu so was gehören immer zwei.«

»Du hast also versucht, sie dazu zu bringen, darüber mit ihm zu reden?«, vermute ich und stelle den letzten Teller auf das Abtropfgitter.

»Genau.« Er nimmt den Teller und reibt fest darüber. »Ich meine damit nicht, dass man wegen eines Kindes gleich heiraten muss oder so. Aber ich finde, dass ein Vater zumindest die Chance haben sollte, sich zu entscheiden, ob er am Leben seines Kindes teilhaben will. Und ich rede hier gar nicht von der Verantwortung, die er hat. Es hat mich einfach fertiggemacht, dass er von nichts wusste.«

»Und trotzdem hast du ihm nichts erzählt?«

»Das war nicht meine Aufgabe. Annika ist die Mutter. Die letzte Entscheidung lag bei ihr. Ich wollte ihr nur klarmachen, dass auch der Vater Rechte und Pflichten hat. Sie wollte das nicht hören.« Wut zeichnet sich auf seinen Zügen ab. Ich würde sie gern vertreiben, weiß aber nicht, wie.

»Du hättest es also wissen wollen, wenn du Vater geworden wärst?«

»Selbstverständlich. Sollte ich jemals eine Frau schwängern, egal, ob gewollt oder ungewollt, würde ich die Verantwortung übernehmen.« Er zuckt mit den Schultern. »Wenn man Mist baut und unaufmerksam ist, muss man dazu stehen.«

Dieser Satz versetzt mir einen kleinen Stich. Seine Einstellung zu Kindern hat sich offensichtlich nicht geändert. Doch ich schweige, weil das hier nicht Thema ist, und lasse ihn weitersprechen.

»Ich fand, sie hätte es Markus sagen müssen, aber sie wollte nicht einmal zugeben, dass er der Vater ist.«

Das rückt die Sache in ein anderes Licht. »Und woher willst du es dann wissen?«

»Ich habe die beiden auf einer Party überrascht.«

»Markus war auf einer Party, auf der du auch warst? Wie ist das denn passiert?« Jonas' Bruder ist zwei Jahre älter und ganz anders als er. Hätte man mich gefragt, hätte ich geschworen, dass Markus nie auf Partys ging.

»Es war auf einer unserer Abifeiern, ich weiß nicht, wie es ihn dahin verschlagen hat. Er war auf jeden Fall betrunken, und ich habe ihn später nach Hause gebracht. Viel sagen konnte er nicht mehr, aber es war wohl nicht das erste Mal, dass er mit Annika rumgemacht hat. Ich habe nie wieder mit ihm darüber gesprochen, weil ich kurz darauf den Kontakt zu meiner Familie endgültig abgebrochen habe.«

Bemüht, so zu tun, als sei ihm das alles egal, stellt er den Teller ab. Doch die Emotionen brodeln in ihm, das sieht man an der steilen Falte auf seiner Stirn. Gern würde ich sie mit einem Finger glatt streichen und sagen, dass er mit mir über alles reden kann. Auch über das schwierige Verhältnis zu seiner Familie. Doch so eng waren und sind wir nicht befreundet, als dass ich mich das trauen würde.

»Wie geht es dir damit, möglicherweise Onkel zu sein?« Noch eine heikle Frage, die zu stellen sich trotzdem richtig anfühlt.

»Ich weiß es nicht.« Seufzend nimmt er ein Salatschälchen. »Schon komisch. Da habe ich mich fast fünfzehn Jahre lang gefragt, ob ich mehr hätte tun können, nachdem ich von ihrer Schwangerschaft erfahren hatte, aber ich weiß immer noch keine Antwort darauf.«

»Bist du deshalb hier?«

»Eigentlich nicht. Oder vielleicht ein bisschen.« Ein schelmisches Grinsen breitet sich auf seinem Gesicht aus, das die Falte auf der Stirn allerdings nicht ganz vertreibt. »Aber wer weiß? Ich könnte mich irren, und es war gar nicht Markus, sondern Alex, das wäre doch viel lustiger. Sag mir, dass dir sein Verhalten beim Spiel eben auch komisch vorkam.«

»Ja. Ich gebe zu, dass ich in eine ähnliche Richtung gedacht habe. Nur ist das doch unwahrscheinlich, oder? Was hätten sie für einen Grund haben sollen, ihre Beziehung geheim zu halten?«

»Das ist der Punkt, an dem die Theorie hakt. Aber stell dir mal vor, was Alex für ein Gesicht machen würde, wenn er davon erfährt.«

»Wenn ich was erfahre?« Wir drehen beide gleichzeitig den Kopf zu Alex, der lässig am Türrahmen lehnt. Er hat ein frisches Hemd übergezogen, und der Duft seines Parfüms oder Deos weht zu uns herüber. Ich mag den Geruch nicht. Es ist aufdringlich, und ich versuche unwillkürlich, durch den Mund zu atmen.

»Dass du genauso ein Arsch geworden bist, wie du es dir damals in deinem Brief erträumt hast«, antwortet Jonas und zwinkert mir zu. Er ist nicht im Mindesten peinlich berührt und ich auch nicht. Schließlich reden wir von Alex, der immer sagt, was er denkt.

Zwar kann ich mir ein Lachen nicht verkneifen, sage aber dennoch laut: »Sei nett, Jonas.«

»Ich bin so nett wie er. War schon immer anpassungsfähig.«

»Du gibst zu, dass du ein Arsch bist?« Alex stößt sich vom Türrahmen ab und geht in Richtung Wohnzimmer davon, ohne auf eine Antwort zu warten.

»Klar«, ruft Jonas ihm hinterher. »Willst du noch Punsch? Mit oder ohne Extraschuss?«

»Mit«, ruft er zurück.

Jonas greift nach den Gläsern und sieht zu mir. »Und du?«

»Ich nehm nur Wasser. Ist eine Option, weißt du?«

»Aber eine langweilige.« Er zwinkert noch einmal und lässt mich in der Küche zurück.

Ich brauche einen Moment, um über das nachzudenken, was er gesagt hat, bevor Alex uns unterbrochen hat. Könnte Alex der Vater von Annikas Kind sein? Immerhin müssen sie sich schon einmal geküsst haben, das haben sie beide vorhin zugegeben. Hat Annika vor fünfzehn Jahren gleichzeitig etwas mit mehreren Männern gehabt? Möglich wär's. Und warum auch nicht? Wir leben nicht mehr im Mittelalter.

Wie war es für sie, ihre Tochter allein großzuziehen? Welche Gründe hatte sie, es dem Kindsvater zu verheimlichen? Fragen über Fragen, deren Antworten mich brennend interessieren, die mich jedoch gar nichts angehen und über die Annika offensichtlich nicht reden möchte. Bei der Planung dieses Wiedersehens habe ich nicht damit gerechnet, dass es so sein würde. Irgendwie bin ich davon ausgegangen, dass wir alle ein mehr oder weniger langweiliges und normales Leben führen, ein wenig über die Vergangenheit quatschen und danach wieder unserer Wege gehen. Ein netter Ausflug in die Vergangenheit, der nichts weiter bedeutet.

Gerade entwickelt es sich ganz anders. Da sind diese Gefühle für Jonas, der eindeutig meine Nähe sucht. Und da ist Annika mit ihrem Kind. Ich verbiete mir weitere Gedanken über sie und den möglichen Kindsvater. Das ist zu nah an dem, was ich mir ersehne, und gleichzeitig so weit davon entfernt. Mit dem, was das in mir auslöst, komme ich nicht klar.

Also konzentriere ich mich auf das, was vor uns liegt. In einer Stunde wollen wir mit dem Lesen beginnen. Ich könnte mich vorher frisch machen. Hoch muss ich eh, um das Buch zu holen.

Nach dem Gespräch im Wohnzimmer und dem Wortwechsel mit Jonas in der Küche fühlt sich der Gang die Treppe hinauf an, wie durch einen Zeittunnel zu schreiten. Auf einmal fallen mir Dinge wieder ein, die ich längst vergessen hatte.

Im Flur zu den Zimmern halte ich an, schließe die Augen und sehe mich vor fünfzehn Jahren hier stehen. Ich bin zum ersten Mal in meinem Leben betrunken, eine Mischung aus wohligem Gefühl und schlechtem Gewissen breitet sich in mir aus, und ich starre auf die Zimmertür der Jungs. Für einen kurzen Moment glaube ich, genug Mut zu haben, zu klopfen und Jonas meine Gefühle zu gestehen.

Es hatte an jenem Tag einige Momente zwischen uns gegeben. Blicke, Berührungen. Das musste etwas bedeuten. Noch während ich Mut schöpfe, höre ich Schritte hinter mir, drehe mich um, und da steht er. Die Haare hängen ihm wild ins Gesicht, er verströmt diesen unwiderstehlichen Duft, und ich gehe unwillkürlich auf ihn zu.

Auch er nähert sich, lächelt, und im nächsten Augenblick stehe ich mit dem Rücken zur Wand und er vor mir. Den einen Arm über mir an die Wand gelehnt und mir auf eine Art nah, die meinen Herzschlag ins Unendliche katapultiert.

»Gehst du ins Bett?«, fragt er, sein Gesicht nur noch einen Hauch von meinem entfernt.

Ich nicke lediglich, weil ich meiner Stimme nicht traue. In meinem Körper herrscht Chaos. Bis heute weiß ich nicht, ob es Vorfreude, Sehnsucht oder Panik war. Eine wilde Mischung aus allem, würde ich meinen. Sein Verhalten mag aus heutiger Sicht übergriffig gewesen sein, aber so war es nicht. Es ist das Beste, was ich je gefühlt habe.

»Ich hoffe«, sagt er leise, und ich kann meinen Blick nicht von seinem nehmen, »Annika schläft durch und macht dir keine Probleme.« Ich kann seine Wärme spüren, den Rauch und den Punsch in seinem Atem riechen. Und für einen Augenblick male ich mir aus, wie es wäre, mich vorzulehnen und ihn zu küssen.

Genau wie damals toben Angst und Verlangen durch meine Adern und beenden den Flashback. Ich habe irgendwas wie »Wird schon gehen« gemurmelt, mich geduckt und bin in mein Zimmer geflüchtet. Dort habe ich die halbe Nacht wach gelegen und darüber nachgedacht, was geschehen wäre, wenn ich den Mut aufgebracht hätte, ihn zu küssen.

Wahrscheinlich gar nichts. Schließlich haben wir uns danach monatelang regelmäßig gesehen, ohne dass er auch nur das geringste Interesse an mir gezeigt hat. Ich war für ihn lediglich das Ticket zum Abitur.

Und heute? Was will er heute von mir? Warum taucht er auf, wenn die anderen weg sind, und sieht mich auf diese Art an? Oder bilde ich mir das nur ein? Langsam gehe ich in mein Zimmer, setze mich aufs Bett und versuche, diese Szene im Flur wieder aus dem Kopf zu bekommen. Ist mir die letzten fünfzehn Jahre ganz hervorragend gelungen, kann demnach nicht allzu schwer sein. Trotzdem braucht der Teenager in mir eine ganze Weile, um sich wieder zu beruhigen. Erst als mein Herzschlag sich normalisiert hat, greife ich nach dem Buch für heute Abend. Diesmal lesen wir keine englische Version von *Eine Weihnachtsgeschichte,* sondern eine neue deutsche Fassung, die ich aus dem Laden mitgebracht habe.

Gut, denn damit wird es keine Wiederholung dessen, was damals passiert ist. In Anbetracht der albernen Erinnerungen und meiner überbordenden Fantasie: eindeutig besser so.

Zweite Strophe

Der erste Brief

Auch wenn die Stimmung nach wie vor ein wenig angespannt ist, umgibt uns doch ein weihnachtlicher Hauch. Der Duft des Punsches und der Tannennadeln aus der Deko, der sich mit dem leichten Geruch nach brennendem Holz aus dem Kamin mischt, lässt mir das Herz warm werden. Oder es ist einfach der Ofen, der den Raum inzwischen auf sicher siebenundzwanzig Grad erwärmt hat.

Ich sitze mit angezogenen Knien auf meinem Sessel und lausche Annika, die an der Stelle angelangt ist, an der Scrooge dem Geist seines toten Kompagnons Marley begegnet, der ihn auf die kommenden Besuche der anderen Geister vorbereitet.

»Was ist denn das für eine komische Übersetzung?« Annika sieht von dem Buch auf. »Warum steht da *diesjährige Weihnacht?*«

»In dem Film, der damals im Kino lief, haben sie *gegenwärtige Weihnacht* gesagt«, stimmt Alex zu.

Schnell öffne ich eine englische Ausgabe auf meinem Handy. »Im Original steht *present*. Da passt beides. Ich würde mal vermuten, dass *diesjährig* in modernen Ohren besser klingt als *gegenwärtig?*«

»Ist doch auch so.« Jonas zuckt mit den Schultern. »Wer sagt denn heute noch Worte wie *gegenwärtig?* Das ganze Ding ist in einer Sprache verfasst, die nicht mehr zeitgemäß ist.«

Egal, was ich in seiner Nähe fühle, in dem Fall muss ich ihm widersprechen: »Der Meinung warst du schon damals, und es war auch da schon Schwachsinn.«

»Ich bin zutiefst getroffen.« Ein breites Grinsen straft seine Worte Lügen. »Aber ich bleibe dabei: Wenn man den jungen Menschen von heute – oder uns vor fünfzehn Jahren – solche Klassiker nahebringen will, sollte das in einer Sprache geschehen, die sie verstehen.«

»Sollen sich dann alle mit *Alter* ansprechen, oder was?« Wie so oft treibt es Alex auf die Spitze, aber im Kern stimme ich ihm zu. »Das ist ein Stück Geschichte, und die sollte nicht verfälscht, sondern bewahrt werden. So schwer ist es nicht zu verstehen.«

»Aber es schadet ja auch nicht, wenn da *diesjährige* steht, oder?« Schulterzuckend lehnt sich Jonas zurück. »Der Rest ist genauso verschwurbelt und altertümlich, wie ich es in Erinnerung habe. Was okay ist«, fügt er in meine Richtung hinzu und unterbindet damit meinen nächsten Einwand. »Irgendwie gehört es ja dazu. Zu der Überzeugung hat mich übrigens dein Blog gebracht.«

Ich hebe überrascht die Brauen. »Du hast ihn gelesen?«

»Schuldig.« Er legt sich die Hand aufs Herz. »Ich bin vor zwei Jahren mehr oder weniger zufällig darüber gestolpert, und seitdem verfolge ich, was du da treibst.«

Uff. Das wirft mich jetzt doch ein bisschen aus der Bahn. Er liest seit zwei Jahren meine Artikel? Schnell überlege ich, was ich so geschrieben habe und ob irgendetwas davon peinlich gewesen sein könnte. Im nächsten Moment muss ich fast über mich selbst lachen. Wildfremde Menschen lesen meinen Blog. Er ist für alle Welt zugänglich, und ich mache mir Gedanken, was Jonas darüber denken könnte? »Hatte nicht erwartet, dass du ein treuer Fan bist«, sage ich ein wenig atemlos und lächle.

»Ich mag deine lockere Art zu schreiben. Und diese Sonderausgaben, die du immer vorstellst, sind echte Hingucker.«

»Danke«, murmle ich. »Da kommt mir mein Beruf zugute.«

»Das ist ja alles ganz rührend, aber können wir jetzt hier weitermachen?« Genervt schaut Alex erst Jonas und dann mich an.

Mit Alex hatte ich schon immer meine Probleme, und je länger wir hier sind, desto deutlicher zeigt sich, dass sich das auch bei diesem Besuch nicht ändern wird.

Um des lieben Friedens willen nicke ich. Jonas tut es mir gleich und bedeutet Annika weiterzulesen. Sie beendet ihren Absatz und gibt mir das Buch. Ich lese bis zum Ende der zweiten Strophe mit dem Titel *Der erste der drei Geister*, und wir folgen Ebenezer Scrooge in seine Vergangenheit. Das verfallene Schulgebäude, seine geliebte Schwester, das Weihnachtsfest bei seinem Lehrmeister und seine verflossene Liebe erwachen vor unserem inneren Auge zum Leben. Genau wie Scrooges Erkenntnis, dass er gearbeitet hat, während sein Freund und Partner im Sterben lag – und die aufkommende Reue darüber.

Ich schlage das Buch zu, und ein erwartungsvolles Kribbeln breitet sich in mir aus. Gleich geht es los. Die Mienen meiner drei Begleiter zeigen deutlich weniger Begeisterung. Alex rutscht unruhig in seinem Sessel hin und her, während Annika einen unsicheren Blick zu Jonas wirft, der neben ihr auf der Couch sitzt. Der wiederum reagiert mit einem kurzen Lächeln, das seine Augen nicht erreicht.

»So schlimm?« Das wundert mich doch ein bisschen. »Wir werden nur lesen, was wir vor fünfzehn Jahren aufgeschrieben haben.

Niemand wird getötet.« Die tun gerade so, als wollten wir irgendwas Verbotenes tun. Oder etwas Anstößiges.

»Das ist es nicht.« Jonas hebt den Brief in die Höhe. »Ich erinnere mich, wie ich damals war, und glaube nicht, dass ich mein jüngeres Ich mögen werde.« Er verzieht das Gesicht. »Ihr wisst, was ich meine.«

»Wenn es nur das wäre.« Auch Annika hält ihren Brief hoch. »Da steht viel über meine Eltern und die traurigen Weihnachtstage meiner Kindheit. Bin ich nicht scharf drauf.«

»Hast du noch Kontakt?« Zu meiner Überraschung ist es Alex, der die Frage mit so viel Mitgefühl stellt, wie ich ihm nie zugetraut hätte.

»Sporadisch. Sie haben sich nicht geändert.« Sie schüttelt sich und öffnet dann mit einer energischen Bewegung ihren Brief. »Bringen wir es hinter uns und betrinken uns danach gnadenlos.«

»Klingt nach einem Plan.« Auch Jonas öffnet seinen Umschlag.

Mit einem etwas schlechten Gewissen folge ich ihrem Beispiel. Die schwere Vergangenheit der beiden habe ich nicht vergessen, mir allerdings keine Gedanken gemacht, wie es für sie sein wird, darüber zu lesen. Im Gegensatz zu Alex und mir haben sie nie ein gutes Verhältnis zu ihren Eltern gehabt.

Die fanatische Religiosität seiner Familie hat Jonas geprägt, bei Annikas Eltern war Alkohol das Problem. Deshalb verkneife ich mir jeden Kommentar, auch wenn mir auf der Zunge liegt zu fragen, ob sich zu betrinken die Lösung ist. Annika sieht eigentlich nicht aus, als hätte sie ein Alkoholproblem. Allerdings weiß ich kaum etwas über sie. Ich habe von hochfunktionalen Alkoholikern gehört, die …

»Du sollst den Brief lesen und ihn nicht zerknüllen.« Jonas' amüsierte Stimme veranlasst mich, nach unten zu sehen. Er hat recht. Meine Hand drückt so fest zu, dass das Blatt darin ganz zerknittert ist.

»Sorry. War abgelenkt.« Ich schüttle mich und starre auf die Zeilen, die ich vor so vielen Jahren zu Papier gebracht habe. Sie erzählen von wunderschönen Weihnachtstagen im Kreis meiner Familie und decken sich mit den Erinnerungen, die ich auch heute noch habe. Der einzige Wermutstropfen war für mich das Fehlen von Geschwistern. In meiner Kindheit habe ich mir jedes Jahr Geschwister gewünscht, aber nie welche bekommen. Heute weiß ich, dass meine Mutter mit einer Endometriose zu kämpfen hatte, die es fast unmöglich machte, schwanger zu werden. Somit ist meine Existenz schon ein kleines Wunder.

»Du lächelst«, sagt Jonas sanft. »Also steht da gar nichts Schlimmes bei dir?« Auf seiner Stirn zeigt sich wieder diese Falte. Er kämpft mit dem, was er gelesen hat, und versucht, sich davon abzulenken.

»Wisst ihr doch«, scherze ich. »Eine Kindheit wie aus dem Bilderbuch.« Ist es mir peinlich, dass ich eine normale Kindheit hatte?

»Genau wie meine.« Alex räuspert sich. »Kind sein war cool, besonders an Weihnachten. Die vielen Geschenke und alle haben versucht, sich gegenseitig zu überbieten.« Er liest weiter und stutzt. »Ach, Scheiße, ich hatte fast vergessen, wie es damals war. Die negativen Sachen habe ich vollkommen verdrängt. Hier, hört euch das mal an.« Er räuspert sich, senkt den Blick auf das Blatt und beginnt zu lesen: »*Mein schlimmstes Weihnachten war das in der zehnten Klasse. In dem Jahr habe ich nichts von dem bekommen, was ich mir gewünscht habe. Einen neuen Gaming PC und ein iPhone …*, das war doch 2007 gerade erst erschienen.« Er runzelt die Stirn.

»Bescheidene Wünsche«, wirft Annika ein, was Alex mit einem Schulterzucken quittiert.

»Darum geht es nicht. Wisst ihr, warum ich nichts davon bekam?«

Wir schütteln unisono den Kopf.

»Weil ich in meinem Zeugnis eine Drei in Kunst hatte.« Er schnaubt. »Das zog meinen Schnitt nach unten, und meine Eltern haben alle Verwandten dazu angehalten, mir in diesem speziellen Jahr nur Dinge zu schenken, die meine Note in Kunst verbessern würden.«

»Ich erinnere mich … deine Bilder waren echt scheiße.« Annika mustert ihn grinsend mit zur Seite geneigtem Kopf.

»Du warst auch nicht unbedingt Picasso.«

»Eher als du. Also hast du an einem Weihnachten nur Kram bekommen, den du nicht wolltest? Das kann ich auf jeden Fall toppen.« Angewidert sieht Annika auf ihren Punsch. »Selbst die Lust am Trinken vergeht mir, wenn ich das hier lese.« Sie hält ihren Brief nach oben. »Wisst ihr, dass ich seit Jahren kaum Alkohol angerührt habe?« Nervös reibt sie sich über die Nase und stößt ein kurzes Lachen aus. »Wegen all dem Scheiß, der damals passiert ist. Lass mal sehen, Weihnachten, zehnte Klasse.«

In ihren Augen stehen Tränen, und ich würde am liebsten aufstehen, um ihre Hand zu nehmen, so verloren sieht sie aus. »Ah, hier ist es. Da hat meine Mutter versucht, so etwas wie festliche Stimmung aufkommen zu lassen. Soll ich vorlesen?«

Wir nicken stumm, und sie spricht weiter. »*Mama hatte seit drei Tagen nicht getrunken. Sie hat für ein Weihnachtsessen eingekauft und Papa ausgeschimpft, er soll sich zusammenreißen, um uns eine schöne Zeit zu bescheren. Sogar einen Baum gab es in diesem Jahr, und ich …*« Sie schluckt. »*Ich freute mich riesig auf ein richtiges Weihnachtsfest, wie alle anderen es hatten.*« Ihre Stimme wird hart. »*Und dann hat sie am Heiligen Abend mittags eine Flasche Wein geöffnet, weil sie sich das verdient hat. Mein Vater stieß dazu, sie tranken Wodka, und bevor es dunkel wurde, waren sie zu besof-*

fen, um auch nur aufzustehen. Geschenke gab es natürlich auch nicht.« Wieder geht ihr Blick zum Punschglas. »Dann wohl kein Alkohol mehr für mich heute Abend.«

»Du hast es besser gemacht, und nur das zählt.« Erneut ist es Alex, der sanft mit ihr spricht, sogar Anstalten macht, sich zu erheben, es dann jedoch lässt. »Ich bin sicher, du warst deiner Tochter eine gute Mutter und hast ihr wundervolle Weihnachten geschenkt – und schöne andere Tage.«

Sie nickt, blinzelt die Tränen weg und lacht. »Himmel, erzähl jemand anderes bitte irgendwas Schreckliches, damit ich mich besser fühle.«

»Bei uns hieß Weihnachten beten und Buße tun«, wirft Jonas ein. »Nicht so schlimm wie deine Geschichte, aber auch keine Erinnerungen, die ich gern habe.« Er kratzt sich an der Nase. »Und die Gottesdienste nicht zu vergessen. Zweimal täglich und an Heiligabend dreimal. Ich habe es gehasst. Beschenkt wurden in erster Linie Bedürftige. Wir sollten froh sein, dass wir so ein gutes Leben führten. Aber weil ja alle an Weihnachten was geschenkt bekamen, gab es für uns Kinder praktische Dinge: eine neue Hose, ein neues Hemd, einen neuen Füller. Auf keinen Fall etwas, worüber man sich echt freuen konnte.« Diesmal fährt er sich über die Augenbraue. »Mein Brief enthält ganz schön oft das Wort *Fuck*.«

Annika schmunzelt, wird aber schnell wieder ernst. »Hattest du je die Hoffnung, dass es sich ändern würde? Ich meine, hast du dir gewünscht, dein Fest wäre wie das von allen anderen?«

»Eigentlich nicht.« Stirnrunzelnd fährt sich Jonas durchs Haar. »Es war eben so, wie es war. Ich habe die Zeit nicht gemocht, mir aber auch nie gewünscht, sie wäre anders gewesen. Weder als Kind noch danach. Später war ich an Weihnachten kaum zu Hause bei der Familie und habe insgesamt aufgehört, mich ihrem Unsinn zu unterwerfen. Das führte zu Streit, und deshalb bin ich am Ende weggegangen. Der Rebell in mir hat gesiegt.« Er räuspert sich. »Haben wir damit die Vergangenheit abgehakt?«

»Wenn es nach mir geht: auf jeden Fall.« Annika steht auf. »Da Alkohol jetzt wegfällt und die ganze Sache mich deprimiert hat, gehe ich wohl besser ins Bett. Der Tag war lang, und morgen haben wir ja einiges vor. Ich freu mich auf London und will ausgeschlafen sein.« Sie hebt die Hand zum Gruß. »Gute Nacht.«

Ein wenig enttäuscht schaue ich ihr nach. Das soll es gewesen sein für diesen Abend? Keine Ahnung, was ich erwartet habe. Die drei haben über ihre schlimmen Erlebnisse gesprochen, und entsprechend schlecht ist die Stimmung jetzt.

»Ich hau mich auch hin.« Alex folgt Annika nach oben. Die alte Holztreppe quietscht, und durchs Treppenhaus hört man die beiden kurz miteinander sprechen, dann herrscht Stille.

Jonas

»Bleiben nur wir zwei.« Jonas streckt seine Beine aus und lehnt sich in die Kissen der Couch zurück. »Was machen wir mit dem angefangenen Abend?«

Keine Ahnung, nur enden soll er nicht. Dafür geht mir zu viel durch den Kopf. »Es tut mir leid, dass ihr so eine schwierige Kindheit hattet. Ich bin so behütet aufgewachsen und …«

»Entschuldigst du dich gerade dafür, dass du keine bekloppten Eltern hast?« Unsicher, ob die Belustigung in seiner Stimme echt oder gespielt ist, nicke ich langsam.

»Komm her!« Er schlägt mit der rechten Hand auf den Platz neben sich.

Ist es eine gute Idee, mich neben ihn zu setzen? Selbst auf die Entfernung schlägt mein Herz bereits zu schnell und zieht sich auf diese bittersüße Weise zusammen, wie es das früher oft getan hat. Neben ihm zu sitzen, wird es nur schlimmer machen. *Und wenn es so ist? Was kann es schaden? Vor was hast du Angst, Klara?* Die Antwort wüsste ich gern. Inzwischen ist zu viel Zeit vergangen, um so zu tun, als hätte seine Bitte mich nicht verunsichert, weshalb ich aufstehe und zu ihm gehe.

Ich sitze noch nicht richtig, als er auch schon nach meiner Hand greift. Warm umfassen seine Finger meine, und er sucht meinen Blick. »Du bist ein wundervoller Mensch, Klara, und das hast du nicht zuletzt deinen Eltern zu verdanken, die dich lieben und dir den bestmöglichen Start in die Zukunft gegeben haben. Daran ist nichts Verwerfliches oder Schlimmes. Du solltest glücklich darüber sein.« In seinen Augen sehe ich, dass er meint, was er sagt. Ohne Vorwurf oder den Hauch von Sarkasmus, der früher so oft bei ihm mitklang.

»Danke.« Ich entziehe ihm meine Hand. »Mehr Punsch?«, frage ich, weil mir nichts Besseres einfällt.

»Nein. Du hattest recht, den brauche ich nicht.« Er schaut mich unverwandt an, was mir schon wieder die Hitze in die Wangen treibt. Klara Bäumler, die Frau, die ständig alles fallen lässt und rot wird. Zumindest, sobald Jonas in der Nähe ist.

»Hör auf, mich so anzusehen«, sage ich und meide dabei seinen Blick.

»Warum? Ich mag, was du mit deinen Haaren gemacht hast.«

»Sie abgeschnitten?« Lachend fasse ich an die Spitzen, die wenige Zentimeter unter dem Kinn enden.

»Steht dir.« Nun sehe ich doch zu ihm, und er zwinkert mir verschwörerisch zu. »Du hast wirklich keinen Grund, dich wegen deiner Kindheit zu schämen. Schon gar nicht vor mir.«

»Eigentlich ist es egal. Keine Ahnung, warum mir das so viel ausmacht. Nach dem Wochenende sehen wir uns eh nie wieder.« Ich sage die Worte in leichtem Ton, doch sie treiben einen scharfen Stich in meine Brust.

»Wieso nicht? Wir könnten uns doch mal treffen. Mit der Fähre bist du in weniger als dreißig Minuten über den Rhein und bei mir. Oder ich bei dir.«

»Warum sollten wir das tun?« Wieder so eine Frage, die ich stelle, ohne nachzudenken.

»Um zu ergründen, warum ich deine Nähe so genieße.«

Habe ich mich verhört? Durchaus möglich, da mir das Blut in den Ohren rauscht und ich Schwierigkeiten habe, Luft zu bekommen.

»Ich war schon früher gern bei dir und bin es auch jetzt, glaube ich.« Er redet einfach weiter, als würde er von meinem Zustand nichts merken. Zum Glück gelingt es mir, mich zu fokussieren und einen halbwegs klaren Kopf zu behalten.

»Nein«, sage ich mit fester Stimme.

»Äh, was?« Er blinzelt mehrmals.

»Was du sagst, schmeichelt mir, aber …« Ich nehme all meinen Mut zusammen. Diesmal werde ich mich schützen, und er soll wissen, warum. »Ich war damals bis über beide Ohren in dich verliebt, Jonas. Du wolltest nie, dass irgendwer erfährt, wie oft wir uns getroffen haben – dass wir uns überhaupt kennen. Das hat mich verletzt, und ich kann nicht … Du hast mich ausgenutzt, und ich will so etwas nie wieder erleben. Ich falle nicht noch mal …«

»Ich war ein riesiges Arschloch«, unterbricht er mich. »Es tut mir wirklich leid. Zu meiner Verteidigung kann ich nur sagen, dass du mich verwirrt hast. Ich war gern bei dir, wusste allerdings nicht, wie besonders das war.« Seufzend streicht er sich die Haare aus dem Gesicht. »Mir war mein Bad-Boy-Image wichtiger als alles andere. Du hast recht, ich habe mir von dir kostenlos Nachhilfe geben lassen, ohne groß darüber nachzudenken. Ich habe geahnt, dass du in mich verknallt warst, aber …« Er zuckt mit den Schultern, und Reue zeigt sich in seinen schönen Augen. »Heute verstehe ich, wie sehr dich mein Verhalten verletzt haben muss. Entschuldige. Ich will es wiedergutmachen.«

»Und wie?« Diesmal gelingt es mir nicht, meine Jonas-Abwehr aufrechtzuerhalten. In meinem Kopf wirbelt alles wild hin und her. Kein Gedanke bleibt, und ich sehe bestimmt ziemlich dämlich aus, wie ich ihn so anstarre.

»Den wütenden Jungen von damals, der alle von sich wegstößt und mit sich selbst nicht klarkommt, gibt es nicht mehr. Ich bin jetzt mit mir und meinem Leben im Reinen. Und ich hoffe, dass du mir eine Chance gibst, dir das zu beweisen.« Jetzt ist die Reue verschwunden und macht einem umwerfenden Lächeln Platz.

»Wow, das ist … mir fehlen die Worte.« Tief ein- und ausatmen. »Ich versuche es trotzdem: Was erwartest du von mir? Wir haben uns seit Jahren nicht gesehen, und du …«

»Muss man immer irgendetwas erwarten? Manchmal kann man Dinge auch einfach auf sich zukommen lassen.«

»Ich soll dich also einfach auf mich zukommen lassen?« Habe ich das wirklich gesagt? Hoffentlich fasst er es nicht so schräg auf, wie es klingt.

»Wenn du es so ausdrücken willst, ja. Einen Versuch ist es wert, finde ich.«

Weil ich absolut keine Ahnung habe, was er zu sagen versucht, nicke ich. Dazu wird es eh nie kommen. Es wird sein wie oft in solchen Situationen: Man verspricht sich, dass man sich irgendwann wiedersehen will, den Kontakt nicht noch mal abreißen lässt. Und eine Woche später wird man vom Alltag wieder eingeholt und vergisst den Vorsatz.

»Dann fassen wir das ins Auge«, sagt er. »Aber egal, ob wir das durchziehen oder uns nach diesem Wochenende nie wiedersehen, eine Sache musst du mir sofort versprechen: Mach dich nicht fertig wegen deiner perfekten Eltern.«

»So perfekt sind die gar nicht«, winke ich ab und bin froh, das Thema wechseln zu können. »Im Grunde sind sie in der Vergangenheit verhaftet und null bereit, etwas zu ändern. Ich habe so viele Ideen für den Buchladen, aber mein Vater schmettert alles ab mit einer von zwei Begründungen: *Das haben wir noch nie so gemacht* oder *Das haben wir schon immer so gemacht,* je nachdem, was besser passt. Es ist zum Aus-der-Haut-Fahren.«

»Dann such dir eine andere Stelle.« Dieser Satz ist so eine typische Jonas-Antwort, dass ich erneut lachen muss.

»Ich kann mir aber nichts anderes suchen. Das ist unser Buchladen, und meine Eltern brauchen mich.«

»Mmmmh«, Jonas zieht ein Bein aufs Sofa und dreht sich so, dass er mich besser sehen kann. »Im Prinzip hast du zwei Möglichkeiten: Du bleibst da, schluckst alles, was dir nicht passt, und wartest, bis der Laden dir gehört.«

»Also, wenn meine Eltern nicht mehr sind.« Wie immer schäme ich mich für die Worte. Wahr sind sie trotzdem. Solange mein Vater atmet, wird er sich einmischen, das steht fest.

»Werden sie nicht irgendwann in Rente gehen?«

»Eher friert die Hölle zu. Das ist ihr Laden, ihr Baby, das werden sie nie aufgeben.«

»Wenn das so ist«, Jonas zeigt auf mich, »solltest du Möglichkeit Nummer zwei in Erwägung ziehen: alles hinschmeißen und dir etwas suchen, wo du deine Träume umsetzen kannst.«

»Glaubst du, ich hätte nicht schon daran gedacht?« Zu der Scham gesellt sich jetzt Wut. Nicht auf ihn, sondern auf die Situation, die ich nicht im Griff habe. »Immer wenn ich darüber nachdenke, wird mir klar, dass ich an dem Laden hänge und wie sehr es meine Eltern enttäuschen würde, wenn ich gehe. Das kann ich nicht.«

»Dann hast du deine Antwort.« Er zuckt mit den Schultern. »Du bleibst, weil du im Grunde deines Herzens bleiben willst. Find dich damit ab, hör auf zu jammern, und mach das Beste daraus.« Jetzt tippt er sich an die Stirn. »Ich geb dir einen Rat, den ich viel zu lange selbst nicht befolgt habe: Erkenne, was du wirklich willst, und tue das, was nötig ist, um es zu erreichen. Dann leb mit den Konsequenzen, denn du hast dich für diesen Weg entschieden. Du hast es selbst in der Hand, glücklich zu werden.«

»Jetzt klingst du wie ein Kalenderspruchgenerator«, sage ich skeptisch. Das ist alles viel leichter gesagt als getan.

»Möglich. Ich habe mich jahrelang mit dem, was man als *Glück* bezeichnet, auseinandergesetzt und bin zu dem Schluss gekommen, dass jeder gesunde Mensch glücklich werden kann, wenn er es nur will.«

»Im Umkehrschluss bedeutet das ja, dass ich unglücklich sein will.« Das kann er unmöglich ernst meinen.

»Nein. Ich diskutiere das gern irgendwann mit dir aus. Heute ist es zu spät dafür. Wir sollten schlafen gehen.«

»Dein Ernst? Du wirfst mir diese Brocken hin und gehst dann?« Halb belustigt, halb empört hebe ich die Hände. »Was soll ich damit anfangen?«

»Das ist unser Ding, erinnerst du dich?« Er zeigt von sich auf mich und zurück. »Ich erzähle dir was über meine Sicht der Welt, und du denkst darüber nach.«

»Das habe ich anders in Erinnerung. Du hast als Jugendlicher eine Menge Blödsinn geredet.«

Jonas lacht. »Da hast du auch wieder recht«. Er steht auf, sieht zu mir herunter, und das Blau seiner Augen scheint direkt durch mich hindurchzufahren. »Aber mit einer Sache hatte ich recht.«

»Und die wäre?«

»Dass ich verdammtes Glück hatte, dich zu treffen.« Er lächelt, und in seine Miene tritt ein Ausdruck, der meinen Herzschlag dazu bringt, beinahe meine Brust zu sprengen. Ganz langsam beugt er sich zu mir herüber. Sein Blick ruht dabei unverwandt auf mir, und ich sehe die stumme Frage darin. Er wird mich küssen, wenn ich nichts dagegen unternehme. Im Bruchteil einer Sekunde entscheide ich, es darauf ankommen zu lassen. Diese Chance habe ich schon einmal verpasst. Diesmal nicht. Warm und mit leichtem Druck berühren seine Lippen meine. Es wäre ein unschuldiger Kuss, wenn seine Zunge nicht ganz sanft, fast spielerisch, meinen Mund streifen würde. Wieder überlässt er die Entscheidung mir, und wieder lasse ich ihn gewähren und öffne meine Lippen für ihn.

Fast habe ich den Eindruck, dass er es ist, der kurz überrascht innehält. Vielleicht habe ich mich getäuscht, denn jetzt streicht seine Zunge über meine Zähne, dringt in meinen Mund ein, und ich bin verloren. Das ist besser, als ich es mir erträumt hatte. Die viel gerühmten Schmetterlinge tanzen durch meinen Körper, und ich will mehr. Also erhöhe ich den Druck, und bevor ich richtig verstehe, was geschieht, zieht er sich zurück. Sein Atem geht schwer. In einer unheimlich erotischen Geste fährt er sich mit der Zungenspitze über die Lippen und schenkt mir sein umwerfendes Lächeln. Dann dreht er sich einfach weg und geht lässig zur Treppe. »Gute Nacht«, sagt er leise, ohne mich noch einmal anzusehen.

Ich blicke ihm nach, bis er verschwunden ist, und warte, dass mein Pulsschlag sich wieder beruhigt. Dieser Mann wird noch mein Untergang sein. Warum will er, dass wir uns treffen? Was soll das Gerede davon, dass ich unglücklich bin? Das bin ich nicht. Mein Leben ist nur einfach festgefahren, und es gibt keine Chance, das zu ändern. Das heißt aber nicht, dass alles schlecht ist.

Und was zur Hölle sollte dieser Kuss? Für Jonas stand schon immer Jonas an erster Stelle, das darf ich nicht vergessen. Im Grunde hat er genau das auch mit seinen Kalendersprüchen gesagt. Er mag ruhiger geworden sein, weniger wütend, aber wenn man genau hinsieht, macht er immer noch, was er will, ohne darauf zu achten, was er bei anderen anrichtet. Was er bei *mir* anrichtet.

Die Konsequenz daraus ist leicht. Ich muss auf Abstand gehen, darauf achten, nicht so oft mit ihm allein zu sein, und mich mehr an Annika und Alex halten. Klingt nach einem Plan, nur ob ich ihn auch umsetzen kann, weiß ich noch nicht genau.

Schlittschuh laufen am Somerset House

»Finde nur ich die Reihenfolge für den Tag blöd?«

Alex sieht mich vorwurfsvoll an und macht es mir nicht gerade leicht, meinen Entschluss von gestern Abend in die Tat umzusetzen. Er nörgelt, seit wir aufgestanden sind. Inzwischen sitzen wir im Zug nach London, und ich will eigentlich nur, dass er still ist. Die vorbeiziehende Landschaft ist wunderschön. Letzte Nacht hat es geschneit, und dementsprechend bietet sich uns der seltene Anblick eines verschneiten London. Wir werden in nicht mal fünfzehn Minuten King's Cross erreichen, und ich habe Besseres zu tun, als mich mit Alex zu streiten.

»Wer kommt denn auf die Idee, am Vormittag Eislaufen zu gehen und nachmittags ins Museum?« Er gibt einfach keine Ruhe.

Also wende ich den Blick vom Fenster ab und fixiere ihn. »Na ich, offensichtlich.« Das hätte ich freundlicher sagen können, will ich aber nicht. Er soll merken, wie sehr er mich nervt. »Du musst ja nicht mitmachen«, fauche ich ihn an. »So gut wie jeder Tourist in London macht es so, wie du es vorschlägst. Vormittags Kultur, nachmittags Vergnügen. Ich wollte, dass wir die Aktivitäten auch *genießen* können und nicht von Menschenmassen erdrückt werden. Deshalb gehen wir zuerst Schlittschuh laufen am Somerset House und danach ins Foundling Museum und ins Dickens Museum.«

»Ich finde, Klara hat recht.« Jonas sitzt neben ihm, und ich versuche, seit dem Frühstück so zu tun, als würde es mich nicht treffen, dass er so tut, als wäre gestern Abend nichts gewesen. Alex' Nörgelei setzt dem Ganzen nur die Krone auf.

»Danke«, sage ich trotzdem und wende mich wieder dem Fenster zu. Außer *Guten Morgen* beim Frühstück hat er heute kein einziges Wort mit mir gewechselt. Dennoch lässt die Tatsache, dass er sich eben auf meine Seite gestellt hat, mein Herz schneller schlagen. In der schlaflosen letzten Nacht hat sich eine Idee geformt, die so ziemlich allem widerspricht, was ich bisher im Leben getan habe. Was wäre, wenn ich mich auf Jonas einlasse? Nur für dieses Wochenende. Nur zum Spaß. Es muss keine tiefere Bedeutung dahinterstecken, dass er diese Wirkung auf mich hat. Was, wenn ich mich einfach mal fallen lasse und genieße, was das Leben zu bieten hat? Ich habe es selbst in der Hand, glücklich zu sein, hat er gesagt. Vielleicht kann mich eine unverbindliche Wochenendaffäre mit ihm kurzzeitig glücklich machen? Zu hundert Prozent bin ich noch nicht davon überzeugt, aber nah dran.

»Die Reihenfolge ist gut gewählt«, unterstützt mich jetzt auch Annika. »Wer weiß, ob der Schnee am Nachmittag noch da ist. Wenn wir jetzt Eislaufen gehen, haben wir eine einmalige Atmosphäre.«

Alex murmelt etwas, das ich nicht verstehe, schweigt danach aber. Ich beobachte die vorbeiziehenden, vom Schnee gepuderten Häuserreihen, und mit jedem Meter bin ich sicherer, dass ich Jonas an diesem Wochenende zumindest noch einmal küssen werde.

Richtig küssen. Die Vorfreude lässt meine Lippen prickeln, und ich kann mir ein Lächeln nicht verkneifen.

Als wir in King's Cross aussteigen, rückt der Gedanke in den Hintergrund, und ich lotse unsere kleine Gruppe unauffällig zum Bahnsteig 9 3/4. Schon vor fünfzehn Jahren haben die drei meine Faszination für die Welt von Harry Potter nicht verstanden. Ich bin kein Superfan, besitze nicht ein einziges Potter- oder Hogwarts-Gimmick und wäre niemals extra dafür nach London gefahren, aber ich habe die Bücher gern gelesen. Deshalb möchte ich unbedingt den Bahnsteig sehen, auf dem die Züge nach Hogwarts abfahren, wenn ich schon mal in diesem Bahnhof bin.

»Hier geht es aber nicht zur U-Bahn«, kommt es schon nach wenigen Metern von Alex, und ich nicke.

»Richtig. Wir machen einen kleinen Abstecher. Ich will mir noch was anschauen.«

»Der Bahnsteig von Harry Potter, oder?«, fragt Annika. »Das war doch in King's Cross.«

Mein Blick in ihre Richtung zeigt wohl meine Überraschung darüber, dass sie das weiß, denn sie hebt lachend die Hände. »Ich habe eine Tochter, schon vergessen? Wir haben uns alle Filme zusammen angeschaut.«

Schon von Weitem sehen wir die Schlange vor der Stelle, an der ein Gepäckwagen halb in der Wand verschwindet.

»Du stellst dich da jetzt aber nicht für ein Foto an!« Alex deutet in Richtung der Wand. »Das Bohei um diese Buchreihe ist absurd, der pure Kommerz. Wenn man dazu noch die Aussagen von Frau Row…«

»Darüber diskutiere ich nicht mit dir. Wir haben auch keinen echten Umweg gemacht. Ich wollte es nur sehen, weil wir eh hier sind.« Und weil ich wusste, dass es ihn nervt. Allerdings geht der

Schuss nach hinten los. Sein Gemotze trifft mich eindeutig mehr als ihn dieser Abstecher.

Deshalb belasse ich es dabei, schieße ein Foto und laufe ohne ein weiteres Wort zu den Automaten für die U-Bahn-Karten. Wir kaufen jeder ein Tagesticket und nehmen die Piccadilly Line für drei Stationen bis Covent Garden. Von da ist es nur ein kurzer Fußmarsch.

Bis zum Somerset House ist es nicht weit. Schweigend gehen wir in Richtung Themse, und da eine richtige Unterhaltung nicht aufkommen will, genieße ich einfach die Atmosphäre von Covent Garden im Schnee.

Mein Entschluss, die Gefühle, die Jonas in mir auslöst, zu genießen, anstatt sie zu bekämpfen, hat irgendwie dafür gesorgt, dass die Welt freundlicher wirkt. Ich bewundere die alten Häuser, denen das pudrige Weiß eine äußerst weihnachtliche Atmosphäre verleiht. Die Straßen sind geräumt, doch auf den Bürgersteigen knirscht der Schnee unter unseren Füßen. Ein leichter Nebelschleier liegt über der Stadt, der die Sicht nicht trübt, aber sowohl Geräusche als auch Licht dämpft.

»Bei diesem Nebel hat alles einen übernatürlich schönen Schimmer.« Jonas' Stimme jagt mir kleine Schauer über den Rücken. Er geht neben mir, beugt sich zu mir herab und spricht die Worte so nah an meinem Ohr, dass ich seinen Atem spüren kann. Unwillkürlich sehe ich mich nach Annika und Alex um, kann sie jedoch nirgends entdecken.

»Annika hat in einem Schaufenster etwas entdeckt und ist in den Laden gegangen«, beantwortet Jonas meine ungestellte Frage. »Alex begleitet sie.«

Ich nicke, weil ich nicht weiß, was ich sagen soll. Kaum sind wir allein, redet er mit mir, kommt mir nah, und mein Körper antwortet freudig darauf. Doch allzu leicht will ich es ihm nicht machen.

Was er kann, kann ich auch. Vielleicht tut es ihm ganz gut, wenn ich nicht auf jeden seiner Annäherungsversuche prompt reagiere.

Um mich abzulenken, schaue ich zu den Lichtern, von denen er gesprochen hat, und muss ihm recht geben. Im Zusammenspiel mit dem leichten Nebel hat der Glanz etwas Magisches. Ich drehe mich so, dass ich ihm direkt in die Augen sehen kann, atme seinen Duft ein und kann mir eine Frage nicht verkneifen: »Was ist das für ein Rasierwasser?«

»*Jil Sander for men*«, antwortet er, ohne zu zögern. »Kein Rasierwasser. Parfüm.« Er grinst. »Ich bin verrückt nach dem Geruch.«

Ich auch, will ich sagen, verkneife es mir jedoch. »Das hast du schon früher benutzt.«

Er nickt. »Gegen den Willen meiner Eltern. War ein Geschenk meiner Oma. Du kannst dir nicht vorstellen, was es jedes Mal für einen Terz gab, wenn ich es getragen habe.« Jetzt lacht er. »Was nur dazu geführt hat, dass ich es noch häufiger benutzt habe.«

»Ich mag es«, sage ich jetzt doch und gehe weiter. Es dauert nicht lange, bis er wieder neben mir ist.

»Du magst mich also?« Bei der Frage stößt er seinen Arm spielerisch gegen meinen.

»Das habe ich nicht gesagt.« Mit einem Zwinkern mildere ich meine Worte ab.

Seine Reaktion ist ein Grinsen, das mir durch und durch geht.

»Kannst du Schlittschuh laufen?« Ich wechsle bewusst das Thema. Soll er sich ruhig auch mal fragen, was in meinem Kopf vor sich geht.

»Ein wenig. Ich war zwei- oder dreimal auf der Eisbahn. Und du?«

»Ich kann es ganz gut. Meine Eltern waren jedes Jahr mit mir laufen, und ich fahre hin und wieder Inliner.«

»Dann weiß ich ja, an wen ich mich halten muss.«

»Du musst dich an Klara halten?«, ertönt Alex' Stimme von hinten. »Warum?« Die anderen beiden haben uns erreicht und flankieren uns von links und rechts. Annika neben mir und Alex neben Jonas. Fast bedauere ich ein wenig, dass sie wieder da sind. Die Unterhaltung mit Jonas hat gerade angefangen, Spaß zu machen.

»Weil sie Schlittschuh laufen kann. Ich nicht.«

»Da sind wir schon zwei«, meldet sich Annika. »Ich bin einmal in meinem Leben gelaufen, und da habe ich mir so sehr den Hinterkopf angeschlagen, dass ich noch drei Tage Schmerzen hatte.«

»Das erklärt jetzt so einiges«, witzelt Alex, wird jedoch sofort ernst, als er Annikas Blick sieht. »War ein Scherz. Ich helf dir gern. Ich kann das ganz gut.«

Sie hebt die Brauen, nickt aber. »Dann versuchen wir mal unser Glück.«

»Was hast du gekauft?« Ich deute auf die Tüte, die um ihr Handgelenk baumelt.

»Eine Kleinigkeit für Vanessa. Sie liebt Perlen und alles, was mit Schmuckherstellung zu tun hat. Und in dem Laden gab es schöne Sachen.« Über ihr Gesicht huscht ein Lächeln, wie ich es nur von Müttern kenne. Ein Stich durchfährt mein Herz, der mich schmerzlich an meinen eigenen, bis heute unerfüllten Kinderwunsch denken lässt.

»Wie schön«, sage ich und wende mich ab. Diese Gefühle sind lächerlich. Niemals hätte ich direkt nach dem Abitur ein Kind haben wollen, schon gar nicht allein. Das hätte den Teenager, der ich damals war, völlig überfordert. Außerdem bin ich altmodisch, was das angeht, und träume von meiner perfekten kleinen Familie. Mir ist bewusst, dass mich dieses Gefühl heute noch mehrmals überfallen wird. Schließlich haben wir vor, nach der Eisbahn ins Foundling House zu gehen. Ein Heim, in das Eltern, meist wohl eher Mütter, ihre unerwünschten Kinder abgegeben haben. Besser gesagt

Kinder, für die sie nicht sorgen konnten. Ich habe es ausgewählt, weil Dickens ein Unterstützer dieser Einrichtung war. Einige seiner Geschichten sollen von realen Fällen in diesem besonderen Waisenhaus inspiriert worden sein.

Ich schiebe den Gedanken zur Seite. Mit unerwünschten Kindern und deren Glück oder Elend werde ich mich später beschäftigen. Jetzt geht es erst einmal zur weihnachtlich beleuchteten Eisbahn.

Beim Somerset House angekommen, löse ich unsere Tickets, wir erhalten unsere Schlittschuhe und ziehen sie an. Danach staksen wir unter großem Gelächter auf die Bahn. Sie liegt wunderschön inmitten der weißen Mauern, die das Gelände vollkommen umschließen. Eine wahrhaft traumhafte Kulisse. Sobald ich das Eis unter den Kufen spüre, erinnert sich mein Körper an die Bewegungen, und ich gleite fast schwerelos dahin. Nach wie vor hängt leichter Nebel in der Luft, der vergessen lässt, dass es nicht Abend ist. Er sorgt dafür, dass den überall installierten Lichtern ein festliches Leuchten innewohnt. Der überdimensionale Weihnachtsbaum vor der Hauptfront des Hauses erglüht in bunten Farben, und während ich meine Runden drehe, entspanne ich mich zusehends. Die Bewegung in der kalten Luft lässt meine Endorphine tanzen. Ein Lächeln breitet sich auf meinem Gesicht aus, und es fällt mir schwer, ein Jauchzen zu unterdrücken.

»Du siehst glücklich aus.« Diesmal überrascht es mich nicht, Jonas neben mir zu finden. Er passt sich meinem Tempo an und kann offensichtlich besser fahren, als er zugeben wollte.

»Bin ich auch«, antworte ich und sehe zu ihm. »Ich dachte, du kannst nicht Schlittschuh laufen?«

»War geflunkert.« Er zwinkert mir zu. »Ich hatte gehofft, dass du dich meiner annimmst, so wie Alex das bei Annika tut.« Mit dem Kopf deutet er in Richtung der beiden, die einander an den Händen halten.

Annika hat offensichtlich keine Ahnung, was sie da tut, und wird von Alex über das Eis gezogen.

»Du bist allerdings einfach losgefahren. Also musste ich aus meiner Deckung raus oder allein meine Runden drehen. Leichte Entscheidung.«

Ich lege den Kopf ein wenig schief und mustere ihn aufmerksam. »Du bist mir ein Rätsel, weißt du das?«

»Ich bemühe mich, eins zu sein.« Er beugt sich ein wenig näher zu mir. »Wirkt angeblich anziehend auf Frauen.«

Darauf könnte ich einiges sagen. Zum Beispiel, dass es mich wahnsinnig macht und ich es lieber mag, wenn Menschen offen mit mir kommunizieren. Doch irgendwie passt sein Verhalten zu meiner momentanen Stimmung und hat tatsächlich etwas Anziehendes. »Könnte was dran sein«, sage ich und beschleunige das Tempo. Er folgt mir, und wir drehen in angenehmem Schweigen unsere Runden. Dabei berühren wir uns immer wieder mehr oder weniger zufällig. Ich könnte so fahren, dass ich genug Abstand zu ihm halte, um das zu verhindern, doch ich will nicht. Es passt einfach alles. Die Atmosphäre, das Wetter und der Mann.

Ich lasse meinen Blick schweifen, nehme alles in mich auf und genieße den Duft nach Zuckerwatte und gebrannten Mandeln, der von den Ständen neben der Bahn zu uns herüberweht. Sie haben gerade erst geöffnet und machen diesen Ausflug perfekt. Weihnachtsstimmung pur. Auf einmal leuchtet die Bahn unter uns in hellem Lila auf. Der unerwartete Lichtwechsel überrascht mich so sehr, dass ich ins Straucheln gerate, und Jonas fängt mich auf. Leider ist er doch nicht so sicher auf den Kufen, wie ich dachte, und wir legen uns gemeinsam aufs Eis. Wie ich es dabei schaffe, mehr oder weniger auf ihm zum Sitzen zu kommen, ist mir ein Rätsel.

Wir lachen beide, ich ignoriere das angenehme Ziehen, welches durch meinen Körper pocht und mir deutlich zeigt, wie sehr ich auf Jonas stehe. Ich kann ihn unter mir spüren, sein Blick verfängt sich in meinem, und die Welt scheint stehen zu bleiben. Wenn ich mich ein wenig nach vorn beuge, könnten wir uns küssen. Seine Hand liegt locker um meine Hüfte, und ich gebe zu, dass es sehr verlockend wäre, dieser spontanen Eingebung nachzugeben. Sein Blick hält meinen gefangen, und das Leuchten in seinen Augen lässt mich vermuten, dass seine Gedanken in eine ähnliche Richtung gehen.

»Was macht ihr denn da?« Alex' Stimme ertönt, und es geschehen mehrere Dinge gleichzeitig. Ich sehe zu ihm hoch, einen flapsigen Kommentar auf den Lippen. Doch bevor ich antworten kann, dreht Jonas seine Hüfte so, dass ich von seinem Schoß rutsche und auf dem Eis lande.

»Nicht Schlittschuh laufen können, offensichtlich«, sagt er und steht auf. Mich würdigt er keines Blickes mehr. Er hilft mir nicht einmal auf die Beine. Ich kann ohne ihn aufstehen, habe aber irgendwie erwartet, er würde mir die Hand reichen. Auch ich erhebe mich und klopfe den Schnee von Hose und Jacke.

»Das Licht hat mich überrascht, da bin ich ins Straucheln geraten. Dabei musste ich feststellen, dass Jonas ziemlich ungeeignet ist, um sich an ihm festzuhalten.« Es gelingt mir, meine Stimme scherzhaft klingen zu lassen.

»Sah auf jeden Fall spektakulär aus.« Annika klammert sich an Alex, der ziemlich sicher steht. »Drehen wir noch eine Runde? Diese farblich schimmernde Eisfläche ist echt der Hammer.«

»Klar, auf geht's.« Bevor einer der anderen sich an mich hängen kann, fahre ich los. Ein winzig kleiner Teil in mir hofft, dass Jonas mir folgt, doch das tut er nicht. Aus dem Augenwinkel sehe ich, wie er Annika stützt. Die drei lachen, und ich verspüre wieder einen Stich. Diesmal allerdings in meinem Herzen. Ich bin bereit, mich auf Jonas einzulassen, allerdings zu meinen Bedingungen. Und die schließen aus, dass ich mich von ihm und seinen Anwandlungen irritieren lasse. Er will vor den anderen so tun, als wäre da nichts zwischen uns? Das kann er haben. Ich werde mich von ihm nicht noch mal an der Nase herumführen lassen.

Kreuz und quer durch London

Den Rest des Vormittags unterstützen wir Annika dabei, Schlittschuh laufen zu lernen. Wir drehen noch einige Runden, und am Ende gelingt es ihr sogar, ein paar Meter ohne Hilfe zu fahren. Jonas und Alex liefern sich ein Wettrennen über die Bahn, das Alex gewinnt. Wobei ich schwören könnte, dass Jonas nicht alles gegeben und absichtlich verloren hat. Wenn dem so ist, ein gelungener Schachzug, denn Alex' Laune bessert sich nach dem Sieg merklich. Danach wärmen wir uns bei einem heißen Kakao und gebrannten Mandeln auf und lachen viel. Die weihnachtliche Stimmung hat mich voll im Griff. So sollte es viel häufiger sein. Einfach in angenehmer Gesellschaft entspannen. Selbst Alex ist gut drauf und macht Scherze darüber, wie er vor Jahren Schlittschuh fahren gelernt und sich das ein oder andere Mal hingelegt hat.

Gelöst und in bester Stimmung gehen wir zurück zur Haltestelle Covent Garden, nur um festzustellen, dass man am Ausgang nicht wieder reinkommt. Nach kurzer Verwirrung finden wir den Eingang direkt um die Ecke und nehmen den Aufzug runter, wo es mit der Piccadilly Line weiter bis zum Russell Square geht. Dort liegt unser nächstes Ziel.

Die Bahn ist voll, weshalb wir stehen und uns, so gut es geht, während der holprigen Fahrt festhalten. »Warum genau gehen wir in dieses Museum?«, fragt Alex auf seine unnachahmlich nörgelnde Art, die mir auf der Stelle die gute Laune austreibt. Nicht zuletzt, weil seine Frage irgendwie ins Schwarze trifft. Nach dem ausgelassenen, harmonischen Morgen erscheint mir die Idee, ein ehemaliges Waisenhaus zu besuchen, mit einem Mal gar nicht mehr so verlockend.

»Ich frag nur, weil wir doch eigentlich hier sind, um Spaß zu haben, oder? Museen an sich sind schon langweilig genug. Aber eins über Findelkinder von vor dreihundert Jahren?« Er bläst geräuschvoll die Luft aus.

»Wir machen das, weil Dickens dort in der Nähe gewohnt hat und ein wenig Kultur ja auch nicht schaden kann«, antwortet Jonas und verdient sich damit mein Lächeln. Er hebt die Mundwinkel und zwinkert mir zu. Ihn demonstrativ zu ignorieren, bewirkt also, dass er mir Aufmerksamkeit schenkt? Merkwürdiger Mann.

Doch ich will mir darüber nicht den Kopf zerbrechen, weshalb ich mich wieder an Alex wende. »Ganz genau. Dickens lebte nur wenige Straßen weiter, war Unterstützer des Waisenhauses, und sein *Oliver Twist* ist von Geschehnissen dort inspiriert.«

»Geht es Oliver nicht ziemlich mies in dem Buch?« Jonas runzelt die Stirn. »Ist lange her, dass wir das in Englisch besprochen haben, aber er leidet Hunger, muss jung arbeiten und landet in einer Diebesbande, oder?«

»Am Ende erfährt er von seiner Herkunft und lebt ein passables Leben«, berichtige ich. »Aber ja, zwischendurch ist er in einer Bande aktiv. *Oliver Twist* steht exemplarisch für die Armut, besonders von Waisen im frühen viktorianischen London.«

»Du weißt, dass du dich anhörst wie ein Geschichtsbuch?« Sichtlich genervt geht Alex in Richtung Tür. »Das ist unsere Station, bringen wir es hinter uns. Vielleicht schaffen wir ja dann noch was Cooles. Ein Abstecher zum London Eye zum Beispiel.«

»Das ist doch mal eine Idee.« Annika nickt ihm anerkennend zu.

Das widerspricht eindeutig meiner Planung. »Ich dachte, wir könnten danach noch zum Dickens Museum, das ist gar nicht weit …«

»Ich fürchte, für die beiden ist ein Museum schon mehr als genug«, sagt Jonas leise neben mir. »Lass sie doch einfach gehen. Ich begleite dich zu Dickens.«

Seine Worte lassen meinen Nacken prickeln. Die Vorstellung, mit ihm allein zu sein, gefällt mir. Ich spüre, wie mein frisch gefasster Vorsatz, ihm öffentlich die kalte Schulter zu zeigen, dahinschmilzt wie Schnee in der Sonne.

»Warum nicht«, antworte ich bemüht unbeteiligt. »Können wir natürlich so machen.«

Darauf sagt er nichts, und wir verlassen die Londoner *Tube*. Draußen angekommen, muss ich mich erst einmal orientieren. Anstatt an der Hauptstraße entlangzugehen, möchte ich einen kleinen Umweg nehmen und die Stolpersteine ansehen, die vor ein paar Jahren in Gedenken an die Waisen und ihre Mütter gesetzt worden sind. Hoffentlich nervt das die drei nicht. Ich vergesse gerne, dass andere Menschen weniger Interesse für Geschichte und Literatur aufbringen als ich. Eigentlich wollte ich auf dem Weg ein bisschen über die Steine und das Gebäude, in dem sich das Museum befindet, erzählen. Sollte ich es gut sein lassen und mein Wissen für mich behalten? *Nein,* entscheide ich. Es schadet niemandem, ein wenig dazuzulernen. »Das Foundling Hospital, wie das Museum ursprünglich hieß«, beginne ich also meinen Vortrag,

»wurde in den 1740ern von Thomas Coram gegründet.« Natürlich bemerke ich das Schnauben von Alex und den leicht glasigen Blick von Annika, sobald ich anfange zu reden, doch da müssen sie jetzt durch. Sollen sie halt auf Durchzug schalten, wenn es sie nicht interessiert. Ich beschränke mich auf das Wichtigste. »Er war es leid, verhungernde oder sterbende Babys und Kleinkinder in den Straßen Londons zu sehen, und setzte sich unermüdlich für die Gründung eines Waisenhauses ein. Als es ihm schließlich gelang, entstand es hier. Damals befand sich der Bereich noch außerhalb des Stadtzentrums. Das Gebäude, in dem das heutige Museum untergebracht ist, ist auch nicht das von damals. Es ist ein Neubau aus den 1930er-Jahren. Das Waisenhaus ist zu der Zeit wegen der schlechten Luft in London von der Stadt aufs Land verlegt worden.«

»Heißt das, vorher gab es keine Waisenhäuser in London?« Es ist Annika, die sichtlich erschüttert fragt. Dann hat sie wohl doch zugehört. »1740 ist doch noch gar nicht so lange her.«

»Richtig. Es gab Armenhäuser, aber in denen lag die Sterberate von Säuglingen bei nahezu einhundert Prozent. Viele ledige Mütter ließen ihre Babys einfach auf der Straße liegen, weil sie kein Geld besaßen und keinen Ort hatten, wo sie hinkonnten.«

Annika erschaudert sichtlich, und ich kann mir nur vorstellen, was ihr durch den Kopf geht. Natürlich, sie ist ja selbst eine alleinerziehende Mutter. Ich an ihrer Stelle würde mir unweigerlich die Frage stellen, wie es mir damals ergangen wäre. Gar nicht auszumalen.

»Das Foundling Hospital änderte das.« Ich werfe ihr ein aufmunterndes Lächeln zu. »Hier konnten Kinder abgegeben werden und bekamen eine Chance im Leben. Ein wenig Bildung, Essen und ein Dach über dem Kopf. Im Alter von zehn Jahren fand man dann eine Lehre oder eine Anstellung für sie.«

Wieder ein Grunzen von Alex. »Haben wir ein Glück, nicht vor dreihundert Jahren geboren zu sein.«

Annika stößt ihm den Ellenbogen in die Rippen. »Das hier ist ernst.«

»Weiß ich. Ich meine jedes Wort, wie ich es sage. Schon mal dran gedacht, dass ich nur keine Lust auf so traurige Themen habe? Ich bin hier im Urlaub und nicht, um mir Gedanken über Kinder zu machen, die seit Jahrhunderten tot sind.«

»Aus dem, was Coram damals angestoßen hat«, werfe ich ein, »ist eine Stiftung geworden, die sich auch heute noch um Waisen und Kinder mit schwierigem Hintergrund kümmert. Das Thema ist immer noch aktuell.«

»Ist ja gut. Wohltätigkeit ist nur meiner Meinung nach nicht die Lösung. Damals mag das ja vielleicht sinnvoll gewesen sein, aber heute gibt es so was wie soziale Absicherung, die auch nötig ist. Leider sind da aber auch viel zu viele, die sich einfach drauf ausruhen, und wir hart arbeitenden Menschen müssen die Rechnung bezahlen.« Alex winkt ab.

»Sag mal, spinnst du jetzt völlig?« Annika bleibt stehen und stemmt die Arme in die Hüften. »Schon mal auf die Idee gekommen, dass so ein Baby nicht dafür verantwortlich ist, wo es geboren wird?«

»Das Baby nicht, aber die Eltern. Mir kann niemand erzählen, dass man aus Versehen schwanger wird. Zumindest nicht seit der Erfindung von Kondom und Pille. Sorry, der Verzicht auf Verhütung ist eine bewusste Entscheidung.«

»Oder eine betrunkene«, murmelt Annika und behält ihn dabei im Blick.

»Und selbst dann ist sie bewusst. Du hast dich zum Trinken entschieden und dann Mist gebaut. Selbst schuld, mehr kann ich dazu nicht sagen.«

»Woho«, geht Jonas dazwischen. »Was auch immer zwischen euch passiert ist, was du da gerade abziehst, geht gar nicht.« Er hebt beide Hände und stellt sich vor Alex. »Du hast keine Ahnung von Annikas Situation, ihren Gefühlen oder dem, was damals wirklich passiert ist.«

»Ach, aber du?« Alex streckt provokant das Kinn nach vorn.

»Das habe ich nicht gesagt. Nur, dass wir alle nett bleiben und Annikas Wunsch respektieren sollten. Ihre Tochter, ihre Privatangelegenheit. Ende.«

Ich mag es, dass er sich so für Annika einsetzt. Auch wenn mir bewusst ist, dass es für ihn einfacher ist als für Alex. Jonas ahnt, wer der Vater von Annikas Kind ist, und hat scheinbar nie was mit ihr gehabt. Alex offenbar schon.

Nachdenklich sehe ich von ihm zu Annika. Jonas hat gestern scherzhaft angedeutet, dass Alex der Kindsvater sein könnte. Ist da was dran? Macht Annika deshalb dicht? Und ahnt Alex das und provoziert sie aus diesem Grund so sehr?

»Danke«, sagt Annika spröde. »Ich kann für mich selbst sprechen, bin schon groß.« Mit diesen Worten wendet sie sich an Alex. »Ich verstehe, dass du ein Mann bist und daher keine Ahnung hast. Ihr könnt euch einfach aus dem Staub machen und behaupten ›Ich war's nicht‹! Das Privileg haben wir Frauen nicht.«

Die Kerle auch nicht, seit es Vaterschaftstests gibt, würde ich gern einwerfen, verkneife es mir aber. Denn so einfach ist das natürlich nicht. Nicht jeder hat die Kraft, den zur Not auch gerichtlich einzuklagen. Darum geht es im Grunde gar nicht, und es hilft niemandem, wenn ich mich auch noch in die Diskussion einmische.

»Wir sitzen am Ende mit dem Kind da. Ein kleiner Mensch, der monatelang in uns gewachsen ist, der einen mit diesem bedingungslosen Vertrauen in den Augen ansieht und den man einfach nur lieb haben muss. Du hast keinen blassen Schimmer, wie das ist, also lass mich mit deinen dummen Sprüchen in Ruhe.« Sie schüttelt den Kopf und hakt sich dann bei mir unter. »Gehen wir da jetzt hin und schauen uns an, wie die Mütter vor dreihundert Jahren damit umgegangen sind.«

Ich lege meine Hand auf ihre und nicke.

Alex schüttelt den Kopf und wirft schließlich in einer Geste der Resignation die Hände in die Luft. »Wisst ihr was? Ich hab genug und mache den Rest des Nachmittags, wozu ich Lust habe. Noch wer?« Er sieht zu Jonas, der ablehnend die Hände hebt.

»Schön, dann eben nur ich. Wir sehen uns dann heute Abend.« Und ohne einen weiteren Gruß stapft er zurück in Richtung U-Bahn-Station.

»Ist das zu fassen?«, murmelt Annika neben mir und schaut ihm hinterher.

Was soll ich dazu sagen? Ich habe mir den Nachmittag weiß Gott anders vorgestellt, aber Alex geht mir dermaßen auf den Zeiger, dass ich mich über seinen Abgang ehrlich gesagt freue. Schließlich muss ich ihn noch den Rest des Wochenendes ertragen.

»Dann also nur wir drei?« Jonas grinst ein wenig verlegen und hakt sich auf meiner anderen Seite ein. »Ich bin gespannt, was uns im Inneren erwartet.«

»Im Prinzip startet es schon hier«, sage ich und deute nach unten. In den Gehsteig ist ein Stolperstein eingearbeitet, eine in der Mitte geteilte alte Münze in diesem Fall. »Das ist eines der Tokens oder Zeichen auf Deutsch, die von Müttern zurückgelassen wurden, um vielleicht irgendwann ihr Kind wiederzubekommen oder Kontakt aufzunehmen.«

Annikas Miene versteinert, und ich bin inzwischen ziemlich unsicher, ob ich uns mit dem Besuch hier einen Gefallen getan habe. Als ich das geplant habe, wusste ich noch nichts von ihrem

Kind. Hätte ich etwas anders gemacht, wenn ich es geahnt hätte? Gut möglich, dass es dann nur ein Besuch im Dickens House geworden wäre.

»Da ist noch eins«, sage ich und deute auf ein metallenes Herz, in das ein Name und ein Geburtsdatum eingeritzt sind.

»Das unterstreicht genau das, was ich gesagt habe.« Annikas Stimme ist leise und ihr Blick auf das Herz gerichtet. »Keine Mutter gibt ihr Kind gern weg. Heute nicht und damals auch nicht. So etwas ist immer eine extrem schwierige Entscheidung, bei der es viel zu bedenken gibt. Umso erstaunlicher, dass es ein Mann war, der den Anstoß für dieses Haus gegeben hat.«

»Es gab und gibt durchaus Männer, die Mitgefühl zeigen und sich um so was Gedanken machen.« Jonas lehnt sich an meinem Arm ein klein wenig vor. »Wir sind nicht alle Gefühlslegastheniker, die jeglichen Anflug von Mitleid und Menschlichkeit unterdrücken. Heute nicht und damals auch nicht.« Den letzten Satz sagt er mit einer Ernsthaftigkeit, die zeigt, wie sehr ihn Annikas Worte getroffen haben.

»Sorry, das war unsensibel von mir.« Zerknirscht sucht Annika seinen Blick. »Reizthema, wie du sicher bemerkt hast.«

»Für uns alle, wie es aussieht.« Er schielt zu mir. »Außer für Klara. Warum hast du das Museum ausgesucht?«

»Weil mich die Geschichte interessiert. Und das Schicksal der Kinder. Nicht, weil ich persönlich davon betroffen bin, sondern weil ich wissen will, was sich in den Jahren, seit Charles Dickens über die Zustände im Waisenhaus geschrieben hat, geändert hat. Was heute anders ist.« Ich überlege kurz, wie ich noch besser vermitteln kann, was in mir vorgeht. »Für mich ist das kein Thema, das mich persönlich tangiert. Und bei der Planung konnte ich ja nicht wissen, dass es bei euch anders ist. Sorry.«

»Nein, nicht doch. Mach dir keine Vorwürfe.« Annika drückt

meinen Arm. »Ich habe sogar das Gefühl, dass dieser Besuch irgendwie schicksalhaft ist. Denn er zwingt mich, über Entscheidungen nachzudenken, die ich vor vielen Jahren getroffen habe und die ich heute vielleicht anders angehen würde.«

Ich unterdrücke den Drang zu fragen, was sie damit meint, und lächle stattdessen.

Wir durchqueren eine kleine Parkanlage, die den Namen nicht verdient, weil es eigentlich nur eine Seitengasse ist, die links und rechts bepflanzt wurde. Trotzdem hat man hier das Gefühl, fernab der Großstadt zu sein. Der Schnee auf den Bäumen und Pflanzen tut sein Übriges, um diesen Eindruck zu verstärken.

»Ah«, quietscht Annika vergnügt und deutet auf einen Baum. »Ein Eichhörnchen. Ist das süß!«

Ich sehe in die Richtung, in die sie zeigt, und sehe das süße, pelzige Ding auf einem Ast sitzen. Neugierig schaut es in unsere Richtung, die kleine Nase wackelt ganz entzückend hin und her, und ich kann einen Seufzer nicht unterdrücken. Das Eichhörnchen wählt diesen Moment, um in einem irren Tempo davonzuflitzen. Lachend gehen wir weiter und erreichen schließlich das Museum.

Es liegt in einer Sackgasse, gegenüber ist ein großer Sportplatz. Alles in allem ein kleines, eher unspektakuläres Gebäude. Annika zeigt zum Eingang. »Mal sehen, was uns drinnen erwartet.«

Foundling Museum

Wir gehen auf den Eingang zu, aus dem uns Alex entgegenkommt. »Können wir jetzt endlich rein?«, fragt er, als sei nie etwas gewesen. Annika ignoriert ihn, und Jonas ebenso. Also bleibt es an mir hängen, mich mit ihm abzugeben.

»Wolltest du nicht abhauen?« Kurz habe ich überlegt, ihn auch einfach nicht zu beachten, aber so bin ich nicht. Er ist, wie er ist, und damit werden wir uns in den nächsten Tagen abfinden müssen.

»Wollte ich zuerst auch.« Er kratzt sich am Kopf. »Kam mir aber irgendwie falsch vor. Wozu bin ich sonst nach England gekommen? Wenn ich mich meiner Vergangenheit nicht stelle, hätte ich zu Hause bleiben können.«

Gegen meinen Willen lächle ich ihm zu. Ein Zeichen des Respekts. »Willst du drüber reden?«

»Worüber?« Er schaut zu mir, und zum ersten Mal, seit wir uns wieder getroffen haben, sehe ich den verletzlichen Teil in ihm. Den, den er schon damals gut versteckt hat, der aber immer da war.

Vergraben unter all der Arroganz und der Egozentrik. Seit jeher teilt Alex die Welt in Schwarz und Weiß auf und merkt dabei nicht, wie unglücklich er sich damit macht.

»Keine Ahnung. Vielleicht über das, was zwischen dir und Annika war?«

»Da gibt es nicht viel zu sagen.« Er zuckt mit den Schultern. »Wir hatten eine Zeit lang was miteinander, dann nicht mehr. Ich hätte wissen müssen, dass einer wie ich nichts für sie ist.«

Annika runzelt irritiert die Stirn. »Was meinst du damit? *Einer wie du.*«

»Na, konservativ, selbstbewusst und mit dem unbedingten Willen zum Erfolg. Jemand, dem seine Karriere wichtiger ist, als den ganzen Tag zu feiern.«

Da ist sie wieder, diese Überheblichkeit, die mir gegen den Strich geht. Alex bleibt eben Alex. Das ist wohl seine Art zu sagen, dass er nicht darüber reden will. Das sieht offensichtlich auch Annika so, denn von ihr kommen nur ein schwaches Kopfschütteln und ein Seufzer.

Wir lösen unsere Tickets und betreten das Museum.

»Hier gibt es auch eine Gemäldegalerie?«, fragt Alex, während er interessiert die Wegweiser studiert.

»Ja. Das Waisenhaus wurde von Künstlern unterstützt, die hier auch ausstellen konnten. Es ist der Vorläufer der Royal Society, die …« Ich breche ab, weil mir niemand zuhört. Jonas und Annika sind längst in Richtung des Ausstellungsraums mit den Tokens verschwunden, und Alex ist bereits auf dem Weg zur Bildergalerie.

Soll ich ihm nachgehen? Eigentlich habe ich keine Lust dazu. Ich habe ihm angeboten zu reden, und wenn er nicht will, ist das seine Sache. Außerdem haben mich Gemälde nie begeistert, weshalb ich den beiden anderen folge. Mich interessieren die Geschichte und die Geschichten, die mit diesem Ort verbunden sind.

Schließlich handelt auch *A Christmas Carol* irgendwie von diesem Waisenhaus. Am Anfang des Buchs weigert sich Scrooge, für wohltätige Zwecke zu spenden, weil er so was für überflüssig hält.

Warum denke ich dabei an Alex? Ist es fies, ihn sich als Scrooge vorzustellen? Bestimmt. Und dennoch lässt mich der Vergleich nicht los. Seine Verletzlichkeit eben beweist, dass er mehr ist als der oberflächliche Kerl, den er der Welt präsentiert. Ich frage mich, ob seine Briefe bei ihm etwas verändern werden. Eigentlich ein lächerlicher Gedanke. Als ob so etwas wie Ebenezer Scrooges Sinneswandel in der Realität passieren könnte. Ich bin zu romantisch veranlagt. Daher rührt wohl diese kleine Hoffnung, dass alles, was während dieses Urlaubs geschieht, ihn ein wenig zum Besseren ändert. Oder zumindest nachdenklich macht. Der Brief über seine Kindheit gestern war ein guter Anfang. Wahrscheinlich gilt das für uns alle. In den nächsten Tagen wird sich zeigen, wie viel Eindruck diese Briefe wirklich bei uns hinterlassen.

Ich betrete den Raum und sehe Annika und Jonas vor der Vitrine mit den Tokens stehen. Beide sind von dem Anblick sichtlich erschüttert. Dort hängen über fünfzig kleine Gegenstände in einem Schaukasten.

»Schau dir das an«, sagt Annika gerade und deutet auf eine konservierte Haselnuss mit einem Loch, an dem wohl mal eine Kette befestigt war.

Die Gegenstände reichen von einfachen Dingen wie dieser Nuss über Münzen aller Art und kleinen Handarbeiten bis hin zu Schmuck. Ein Ring zum Beispiel, in dessen Mitte ein winziger roter Edelstein in Herzform eingelassen ist.

Ich geselle mich zu den beiden, schweige aber und lasse die Stücke auf mich wirken. Auch Jonas und Annika sagen nichts. Diese kleinen Liebesbeweise verzweifelter Mütter rütteln an dem

Teil von mir, den ich in den letzten Jahren immer schwerer unterdrücken kann. Dem Wunsch nach einem Kind, einer Familie.

Um mich abzulenken, drehe ich mich und betrachte die Vitrine hinter uns. Dort sind Kleider ausgestellt, wie sie die Waisen zu Dickens' Zeit getragen haben. Ein grober brauner Stoff, mit ein wenig Weiß. Sicher sinnvoll, wenn man bedenkt, wie dreckig sich Kinder oft machen. Dennoch zieht sich mein Herz bei dem Gedanken zusammen, Hunderte von Kindern in dieser Kleidung versammelt zu sehen. Zum einen, weil sie mir leidtun, zum anderen, weil ihnen wenigstens ein bisschen geholfen wurde.

»Ich glaube, wir können uns gar nicht vorstellen, wie es damals war.« Annika legt den Kopf zur Seite und lässt ihren Blick einmal durch das Museum streifen. »Wo ist Alex?«, fragt sie unvermittelt.

»Bei den Gemälden«, sage ich.

»Dann gehe ich da auch hin. Das hier«, sie deutet einmal um sich, »ist mir zu deprimierend.« Ohne auf unsere Reaktionen zu warten, verschwindet sie, und ich sehe zu Jonas.

»Was ist mit dir?« Ist es ihm auch zu viel? Ausgehend von dem, was er mir gestern beim Spülen erzählt hat, liegt das im Bereich des Möglichen.

»Ich schaue mir das gern mit dir an, wenn du magst.«

Dankbar lächle ich. »Macht einen schon nachdenklich, irgendwie.« Ich betrachte wieder die Tokens in der Vitrine.

»Allerdings«, antwortet er. »Hast du das mit Annikas Kind wirklich nicht gewusst?«, fragt er unvermittelt und mustert mich so intensiv, dass ich am liebsten weggesehen hätte.

Doch ich halte seinen Blick und schüttle langsam den Kopf. »Nein. Wie kommst du darauf?«

»Na ja, dieses Museum hier hat mich zweifeln lassen.« Er macht eine ausladende Bewegung mit der Hand. »Sei mir nicht böse, aber irgendwie passt es zu ihrer damaligen Situation. So jung, wie sie war, hat sie bestimmt überlegt, ob sie ihr Baby zur Adoption freigeben soll. Zumal sie allein für ihr Kind sorgen musste, weil der Vater …« Kopfschüttelnd bricht er ab.

»Weil der Vater nichts von dem Kind weiß? Das geht dir wirklich nahe, oder?«

»Ja. Er hat ein Recht darauf, es zu erfahren. Darüber komme ich nur schwer hinweg.« Er fährt sich mit der Hand übers Gesicht. »Und das, obwohl ich meinen Bruder nicht mal leiden kann. Für ihn wäre es eine Katastrophe biblischen Ausmaßes gewesen. Er ist so …« Mit einem Geräusch irgendwo zwischen Seufzen und Schnauben ballt er die Hände zu Fäusten. »Dass er sich besoffen zu unehelichem Sex hinreißen ließ, hat ihn mit Sicherheit ganz schön aus der Bahn geworfen. Sein Gewissen war so schon schlecht genug, ein Kind hätte ihm den Rest gegeben. Als Mitglied der ultraorthodoxen Gemeinschaft, in der wir aufgewachsen sind, kannst du es dir nicht leisten, ein uneheliches Kind zu zeugen. Schon gar nicht als angehender Priester. Es hätte sein ganzes Leben zerstört. Deshalb hat sie geschwiegen, denke ich.«

»Frag sie doch.« Schon während ich spreche, merke ich, wie blöd dieser Satz ist. »Sorry. Sie will nicht drüber reden, hat sie ja gestern deutlich genug gesagt.«

Ein Brummen ist die Antwort.

»Aber wenn ihre Tochter echt von Markus ist, sehe ich das wie du. Jeder Mensch hat ein Recht darauf zu wissen, wo er herkommt. Diese Tokens sind der beste Beweis dafür.« Ich deute auf die Vitrine. »Sie haben hier genau vermerkt, wer was abgegeben hat und wann. Dadurch konnten sie Mütter und Kinder später einander zuordnen. Ich könnte mir vorstellen, dass die Kinder das sehen durften, sobald sie alt genug waren.«

Ein Lächeln erscheint auf Jonas' Gesicht, und er deutet auf die

Vitrine. »Dich interessiert dieser ganze Kram wirklich. Also Geschichte und so.«

Da das keine Frage ist, sondern eine Feststellung, zucke ich lediglich mit den Schultern.

Er seufzt. »Aber du hast schon recht, ich benehme mich Annika gegenüber so, als würde sie dem Vater des Kindes unrecht tun, aber in Wirklichkeit geht es mir gar nicht um Markus. Mich interessiert viel mehr, ob ich eine Nichte habe. Am Ende denkt man doch immer zuerst an sich selbst. Irgendwie sind wir alle egozentrisch.«

»Hast du deshalb gedacht, ich hätte das Museum wegen Annika ausgesucht? Was, nebenbei bemerkt, irgendwie fies gewesen wäre. So was traust du mir zu?«

»Nein, eigentlich nicht. Ich sag ja, wir Menschen sind komisch in dem, was wir denken. Eigentlich spielt es keine Rolle, ob ich mit Annikas Tochter blutsverwandt bin oder nicht. Also sollte es mir egal sein. Ist es aber nicht. Wahrscheinlich wären wir alle glücklicher, wenn wir uns weniger Gedanken darüber machen würden, was andere tun oder getan haben, und uns mehr auf uns selbst konzentrierten.«

»Hast du nicht gerade eben gesagt, dass Egozentrik das Problem ist? Das willst du lösen, indem du dich mehr auf dich konzentrierst?« Er hört den Spott in meiner Stimme und hebt die Brauen.

»Paradox, oder? Ich meine damit eigentlich, dass wir die Ursache für unsere Probleme lieber bei uns selbst suchen sollten und nicht bei anderen. Beispiel. Ich sollte nicht denken: Was hat Klara dazu bewogen, diesen Museumsbesuch vorzuschlagen, hatte sie dabei Hintergedanken? Sondern: Warum geht mir die Ausstellung so nahe?«

Jonas hat mich schon wieder überrascht. So viel Tiefsinn hätte ich ihm gar nicht zugetraut. Andererseits passt es zu dem, was er gestern Abend über meine Situation gesagt hat. Das lief auch darauf hinaus, dass man selbst einen Weg finden muss, um glücklich zu werden. »Und? Warum geht es dir nahe?«, stelle ich die Frage, die unweigerlich folgen muss.

»Das versuche ich gerade herauszufinden.«

»Darf ich sagen, was ich vermute?«

»Nur zu. Ich bin für jeden Denkanstoß dankbar.«

Da wir immer noch vor der Vitrine stehen und inzwischen auch andere Besucher im Raum sind, ziehe ich ihn in Richtung einer kleinen Sitzbank, die an einem Fenster steht. Wir setzen uns nebeneinander, und ich suche seinen Blick.

»Könnte es sein, dass du in Annikas Tochter eine Chance siehst, ein winziges Stück Familie zurückzugewinnen? Weil du zu deinen Eltern und Geschwistern keinen Kontakt mehr hast? Immerhin bist du in einer Großfamilie aufgewachsen, da wäre es nachvollziehbar, wenn du dich allein fühlst. Und wer weiß? Wenn sie die Tochter deines Bruders ist, habt ihr eine Menge Gene gemeinsam, vielleicht seid ihr euch sogar ähnlich?«

Jetzt ist er es, der die Brauen hebt. »Das ist …« Er unterbricht sich, legt den Kopf schief und deutet mit dem Zeigefinger in meine Richtung. »Wäre möglich. Darüber muss ich nachdenken.« Ein Lächeln erscheint auf seinem Gesicht, und er verschränkt seinen Blick mit meinem. »Es hat sich nichts geändert, oder? Sobald wir miteinander reden, ist da dieses … Verständnis füreinander. Das ist mir auch schon damals aufgefallen. Ich habe mich nie so sehr verstanden gefühlt wie bei dir.«

Bäm. Ein typischer Jonas-Kommentar, und mein Herz fliegt ihm zu. Ich würde ihn gern noch einmal küssen, doch hier ist nicht der richtige Ort. Meine Entscheidung ihn betreffend ist damit gestärkt. Ich werde mich auf ihn einlassen, wenn er das noch will und sich die Situation ergibt. Um ihm das zu zeigen, tue ich etwas, was ein gutes Stück außerhalb meiner Komfortzone liegt, weil ich mich damit aus der Deckung wage. Ich beuge mich ein wenig vor und streichle ihm sanft mit den Fingerspitzen über die Wange.

Er nimmt meine Hand in seine und haucht einen Kuss darauf. Dabei sehen wir uns weiter in die Augen, und ich versuche, ihm mit meinem Blick ein Versprechen zu geben. Wenn wir allein sind. Seinem Lächeln nach zu urteilen, versteht er.

Im nächsten Moment lässt er meine Hand los und steht auf. »Wir sind fertig hier, was meinst du?«

»Ja, sind wir.« Ich werfe einen letzten Blick in den Raum und erlaube mir ein kurzes Bedauern, nicht alles gesehen zu haben. Manchmal ist eben einfach nicht der richtige Zeitpunkt. Ich nehme mir fest vor, irgendwann wiederzukommen, und folge Jonas nach draußen.

Wie erwartet, ist es inzwischen deutlich wärmer geworden und der Schnee fast geschmolzen.

»Du hattest den richtigen Riecher, was das Wetter angeht.« Jonas zeigt auf den matschigen Boden.

»Wohl eher eine funktionierende Wetter-App, würde ich meinen.«

Er lacht, und ich falle ein. Nach der deprimierenden Stimmung im Inneren ist das eine echte Erleichterung.

»Warten wir auf die anderen, oder …?« Jonas schaut mich auf eine Art an, die meinen ganzen Körper kribbeln lässt. Wäre er gern mit mir allein? Und wichtiger: Möchte ich mit ihm allein sein?

Die Antwort ist leicht, denn sie lautet Ja. Ich möchte wissen, wohin das mit uns dieses Wochenende führen könnte. Warum er sich zurückzieht, sobald die anderen dazukommen. Und ob ein richtiger, langer Kuss mit ihm hält, was diese kurze Berührung unserer Lippen gestern versprochen hat.

»Oder …«, antworte ich deshalb und halte seinen Blick.

»Hier seid ihr!« Alex' Stimme dringt wie von Weitem zu mir durch. »Da können wir euch ja lange drin suchen. Hattet ihr vor abzuhauen?«

Ich will ihm widersprechen, auch wenn seine Vermutung der Wahrheit verdammt nahekommt. Jonas ist allerdings schneller.

»Genau das hatten wir vor. Wir haben nämlich keine Lust mehr auf dein ständiges Genörgel. Warum versuchst du permanent, uns den Tag zu vermiesen? Dir muss doch klar gewesen sein, um was es hier geht. Wenn du dich nicht mit deinem Leben auseinandersetzen willst, ist das dein gutes Recht, aber dann habe ich einen Vorschlag für dich: Fahr nach Hause, und lass uns in Ruhe.«

Wow. Wo kommt das denn auf einmal her? Im Kern stimme ich Jonas zu, aber ich hätte es weniger krass formuliert. Jonas ist doch deutlich aufgewühlter, als er es zeigt, anders kann ich mir diesen Ausbruch nicht erklären. Das passt irgendwie so gar nicht zu der neuen gechillten Version von ihm.

Alex' Miene ist ausdruckslos, und er meidet unsere Blicke. Lediglich an seinen sich schnell öffnenden und schließenden Fäusten erkenne ich seine Anspannung.

»Ich bin hier«, sagt er ruhig, »weil ich mich mit alldem auseinandersetzen will. Du«, er deutet auf Jonas, »kennst mich nicht, hast keine Ahnung von meinem Leben, dem, was ich erlebt habe, was mich antreibt und bewegt. Schon mal drüber nachgedacht, dass manche Menschen anders ticken als du? Dass dein Hippie-Ansatz nicht für jeden funktioniert?«

»Habe ich und weiß ich. Ist aber kein Grund, hier schlechte Stimmung zu verbreiten.«

»Dann bedeutet es also, schlechte Stimmung zu verbreiten, wenn man anderer Meinung ist als du?«

»Nein. Nur, wenn man die ohne Respekt vorbringt.«

»Ah, dann ist das, was du gerade hier abziehst, respektvoll?

Messen wir jetzt mit zweierlei Maß? Wenn du stänkerst, ist es in Ordnung, wenn ich das tue, nicht? Weil ich der reiche, arrogante Schnösel bin, dem Materielles über alles geht, und du mir mit deinem Öko-Mantra moralisch überlegen bist?«

Die beiden stehen sich kampflustig gegenüber, und ein Teil von mir ist bereit, sich einfach zurückzulehnen und sie das ausfechten zu lassen. Da prallen Welten aufeinander, und ich bin gespannt, ob sie zu einem Konsens kommen.

Andererseits müssen wir noch ein paar Tage miteinander klarkommen, und es besteht die Chance, dass sie sich dabei an die Gurgel gehen.

»Können wir uns darauf einigen, dass es in Ordnung ist, unterschiedlicher Meinung zu sein und das auch kundzutun?« Es ist Annika, die einlenkt und ernst von einem zum anderen sieht. »Ihr seid grundverschieden in so ziemlich jeder Hinsicht. Wie wäre es, wenn ihr beide euer Ego ein klein wenig zurückschraubt und dem anderen damit Raum für eigene Gedanken und Gefühle lasst?«

Alex öffnet den Mund, wahrscheinlich, um zu widersprechen, schließt ihn jedoch direkt wieder und nickt.

Auch Jonas nickt, kneift allerdings die Lippen zusammen.

»Eine Sache möchte ich aber noch klären«, sagt Alex und fixiert mich. »Den Rest des Aufenthalts planen wir gemeinsam. Wir sind eine Gruppe, und da sollte auch jeder eine Stimme haben.«

»Ja klar«, antworte ich, und gleichzeitig durchfährt mich heiße Scham. Er hat recht. Ich habe die Planung an mich gerissen, ohne zu fragen, ob das für die anderen in Ordnung ist. »Irgendwie hatte ich Angst, dass wir uns nichts zu sagen haben oder auf nichts einigen können, und habe deshalb alles im Voraus festgelegt. Sorry.«

»Kein Grund, sich zu entschuldigen. Pläne kann man ändern.« Jonas lächelt jetzt in die Runde. »Also, was machen wir als Nächstes?«

Zum Dickens House gehen, will ich sagen, sehe jedoch ein, dass es an den anderen ist, einen Vorschlag zu machen.

»Wie wäre es mit ein wenig Weihnachtsstimmung?«, fragt Annika. »Im Hyde Park soll es einen riesigen Weihnachtsmarkt geben. Winter Wonderland oder so heißt der. Mit Fahrgeschäften und allem, was man sich so vorstellen kann.«

»Das klingt doch gut«, stimmt Alex zu. »Für mich war das genug Kultur für heute. Bin nicht so der Museumsgänger.«

»Dito.« Annika hakt sich bei ihm ein, und beide schauen Jonas und mich mit großen Augen an.

»Mir egal«, sagt Jonas und sucht meinen Blick.

Ich versuche, darin zu erkennen, was er möchte und ob sich das mit dem deckt, was ich will. Denn sehen wir der Wahrheit ins Auge: Vor nicht einmal fünf Minuten waren wir nahe dran, einfach gemeinsam zu verschwinden. Vielleicht das Beste, wenn man die Spannung zwischen Alex und Jonas bedenkt. Allerdings sind wir hier, um die Tage gemeinsam zu verbringen. Also sollten wir das auch tun.

»Dann der Hyde Park«, sage ich mit so viel Überzeugung und guter Laune, wie ich aufbringen kann. Zwar würde ich immer noch gern das Dickens House sehen, aber so wichtig ist das nun auch wieder nicht. Zumal das Foundling Museum ja auch eher eine mittelprächtige Idee war.

Um Jonas' Lippen zeigt sich ein leichtes Lächeln, ganz so, als würde er meine Entscheidung gutheißen. Aus dem Mann soll einer schlau werden. Er nimmt meine Hand, schiebt sie in seine Armbeuge und sagt: »Dann los, lasst uns ein wenig Spaß haben!«

Ein entspannter Abend zu viert

Wir erreichen das Winter Wonderland, zahlen den Eintritt und betreten eine Weihnachtslandschaft, wie ich sie noch nie gesehen habe. Was hier geboten wird, gleicht einem der großen Freizeitparks in Deutschland in weihnachtlichem Gewand. Fahrgeschäft reiht sich an Fahrgeschäft. Von der Achterbahn über Freefall-Tower bis hin zum Geisterhaus bleiben keine Wünsche offen. Alle sind mit grünen Girlanden, Lichtern in Sternenform und Kunstschnee geschmückt. Der echte ist größtenteils geschmolzen, was erfreulicherweise nicht dazu führt, dass wir durch Schneematsch laufen. Irgendwer hat dafür gesorgt, dass der Boden nicht komplett aufgeweicht ist. Alles in allem verspricht das hier, ein Riesenspaß zu werden.

Wir beginnen mit einer Indoor-Achterbahn, die uns in die Antarktis entführt. In einen Wagen passen vier Leute nebeneinander. Die Jungs sitzen außen und Annika und ich in der Mitte. Wir werden ganz schön durchgeschüttelt. Ich muss zugeben, dass ich die körperliche Nähe zu Jonas genieße. Er riecht einfach zu gut, und jede Berührung prickelt bis tief in mein Innerstes.

Ihm geht es wohl ähnlich, denn als wir zum Kettenkarussell kommen, nimmt er meine Hand und zieht mich zu einem Partnersitz. Das führt zu spöttischen Bemerkungen von Alex und Annika, die Jonas einfach wegwischt. »Ihr seid doch nur neidisch, weil ihr euch das nicht traut.«

Das nimmt ihnen den Wind aus den Segeln, und ich sehe, dass sie auch in einem Partnersitz Platz nehmen. Erstaunlich, dass das funktioniert hat. Ich setze mich so, dass zwischen Jonas und mir noch eine Lücke bleibt. Das wird sich dank der Fliehkraft schnell genug ändern. Sosehr ich seine Nähe genieße, so wenig will ich es übertreiben. Schließlich bin ich mir nach wie vor nicht ganz sicher, was Mister »Widersprüchliche Signale« von mir will.

»Irgendwas ist zwischen den beiden«, sagt Jonas. »Ich bin noch nicht sicher, was. Vielleicht ja nur der Kuss, den sie gestern zugegeben haben. Vielleicht mehr. Für den Rest des Tages habe ich mir vorgenommen, genau das herauszufinden. Ich werde es so drehen, dass die beiden jedes einzelne Fahrgeschäft zusammen fahren.«

»Und dann?« Hoffentlich gelingt es mir, die Enttäuschung über seine Worte zu verbergen. Irgendwie hatte ich gehofft, er wolle in meiner Nähe sein und deshalb mit mir hier sitzen. Versucht er, mir zu sagen, dass dem nicht so ist?

»Dann wird unsere Neugier eventuell doch noch befriedigt.« Er zwinkert mir zu und nimmt meine Hand in seine. Ohne weiteren Kommentar. Einen winzigen Augenblick bin ich versucht, sie wegzuziehen. Nur, um ihm zu zeigen, dass sein Verhalten merkwürdig ist. Doch ich habe mir fest vorgenommen, an diesem Wochenende den Dingen einfach ihren Lauf zu lassen. Also genieße ich seine Berührung und die Fahrt im Karussell. Wie erwartet, werde ich gegen ihn gedrückt und lege sogar meinen Kopf an seine Schulter. Seine

Reaktion besteht darin, seine Wange an mein Haar zu schmiegen, und so fliegen wir zu den Klängen von *Last Christmas* durch die Luft.

Sobald das Karussell langsamer wird, setze ich mich wieder richtig hin, und als es steht, lässt Jonas meine Hand sofort los und springt aus dem Sitz. Genau wie am Morgen keine Hilfe von ihm. Was geht nur in diesem Mann vor?

»Ich brauch jetzt was Ruhigeres. Können wir zum Geisterhaus?« Annikas Augen glänzen wie die eines Kindes, weshalb ich nicke, auch wenn ich darauf keine Lust habe. Ich hatte es nie so mit Horror. Es ist nicht so, dass ich mich ängstige, es ist einfach nicht mein Ding.

Die Atmosphäre im Winter Wonderland fasziniert mich. Obwohl es noch recht früh am Tag ist, sorgt der bedeckte Himmel nach wie vor dafür, dass die Beleuchtung zum Tragen kommt. Zusammen mit dem Kunstschnee, so weit das Auge reicht, entsteht immer wieder die Illusion, man würde sich tatsächlich in einer Winterlandschaft befinden.

Auch das Geisterhaus trägt dazu bei. Die dreistöckige Attraktion zeigt sich in winterlich-weihnachtlicher Pracht. Sie haben es geschafft, schaurig klingende Weihnachtsmusik aufzutreiben, ein in Lumpen gehülltes Skelett ist mit Schnee bedeckt, und zwei Hologramme von Geistern in schweren Ketten, die sehr an die Beschreibung bei Dickens erinnern, schmücken die Fassade. Die ist einem viktorianischen Haus nachempfunden, wie man es aus entsprechenden Filmen kennt. Natürlich weiß gepudert, mit Stechpalmzweigen und Grün verziert.

»Hammer!«, sagt Annika. »Wer kommt mit?«

»Ich natürlich«, antwortet Alex sofort.

»Ich setze aus.« Die Entscheidung habe ich spontan gefällt. So langsam verspüre ich Hunger, und der Geruch von Fisch und Pommes steigt mir in die Nase. Dafür habe ich schon vor fünfzehn Jahren eine Schwäche gehabt. »Wäre es okay, wenn ich mir was zu essen besorge? Wir wollen später noch kochen, schon klar, aber was wäre ein Englandaufenthalt ohne Fish 'n' Chips?«

»Da ist was Wahres dran«, stimmt Jonas mir zu. »Teilen wir uns eine Portion?«

»Ja, warum nicht.«

»Alles klar, dann gehen wir hier rein, und ihr holt Essen.« Alex schaut zu Annika. »Teilen wir auch?«

»Warum nicht«, wiederholt Annika meine Antwort und hängt sich lachend bei Alex ein. »Wir sehen uns«, ruft sie, und schon steuern die beiden auf das Geisterhaus zu.

Ich wende mich in die Richtung, aus der die leckeren Gerüche zu uns ziehen, und marschiere los, ohne darauf zu achten, ob Jonas mir folgt. Er tut es und holt mich schnell ein.

»Bleib mal stehen«, sagt er, und ich halte ein wenig überrumpelt an.

»Wa…« Weiter komme ich nicht, denn er beugt sich blitzschnell zu mir herüber und küsst mich auf die Wange. Dann zieht er sich wieder zurück.

»Jetzt können wir weiter.«

Ich sehe mit Sicherheit bescheuert aus, wie ich ihn so anstarre, doch ich verstehe einfach nicht, was das soll.

»Ein Kuss auf die Wange?«, frage ich, ohne darüber nachzudenken, ob ich die Antwort hören will.

»Mir war danach. Und«, er hebt in einer leicht dramatischen Geste die Hände und deutet mit beiden Zeigefingern auf mich, »dich ohne dein Einverständnis einfach so auf den Mund zu küssen, kam mir falsch vor.«

Was soll ich dazu sagen? Die einzige Reaktion, die ich für ihn habe, ist ein albernes Kichern. »Und wenn ich es dir erlaube?«

»Das werte ich als Einverständniserklärung ohne zeitliche Begrenzung. Ich werde darauf zurückkommen.« Wieder dieses Zwinkern, von dem ich ganz weiche Knie bekomme. »Gehen wir, sonst sind die beiden fertig, eh wir unser Essen haben.«

Seelenruhig, als habe er nicht gerade durch die Blume angekündigt, mich irgendwann noch einmal küssen zu wollen, geht er weiter. Gegen meinen Willen flattert irgendetwas in meiner Brust wild hin und her. Hat man Schmetterlinge nicht eher im Bauch?

Und überhaupt, warum macht mich sein widersprüchliches Verhalten so an? Ich habe mich nie für eine Frau gehalten, die auf mysteriöse Kerle steht.

Wir gehen inzwischen wieder nebeneinander, und so langsam wird es voll im Winter Wonderland. Es ist Freitagnachmittag, und viele Familien kommen mit ihren Kindern her. Ich versuche, die Gefühle, die so viel Familienglück in mir auslöst, so gut es geht von mir fernzuhalten. Mit dieser Sehnsucht werde ich leben müssen und lerne besser schnell, damit umzugehen.

Die Menschenmassen führen dazu, dass der Abstand zwischen Jonas und mir kleiner wird und ich immer wieder beim Gehen gegen ihn stoße. Schweigend laufen wir weiter, und ich versuche verzweifelt, die Idee, ihn zu küssen, aus meinem Kopf zu bekommen.

Abrupt bleibt er stehen, nimmt meinen Arm, schüttelt den Kopf und zieht mich an den Rand des Weges. Ich will den Mund öffnen, um zu protestieren, überlege es mir aber anders, sobald ich seinen Blick sehe. Ernst und gleichzeitig weich ruht er auf mir.

»Komm her«, murmelt er und küsst mich.

Kurz bin ich überrascht, was jedoch schnell vergeht. Sein Mund ist so warm und weich, wie ich ihn in Erinnerung habe, und es dauert nicht lange, bis seine Zunge Einlass begehrt. Ich öffne die Lippen, schalte meinen Verstand aus, fühle nur noch und lasse mich erobern.

Sein Kuss wird fordernder, er zieht mich in eine Umarmung,

meine Brust drückt gegen seine, und obwohl uns dicke Winterjacken trennen, kann ich deutlich die Hitze spüren, die von ihm ausgeht. Das ist alles, was ich mir seit der eher flüchtigen Berührung unserer Lippen gestern Abend ersehnt habe, und mehr.

Ich werde mutiger, erwidere seine Umarmung, streichle das winzige Stück Nacken zwischen Mütze und Schal. Gleichzeitig stelle ich mich auf die Zehenspitzen, um den Druck zu erhöhen, was ihm ein kehliges Geräusch entlockt, das tief in mir widerhallt.

Viel zu schnell löst er sich. Überrascht hebe ich die Brauen, will protestieren, aber das Lächeln auf seinem Gesicht hält mich davon ab. »So gut, wie ich dachte«, sagt er und ergreift meine Hand. »Jetzt müssen wir dringend Essen holen.«

Kurz überlege ich, mich zu weigern und ihn stattdessen wegen seines widersprüchlichen Verhaltens zur Rede zu stellen. Das verwerfe ich jedoch aus mehreren Gründen. Erstens will ich diese wichtige Diskussion nicht in der Öffentlichkeit führen, auch wenn wahrscheinlich kaum jemand Deutsch versteht. Zweitens würde es die Magie des Augenblicks zerstören. Und drittens – der wichtigste Grund – ist es manchmal besser, die Antwort nicht zu kennen.

Deshalb laufe ich einfach neben ihm her, genieße die Berührung unserer verschränkten Hände und überlege, ob sich dieser Kuss später am Abend wiederholen lässt. Wenn die anderen schlafen und wir beide allein vor dem Kamin sitzen. Bei dieser Aussicht wird mein Körper schon wieder ganz kribbelig. Nicht drüber nachdenken.

Wir erreichen den Bereich mit den Fressständen, besorgen zwei fettige Tüten Fish 'n' Chips (unsere mit Essig, wie sich das gehört) und machen uns auf den Rückweg durch das Gedränge.

Alex und Annika kommen in bester Laune aus der Geisterbahn, und wir beschließen, uns irgendwo einen Punsch zu unserem Essen zu holen, weil es sonst kein Weihnachtsmarktbesuch ist.

Für den Rest des Nachmittags verdränge ich die Erinnerung an Jonas' Kuss. Überhaupt vergessen wir alle unsere Differenzen, die diametralen Lebenseinstellungen und was uns sonst noch so trennt, und genießen die gemeinsame Zeit.

Uns hat eine vorweihnachtliche Stimmung erfasst, die an das Gefühl vor fünfzehn Jahren erinnert. Wir gemeinsam als Gruppe. Vier Menschen, die trotz aller Unterschiede irgendetwas verbindet. Auch wenn ich bis heute nicht genau verstehe, was es ist. Aber manchmal brauchen solche Dinge keinen Namen, man spürt einfach, dass sie da sind.

Es ist schon dunkel, als wir uns auf den Heimweg machen, und die Bahnfahrt zurück ist deutlich ausgelassener als am Morgen. Dabei hat keiner von uns mehr als ein Glas Punsch getrunken. Irgendwie sind alle zu der stillen Übereinkunft gelangt, dass mehr Alkohol unsere Situation nicht verbessert. Der Tag war trotz allem, was vorgefallen ist, ein voller Erfolg.

Alex macht noch einen kurzen Abstecher in einen Supermarkt, will uns aber nicht verraten, was er dort gekauft hat. Annika versucht, einen Blick in die Einkaufstüte zu erhaschen, gibt aber schnell auf. Es lohnt einfach nicht, gegen Alex anzukämpfen, wenn er sich etwas in den Kopf gesetzt hat.

Wieder im Cottage, bereiten wir eine große Kanne Tee zu, gehen nacheinander duschen und treffen uns dann zum Kochen in der Küche. Es soll Spaghetti mit Tomatensoße geben.

»Und einen Salat«, sagt Annika und erntet damit allgemeines Gelächter.

»Ist euch mal aufgefallen, dass wir schon wieder italienisch essen, obwohl wir in England sind?«, fragt Jonas, während er für die Nudeln einen Topf mit Wasser volllaufen lässt.

»Der fettige Fraß vorhin auf dem Jahrmarkt hat mir gereicht. Und ihr habt echt die Pommes mit Essig gegessen?« Annika schüttelt sich und verzieht das Gesicht voller Abscheu.

Das sieht so komisch aus, dass ich anfange zu lachen. »Hey, das ist lecker.«

»In etwa so lecker wie Braten mit Minzsoße.« Annika sieht mich an, als hätte ich nicht alle Tassen im Schrank. »Oder Plumpudding.« Sie gießt Tomatensoße in einen Topf und sieht nach wie vor ein wenig angewidert aus.

»Plumpudding ist nichts anderes als ein Früchtekuchen.« Ich verstehe nicht, wo ihr Problem liegt.

»Mit Rindernierenfett.« Kopfschüttelnd rümpft Annika die Nase. »Ich wollte das mal machen und habe mir ein Rezept dafür rausgesucht, aber bei der Zutat war Schluss.«

»Dann nimm halt anderes Fett.« Ich zwinkere ihr zu und schütte den geschnittenen Salat in das Wasser zum Waschen. »Aber prinzipiell stimme ich dir zu. Die britische Küche ist etwas gewöhnungsbedürftig. Und Pizza oder Pasta sind eindeutig leichter zuzubereiten.«

»Kann eigentlich einer von euch richtig kochen?« Es ist Alex, der die Frage stellt. Er will gleich den Tisch decken und schaut deshalb bei der Zubereitung nur zu.

»Was heißt schon *richtig kochen?*«, antworte ich. »Bei uns zu Hause kocht meistens mein Vater. Größtenteils Tiefkühlkost, aber nicht immer. Ich helfe oft und habe alles, was ich kann, von ihm gelernt.«

»Ich koche eher selten«, gibt Annika zu. »Sowohl Vanessa als auch ich essen auf der Arbeit beziehungsweise in der Schule. Am Wochenende bestellen wir, oder es gibt was Einfaches wie das hier.«

»Ich koche.« Jonas dreht sich lächelnd zu uns um. »Das gehört zu meinem neuen Lebensstil. Gesunder Geist in einem gesunden Körper und so. Dafür muss man den Körper mit guten Dingen füttern.«

»Endlich mal etwas, wo wir einer Meinung sind.« Alex hebt die Hand für ein High Five, und Jonas schlägt ein. »Kochen ist mein Ausgleich.«

»Aber du hast was gegen den Salat?« Ich kann mir die Frage nicht verkneifen. Alex wird für mich wohl immer ein Buch mit sieben Siegeln bleiben.

»Ich hab nicht grundsätzlich was gegen Salat.« Er schüttelt den Kopf. »Wie ich gestern schon gesagt habe, muss es auch mal Tage geben, an denen man sich gehen lässt.«

»Noch was, worin wir uns einig sind.« Jonas rührt im Topf mit den Nudeln, und ich sehe ihn grinsen.

Alex grinst zurück und sagt: »Und da wir schon dabei sind zu sündigen, werde ich für uns was Leckeres backen.«

»Du kochst und backst?« Ich kann mir Alex am Herd ja schon nicht vorstellen. Aber backen?

»Für mich gibt es da keinen großen Unterschied. Beides ist Essenszubereitung«, verkündet er vollmundig.

»Aber total unterschiedlich«, entgegne ich. »Es gibt einen Grund, warum Koch und Konditor zwei verschiedene Berufe sind.«

»Mag sein, und ich behaupte auch nicht, das eine oder andere perfekt zu beherrschen, aber wie Jonas bereits gesagt hat, sind wir in England und sollten auch etwas Landestypisches genießen. Und deshalb backe ich euch weihnachtliche Scones.«

»Diese Dinger, die man mit Sahne und Erdbeermarmelade isst?« Wenn man bedenkt, wie abschätzig sich Annika bisher über die britische Küche geäußert hat, ist ihr Tonfall geradezu enthusiastisch.

»Exakt. Nur heißt die Sahne *Clotted Cream*, die wird ein wenig anders zubereitet. Aber ich habe fertige gekauft. Schmeckt hoffentlich auch.«

»Ganz sicher. Jetzt bin ich gespannt.« Jonas macht eine scheuchende Bewegung mit der Hand. »Du bist von allem anderen befreit und hiermit offiziell für den Nachtisch zuständig.«

»Dein Wunsch ist mir Befehl«, sagt Alex und macht sich an die Arbeit.

Die Stimmung ist nach wie vor richtig gut. Besonders zwischen den beiden Männern. Damit hatte ich nicht gerechnet, aber es gefällt mir. Manchmal tut eine Entladung der Gefühle scheinbar ganz gut.

Wir kochen und backen weiter, decken den Tisch, und das Gespräch plätschert so dahin. Ernste Themen umschiffen wir, wie etwa Politik oder sonst etwas, wobei man aneinandergeraten könnte.

Zum Essen hat Jonas eine Flasche Wein geöffnet, danach gehen wir alle in stiller Übereinkunft zu Tee und Wasser über. Passt auch viel besser zu den Scones, die der Wahnsinn sind. »Wer hätte gedacht, dass die mit Zimt und Muskat so lecker sind.« Zur Bestätigung nehme ich mir ein weiteres Gebäckteilchen und beschmiere es mit der sahneartigen Creme. Dann schließe ich die Augen und genieße.

Ich höre die anderen drei lachen, doch das ist mir egal. »Du musst mir dringend das Rezept geben«, sage ich und öffne die Augen wieder. »Das wird mein neues Weihnachtslieblingsgebäck.«

Nach dem Essen ziehen wir ins Wohnzimmer um, das wieder viel zu heiß ist, und reden über unsere Zeit hier vor fünfzehn Jahren.

Diesmal sitzen Jonas und ich auf der Couch und die anderen beiden in den Sesseln. Es gefällt mir, ihm so nah zu sein, ab und zu mit den Oberschenkeln aneinanderzustoßen und dieses besondere Kribbeln zu genießen.

»Wisst ihr noch, den einen Abend, als wir es mit dem Punsch so derbe übertrieben haben?«, fragt Alex, und alle nicken.

»Ich erinnere mich hauptsächlich an Herrn Lindner, der im Schlafanzug auf der Treppe stand und uns aufgefordert hat, leiser zu sein.« Ich kneife die Augen zusammen. »Gott, war mir das peinlich. Ich habe versucht, ihm zu antworten und dabei nüchtern zu wirken. Ist mir, glaube ich, nicht gelungen.«

»Du warst immerhin noch fähig, zusammenhängende Sätze von dir zu geben.« Jonas schielt zu Annika. »Im Gegensatz zu uns anderen.«

»Hör mir auf«, winkt Annika ab. »Ich glaube, das war der schlimmste Absturz, den ich je hatte. Wer hat mich eigentlich ins Bett gebracht?«

»Jonas und ich.« Alex lacht. »Klara hat nach dem Anschiss vom Lindner angefangen, hier aufzuräumen, und wir haben dich hochgebracht.«

»Ist gar nicht so leicht, wenn der ganze Raum sich dreht und man selbst aufpassen muss, nicht auf die Schnauze zu fliegen.« Seufzend lehnt Jonas sich zurück und stößt dabei mit dem Knie gegen meins. Ich kann ein Lächeln nicht unterdrücken. »War schon eine wilde Zeit damals. Umso schöner zu wissen, dass wir es alle auf unsere Art geschafft haben, was aus unserem Leben zu machen.«

»Obwohl wir so verschieden sind.« Ernst sieht Alex uns abwechselnd an. »Ich habe mich nie bei euch bedankt, oder?«

»Wofür denn?«, fragt Annika.

»Dass ihr mich aufgenommen habt, obwohl ich so anders war. Ich weiß, dass meine Art nicht jedem passt und ich immer wieder damit anecke.«

»Na, Selbsterkenntnis ist ja bekanntlich der erste Weg zur Besserung«, murmelt Jonas.

»Lernst du diese Sprüche eigentlich auswendig, um sie immer parat zu haben, wenn du wen nerven willst?« Obwohl Alex' Worte harsch sind, hört man seiner Stimme an, dass er nicht echt gekränkt ist.

»Ganz genau.« Jonas grinst. »Klara meinte gestern, ich würde mich wie ein Kalenderspruchgenerator anhören.«

»Das«, Alex deutet auf mich, »passt perfekt.«

»Lacht ihr nur. Ich meine, was ich sage, und es geht mir gut damit.«

»Na bitte, das ist es doch, was zählt.« Mit ernster Miene hebt Annika ihr Glas. »Auf uns. Und unsere Leben, die komplett unterschiedlich sind und uns doch hier wieder zusammengeführt haben.«

Mir läuft ein kleiner Schauer den Rücken hinunter. Vielleicht bin ich ein wenig gefühlsduselig, aber ich bin nicht die Einzige. Auch in den Gesichtern der anderen kann ich erkennen, dass der Moment sie berührt.

»Auf uns.« Wir sprechen alle gleichzeitig, sehen uns in die Augen, genießen diesen Augenblick und beginnen dann alle gleichzeitig zu lachen.

»Wie wäre es mit einem weiteren Versuch *Ich hab noch nie …?*« Fragend sieht Jonas in die Runde. »Um der alten Zeiten willen. In der zahmen Variante. Keine schlüpfrigen Fragen, keine Politik, kein Alkohol. Einfach nur, um uns besser kennenzulernen und das hier interessant zu halten.«

»Kann es sein, dass wir alt geworden sind?« Lächelnd lässt Annika den Nacken kreisen. »Aber dann ist das halt so. Lasst es uns durchziehen.«

»Bin dabei«, sage ich.

»Ich auch.« Alex hebt sein Glas, wir stoßen noch einmal an, und dann spielen wir.

»Ich habe noch nie bei einer Prüfung betrogen«, beginne ich, worauf Annika trinkt und Alex fragt: »Ist es Betrügen, wenn man sich Formeln vor der Tür zum Prüfungsraum noch mal durchliest und sie dann gleich oben aufs Blatt schreibt, um sie nicht zu vergessen?«

»Nein«, kommt es von uns allen.

»Dann trinke ich nicht.«

»Wirklich?« Annika schaut sichtlich überrascht in die Runde. »Niemand von euch hat je einen Spickzettel geschrieben?«

»Geschrieben schon«, sagt Jonas. »Aber nicht benutzt. Dann ist es kein Betrügen, oder?«

»Richtig«, stimmen Alex und ich zu.

»Ihr seid ein Haufen Langweiler und Streber.« Doch Annika lacht bei diesen Worten. »Ich habe noch nie die Zeche geprellt«, fährt sie fort, und niemand trinkt. »Sag ich doch.« Sie zwinkert und schaut zu Alex, der dran ist.

»Du hast auch nicht getrunken. Also selber langweilig.« Er zwinkert zurück und spitzt gespielt übertrieben die Lippen. »Ich habe noch nie ein Haustier besessen.«

Diesmal ist es Jonas, der trinkt. »Muss ich für jedes trinken? Dann bin ich froh, dass das hier kein Alkohol ist. Im Moment habe ich vier Katzen und zwei Hunde auf dem Hof. Und acht Hühner, wenn man die als Haustiere zählt.«

»Eigene Hühner, war ja klar«, kommt es von Alex. »Einmal trinken reicht, würde ich sagen.«

So geht es weiter, und diesmal macht das Spiel Spaß. Wir lachen viel und erfahren banale Dinge voneinander. Wer welche Bücher oder Filme mag, was unsere Lieblingsspeisen sind und welche Musik wir mögen oder hassen.

Eine Sache wird ganz deutlich. Egal, über was wir reden, es gibt keinen einzigen Punkt, bei dem sich alle einig sind. Und trotzdem – oder gerade deswegen? – ist es ein ebenso interessanter wie entspannter Abend.

Um kurz vor zwölf hole ich die Dickens-Ausgabe, und wir beginnen zu lesen. Heute geht es um die Gegenwart. Ebenezer Scrooge sieht, wie sein Angestellter Bob Cratchit im Kreise der Familie ein wunderschönes Fest feiert, genau wie viele andere Menschen. Auch Scrooges Neffe begeht das Fest mit Familie und Freunden, und sein hartes Herz beginnt zu erweichen.

Ich schließe das Buch und schaue zur Uhr. Es ist kurz vor eins, also verteile ich unsere Briefe.

Diesmal sind die Reaktionen positiver als gestern. Liegt es daran, dass wir erahnen, was auf uns zukommt? Ein wenig vielleicht.

»Erinnert ihr euch, was ihr geschrieben habt?«, frage ich und überlege, was meine Antwort ist.

»Ich glaube, dieser Brief ist weniger schlimm als der letzte.« Nachdenklich dreht Jonas seinen in den Händen. »Er enthält bestimmt immer noch viel zu oft das Wort *Fuck*, aber ich erinnere mich, dass ich über unser Zusammensein hier geschrieben habe.«

»Ich auch«, sagt Alex.

»Ja.« Auch Annika dreht ihren Brief hin und her.

»Was auch sonst. Das war ja unsere Gegenwart damals.« Ich schiebe meinen Zeigefinger in die Lasche des Umschlags. »Wollen wir?«

Alle nicken, und wir öffnen gemeinsam diesen Blick in unsere Vergangenheit.

Dritte Strophe

Der zweite Brief

Beim Lesen meines Briefes muss ich unwillkürlich grinsen. Meine Güte, war ich in Jonas verschossen. Eine ganze Seite dreht sich nur um ihn, darum, wie er mich angeschaut, mir zugezwinkert oder seine Hand mich kurz gestreift hat. Kein großer Unterschied zu heute. Oder vielleicht doch. Diesmal könnte vielleicht mehr daraus werden.

Ich warte auf meinen inneren Korrektor, der mich zurechtweist und mir sagt, dass ich mir das alles nur einbilde. Doch der ist aus irgendeinem Grund leise. Ein gutes Omen oder pures Wunschdenken?

»Das ist definitiv besser als der letzte Brief«, sagt Jonas in diesem Moment, und ich sehe zu ihm. »Hatte fast vergessen, wie sehr ich die Zeit hier mit euch genossen habe. Es war weihnachtlich und das ganz ohne den Religionsmist. Ich glaube, ich habe zum ersten Mal verstanden, was andere an dieser Zeit finden.« Er dreht den Brief in seiner Hand hin und her. »Wisst ihr, dass ich an Weihnachten in dem Jahr zum ersten Mal nicht bei meinen Eltern war?«

»Ich erinnere mich«, sagt Annika. »Du hast bei deinen Großeltern gefeiert, oder?«

»Genau. Bei denen, die nicht in der Kirche waren und zu denen ich bis dahin kaum Kontakt hatte. Schuld daran bist übrigens du.« Er dreht sich und zeigt auf mich.

»Ich? Wie das denn?« Stirnrunzelnd denke ich nach. »Ich kann mich nicht erinnern, dass wir je über deine Großeltern geredet haben.«

»Haben wir auch nicht. Aber an dem Abend mit dem vielen Punsch hast du erzählt, wie du als Kind einmal bei deinen Großeltern gefeiert hast, weil deine Eltern verreist waren. Und wie sehr dir das gefallen hat.«

»Daran erinnere ich mich auch.« Alex nickt zustimmend. »Du bist richtig ins Schwärmen geraten. Ich weiß noch, wie ich dachte: So ein Fest würde ich auch gern mal haben.«

»Das ist auch eine tolle Erinnerung, über die ich heute noch froh bin.« Mir war vollkommen entfallen, dass ich ihnen das erzählt hatte.

»Komisch, ich weiß davon nichts mehr. Muss nach meinem Absturz gewesen sein.« Unruhig trommelt Annika mit den Fingern auf ihrem Oberschenkel herum.

»Jap, war es definitiv«, sagt Jonas. »Du hast auf dem Boden vor dem Kamin gelegen und nichts mehr mitbekommen.«

»Danke, dass du mich daran erinnerst.«

»Immer gern. Aber darauf wollte ich gar nicht hinaus. Sondern auf das, was diese Geschichte in mir bewegt hat. Klaras Bericht und ihre offensichtliche Trauer darüber, dass Oma und Opa nicht mehr da waren, haben mich dazu gebracht, mich mit meinen eigenen Großeltern in Verbindung zu setzen. Nach unserer Rückkehr habe ich mich bei ihnen gemeldet, und das war mehr oder weniger der Anfang meines neuen Lebens.«

Wow. Das verschlägt mir erst mal die Sprache. Sagt er, dass ich einen entscheidenden Einfluss auf sein Leben hatte? Klar, da ist die Sache mit dem Abi, das er ohne mich nicht geschafft hätte, aber das, was er erzählt, geht darüber hinaus.

»Jetzt bin ich ein wenig sprachlos«, gebe ich zu.

»Ich auch.« Alex kratzt sich am Kopf. »Vor allem, weil diese Geschichte mich auch inspiriert hat. Der Ausgang war scheiße, aber ich hatte mir vorgenommen, etwas zu ändern.«

»Inwiefern?« Annika sucht seinen Blick, und wie schon ein- oder zweimal in den letzten Tagen habe ich das Gefühl, dass es zwischen den beiden eine Verbindung gibt, die über die Freundschaft, die wir hier geschlossen haben, hinausgeht.

»Bei mir war es Jahre her, dass irgendwelche Großeltern an Weihnachten dabei gewesen waren. Also habe ich vorgeschlagen, sie zu besuchen. Die meiner Mutter, weil ich mit denen besser zurechtkam.« Er verzieht das Gesicht. »Das führte dazu, dass die Eltern meines Vaters tödlich beleidigt waren, weil wir nicht zu ihnen gefahren sind. Dann stritten meine Eltern, und am Ende war ich an allem schuld.«

»Oje.« Schon komisch, welche Auswirkungen Dinge haben können, die man selbst für unwichtig hält.

»Ist ja nicht deine Schuld, dass meine Familie bescheuert ist«, sagt Alex schulterzuckend.

»Hatten wir ja gestern schon.« Jonas zwinkert mir zu. »Mach dir bloß keine Vorwürfe, nur weil du hier die Einzige bist, die mit ihrer Familie klarkommt. Das wäre ja noch schöner.«

»Okay«, sage ich wenig überzeugt, aber mit dem Willen, es zu versuchen. »Will noch jemand was über seinen Brief sagen?«

»Ich.« Annika hält ihre Blätter hoch. »Mir ging es ähnlich wie Jonas. Die Zeit hier war wie ein Ausflug in ein anderes Leben. In eine heile Welt, die ich mir so sehr gewünscht habe.« Sie sucht den

Blick von jedem von uns. »Mein Absturz damals hatte auch damit zu tun. Steht alles hier.« Sie deutet auf die Zeilen, ohne sie anzusehen. »Die Stimmung zwischen uns war teilweise so intensiv, dass ich nicht wusste, wie ich damit umgehen sollte. Alkohol war das einzige Mittel, das ich kannte. Auch wenn mir damals schon klar war, dass das der falsche Weg ist.« Sie seufzte schwer. »Hatte ich total vergessen. Zumal ich ja noch eine ganze Weile und eine Schwangerschaft gebraucht habe, um zur Vernunft zu kommen. Schon komisch. Als ich das geschrieben habe, wusste ich noch nicht, dass mein Leben ein halbes Jahr später total auf dem Kopf stehen würde.«

»Wie hast du das hinbekommen?«, fragt Alex. »Also nicht die Schwangerschaft. Ich weiß, wie das funktioniert. Sondern dein Leben danach. Hast du eine Ausbildung gemacht? Mit Kind und ohne die Hilfe deiner Eltern?«

»Nein. Ich habe erst mal weiter bei meinen Eltern gewohnt und mich mit Gelegenheitsjobs über Wasser gehalten. Kellnern, Regale in Supermärkten auffüllen und so. Zumindest solange es ging. Als Vanessa dann da war, wurde mir schnell klar, dass ich sie unmöglich bei meinen Eltern lassen konnte. Also habe ich nach anderen Möglichkeiten gesucht. Und dabei hat mir die Kirche geholfen, ob ihr es glaubt oder nicht.«

»Die Kirche? Sicher nicht die meiner Eltern.« Jonas verzieht das Gesicht.

»Nein, die evangelische. Die hatten damals eine Selbsthilfegruppe für alleinerziehende junge Mütter, der ich beigetreten bin. Wir waren vier Frauen und haben uns gegenseitig unterstützt, so gut es ging. Der Pfarrer unserer Gemeinde war sehr progressiv und hat viel für uns getan. Unabhängig davon, ob wir gläubig waren oder nicht.

Er hat uns geholfen, Jobs zu finden und Betreuung für unsere

Kinder, wenn ausnahmsweise mal keine von uns Zeit hatte. Ich habe ein duales Studium bei einer Eventagentur gemacht und dabei ziemliches Glück gehabt. Obwohl Homeoffice für viele Arbeitgeber damals noch kein Begriff war, durfte ich eine Menge von zu Hause aus erledigen. Und wenn es gar nicht anders ging, konnte ich Vanessa mit zur Arbeit nehmen. Meine Chefin ist meganett und hatte echt Verständnis für meine Situation. Dafür bin ich heute noch dankbar.«

»Und wie hast du das mit dem Studium gemacht?« Das interessiert mich. Ich hätte mir beim besten Willen nicht vorstellen können, während meiner Ausbildung zur Buchhändlerin ein Kleinkind großzuziehen.

»Meistens bin ich zu Hause geblieben und habe gelernt. Und wenn es doch mal Präsenzveranstaltungen gab, hatte ich ja Freundinnen, auf die ich mich verlassen konnte. Natürlich musste ich auch selbst regelmäßig als Tagesmutter herhalten. Glaubt mir, wenn ich sage, dass alleine auf vier Kleinkinder aufzupassen eine Herausforderung ist. Besonders wenn sie erst mal laufen können. Da bist du froh, wenn du Zeit fürs Klo findest, geschweige denn für die Arbeit. Gelernt habe ich meistens nachts, ich bin mehr als einmal über meinen Büchern eingeschlafen.« Seufzend zuckt sie mit den Schultern. »War eine harte Zeit, aber ich habe mir bewiesen, wozu ich fähig bin.«

»Zu einer ganzen Menge.« In Alex' Stimme klingt echte Anerkennung mit. »Du hast meinen vollsten Respekt.«

»Danke. Ein hohes Lob von dir.«

Er hebt die Brauen. »Ehre, wem Ehre gebührt.«

»Wer haut hier jetzt Kalendersprüche raus?« Jonas lacht, und alle fallen ein.

Dieses gemeinsame Lachen fühlt sich gut an. Vergessen sind die Unstimmigkeiten vom Nachmittag. Stattdessen ist da nur noch dieses Gemeinschaftsgefühl, das mir die Brust wärmt und dazu führt, dass ein breites Grinsen auf meinem Gesicht zurückbleibt. »War eine intensive Zeit vor fünfzehn Jahren«, sage ich.

»Ja.« Jonas schaut zu Annika. »Wir waren irgendwie alle eng miteinander. Fühlt sich fast schon wieder so an wie damals. Zumindest für mich.«

Es versetzt mir einen kleinen Stich, dass er bei den Worten sie anschaut und nicht mich. Gleichzeitig bewegt er sein Bein so, dass unsere Oberschenkel sich berühren, und zieht sich nicht wieder zurück. Ist das Absicht? Ich traue mich nicht, ihn anzusehen, um es herauszufinden.

»Unser Streit auf der Abifeier hat mir ganz schön zugesetzt«, redet er weiter, ohne mich zu beachten. »Heute wäre es nie so weit gekommen, weil ich anders mit meinen Gefühlen umgehe.« Jetzt wendet er sich an Alex. »Auch wenn ich es nicht gern zugebe, bin ich dir gar nicht so unähnlich. Als ich dich heute Nachmittag angeblafft habe zum Beispiel. Sobald mich etwas stört, kann ich die Klappe nicht halten. Ich muss einfach was sagen und es aus der Welt schaffen. Oder es zumindest versuchen.«

»Ist mir gar nicht aufgefallen. Du bist dabei fast so subtil wie ich«, sagt Alex mit einer ordentlichen Prise Humor in der Stimme. »Zugegeben, ich war nicht gerade taktvoll. Ich weiß, das bin ich selten, nur … Diese ganze Waisenhaussache hat mir zugesetzt.« Er atmet tief ein. »Es gibt da etwas, das ich euch nie erzählt habe, obwohl es bei unserem letzten Besuch hier praktisch mein Leben bestimmt hat.«

»Jetzt bin ich neugierig.« Jonas beugt sich ein wenig vor. Auch ich kann eine gewisse Anspannung nicht verleugnen und tue es ihm gleich.

»Wie ihr wisst, bin ich kurz vor unserer Fahrt hierher achtzehn geworden, und da haben meine Eltern eine Bombe platzen lassen. Sie haben mir erzählt, dass ich adoptiert bin.«

Innerlich stöhnend schließe ich die Augen. Im Nachhinein hätte ich keinen schlimmeren Ort als das Foundling Museum für unseren Besuch aussuchen können. Katastrophe auf ganzer Linie.

»Warum hast du uns das nicht erzählt?« Annika ist sichtlich erschüttert und schüttelt den Kopf.

»Weil es eigentlich keine Rolle spielte«, antwortet Alex schulterzuckend. »Meine Eltern waren meine Eltern, weil meine Erzeuger mich nicht wollten. Ich hatte keine schlechte Kindheit, bekam alles, was ich wollte, und war auf dem besten Weg, meinen Traumberuf zu ergreifen. Keine große Sache also.«

»Für mich wäre das eine große Sache gewesen.« Ich will mir gar nicht vorstellen, wie ich es seinerzeit verkraftet hätte, mit so einer Nachricht konfrontiert zu werden. »Besonders damals, als ich achtzehn war und noch nicht genau wusste, wer ich bin.«

»Das wusste ich schon immer«, sagt er lächelnd. »Im Prinzip hätte die Sache mit der Adoption kein Drama für mich sein dürfen. Aber in meinem jugendlichen Hirn redete ich mir ein, das sei der Beweis dafür, dass alle Eltern scheiße sind. Entweder sie belügen dich dein Leben lang, so wie meine Eltern, oder sie lassen dich im Stich, wie meine Erzeuger. So oder so müssen es am Ende die Kinder ausbaden. Deshalb schwor ich mir, niemals Kinder zu bekommen.«

»Hast du deshalb so schräg auf das Waisenhaus reagiert?« Jonas sieht ihn fragend an.

Alex seufzt tief. »Ich habe damals Einblick in die Akten verlangt und erfahren, dass es eine Inkognito-Adoption war. Das heißt, die Namen meiner leiblichen Eltern wurden zwar erfasst, aber sie haben nie erfahren, wo ich gelandet bin. Sie hätten allerdings die Möglichkeit gehabt, etwas für mich zu hinterlegen, falls ich je nach ihnen suchen möchte. Einen persönlichen Gegenstand, einen Brief, ein Foto …« Er verzieht gequält das Gesicht. »Doch da war nichts.«

»Ein Token also«, sage ich leise zu mir selbst und stöhne. »Das habe ich nicht gewusst.«

»Woher auch. Ich habe es ja niemandem gesagt.« Er zuckt mit den Schultern.

»Es tut mir trotzdem leid.« Der Satz kommt mir so belanglos vor, aber mehr fällt mir nicht ein.

»Scheiße, Mann.« Jonas bringt es besser auf den Punkt.

Nur Annika schweigt, sieht ihn nicht einmal an, sondern scheint ihren eigenen Gedanken nachzuhängen.

»Danke.« Alex holt noch einmal tief Luft. »Dieses Foundling House hat alles wieder an die Oberfläche gespült. Aber das ist noch nicht alles.« Er verschränkt die Arme, und ich sehe wieder diese Verletzlichkeit in ihm, die er so gut zu verbergen weiß. »An der Kinderfrage ist auch meine Ehe zerbrochen«, sagt er und öffnet die Arme wieder. »Meine Frau wollte unbedingt Kinder.« Er fährt sich durchs Haar. »Ich dachte immer, ich will keine, aber je mehr ich mich damit beschäftigte, desto klarer wurde mir, dass ich es besser machen wollte als meine Erzeuger, und ich änderte meine Meinung. Aber am Ende stellte sich heraus, dass meine Frau keine Kinder bekommen konnte. Das war für sie ein harter Schlag.«

Betroffen starre ich ihn an. »Alex, das …«

»Schon gut, Klara. Ich bin noch nicht fertig«, winkt er ab und fährt fort. »Irgendwann kam sie dann zu mir mit der Idee, ein Kind zu adoptieren. Im Nachhinein betrachtet hätte ich einfach *Ja* sagen sollen. Schließlich bin ich der beste Beweis dafür, dass Adoption funktioniert. Aber damals war mein erster Gedanke, dass ich auf gar keinen Fall sein will wie meine Eltern, und ihr wisst ja, dass ich nicht besonders diplomatisch veranlagt bin.« Kopfschüttelnd seufzt er. »Unsere Ehe war ohnehin schon ziemlich strapaziert. Meine anfängliche Ablehnung, ein Kind zu bekommen, dann die jahrelangen Versuche, eines zu zeugen, ihre unerwartete Unfruchtbarkeit und am Ende mein kategorisches *Nein* zur Adoption. Das war einfach zu viel. Wir haben uns kurz darauf scheiden lassen.«

Das kann doch alles nicht wahr sein. Kein Wunder, dass er so mies drauf war. Ich könnte mich ohrfeigen für meine dumme Idee mit dem Foundling House und suche verzweifelt nach einer passenden Entschuldigung.

Mit erhobenen Händen wehrt Alex alle Kommentare und Mitleidsbekundungen ab. »Ich bin selbst schuld, das ist mir inzwischen klar. Und wenn ich die Zeit zurückdrehen und alles anders machen könnte, würde ich es tun. Doch all das ist keine Entschuldigung dafür, dass ich mich heute Morgen wie ein Arsch verhalten habe. Sorry«, sagt er an Annika gewandt, »tut mir wirklich leid, dass ich meinen Frust an euch ausgelassen habe. Ich hoffe, ihr könnt mir nachsehen, dass ich heute ein wenig gereizt war.«

Ich kann das gut nachvollziehen, doch mir fehlen immer noch die Worte, weshalb ich stumm nicke. Heute Morgen hätte ich ihn am liebsten erwürgt, und andere Menschen in seiner Situation hätten verträglicher reagiert, aber er ist nun mal Alex. Auch die anderen beiden nicken zustimmend.

»Danke.« Er lächelt. »Fühlt sich überraschend gut an, das erzählt zu haben. Auch wenn es für mein weiteres Leben und für euch natürlich vollkommen irrelevant ist.«

»Zumindest verstehen wir jetzt besser, was mit dir abgeht.« Jonas steht auf und geht zum Kamin, um Holz nachzulegen. Dabei geht er an Alex vorbei und drückt ihm freundschaftlich die Schulter.

Mich durchfährt es bei dieser Geste heiß und kalt. Sie zeigt so deutlich, dass die enge Verbindung zwischen uns vieren immer noch da ist, auch wenn wir uns so lange nicht gesehen haben und in vielen Dingen unterschiedlicher Meinung sind. Es tut gut, daran erinnert zu werden.

Bittere Wahrheiten

Jonas kommt zurück und setzt sich wieder neben mich. Diesmal so nah, dass wir uns berühren, was mir ausnehmend gut gefällt. Ernst blickt er in die Runde. »Habt ihr Kapazitäten für ein weiteres schweres Thema? Ich hätte da noch eine Sache, die geklärt werden sollte …« Er sieht zu Annika, die langsam nickt.

Der Druck seines Oberschenkels an meinen verstärkt sich, und ich ahne, worum es geht. Gern hätte ich seine Hand genommen, ihn so unterstützt, doch das würde ihm wahrscheinlich nicht gefallen, weshalb ich einfach verharre und den Druck erwidere. Hoffentlich gibt ihm das genug Mut.

Den Blick auf Annika gerichtet, sagt er: »Ich weiß, dass du nicht über deine Tochter reden willst, nur …« Es folgt ein Schulterzucken, das so verloren wirkt, dass ich ihm jetzt doch tröstend eine Hand auf den Oberschenkel lege. Er ergreift sie, schaut aber weiter zu Annika. »Nach dem Museumsbesuch vorhin bin ich nachdenklich geworden. Ich hab das erst nicht wahrhaben wollen, aber dann hat Klara mir einen gehörigen Tritt in meinen metaphorischen

Hintern gegeben. Dadurch habe ich realisiert, dass ich diese Sache mit dir klären muss. Deine Tochter ist wahrscheinlich meine einzige lebende Verwandte, die nicht in dieser beschissenen Kirche ist. Im Herzen bin ich ein Familienmensch, und es würde mir viel bedeuten, sie kennenzulernen. Wenn sie das auch will.« Äußerlich wirkt er ruhig, doch während seiner kleinen Ansprache hat er seine Finger fest um meine geschlossen. Sein ganzer Körper ist angespannt. Das auszusprechen hat ihn einiges gekostet.

Annika stößt hörbar die Luft aus und lässt sich in ihren Sessel zurücksinken.

»Du hast doch gestern gesagt, du seiest nicht der Vater«, stößt Alex hervor, und der Ausdruck *Wenn Blicke töten könnten* gewinnt eine völlig neue Bedeutung.

»Ist er auch nicht«, sagt Annika leise. »Aber er denkt, dass er der Onkel wäre.«

»Onkel?« Stirnrunzelnd denkt Alex nach. »Hast du was mit seinem Bruder gehabt?« Er sucht Annikas Blick. »Wie hieß er noch gleich? Markus? Ist das der Kerl, mit dem du mich betrogen hast?«

Jetzt wird es interessant. Nach gestern habe ich ja geahnt, dass die beiden was miteinander hatten. Aber Betrügen impliziert irgendwie eine feste Beziehung.

»Ich habe dich nie betrogen.« Mit nach vorn gestrecktem Kinn setzt sich Annika wieder gerade hin. »Jonas dachte, denkt, ich hätte was mit seinem Bruder gehabt, aber das stimmt nicht.«

»Markus hat mir gegenüber zugegeben, dass ihr Sex hattet, und du hast es nicht bestritten.« Jonas' Griff um meine Finger wird noch fester.

»Weil dein Bruder ein Vollpfosten ist, der nur Mist erzählt, und ich der Meinung war, dass es dich einen feuchten Kehricht angeht, mit wem ich ins Bett gehe.« Mit zusammengekniffenen Lippen mustert Annika erst Jonas und dann Alex. Schließlich seufzt sie, ihr Gesicht entspannt sich, und sie spricht deutlich ruhiger weiter. »Wir waren jung, und du hast mir mehr oder weniger an den Kopf geworfen, eine Schlampe zu sein. Jetzt mal ehrlich, welche Neunzehnjährige reagiert da nicht allergisch drauf? Schwamm drüber.« Sie winkt ab. »Was jetzt kommt, erzähle ich euch nicht, weil Jonas damit angefangen hat oder weil Alex sich geöffnet hat. Den Entschluss habe ich vorhin schon gefasst, als wir im Zug zurück saßen. Ihr habt die Wahrheit verdient. Wie Jonas schon sagte, dieses Waisenhaus und die kleinen Liebesbeweise der Mütter haben uns allen zugesetzt. Mir auch. Ich habe mir Gedanken über die Väter gemacht und mich gefragt, ob sie überhaupt wussten, in welcher Lage sich die Frauen befunden haben – und ob sie geholfen hätten, wenn sie es geahnt hätten. Dann ist mir klar geworden, dass ich Vanessas Vater diese Chance nie gegeben habe.« Sie bricht ab und schluckt schwer.

Ich habe eine Menge Fragen, verstehe jedoch, dass jetzt nicht der richtige Zeitpunkt dafür ist, und warte gespannt auf ihre nächsten Worte.

Annika atmet mehrmals tief durch und steht dann auf. »Das ist nicht leicht für mich, weil ich so lange geschwiegen habe.«

»Lass dir alle Zeit, die du brauchst.« Die Andeutung, dass sein Bruder wahrscheinlich nicht der Vater ist, hat Jonas sichtlich entspannt. Seine Hand liegt nach wie vor auf meiner, doch nicht mehr verkrampft. Fast entlockt es mir ein Lächeln, dass er sie nicht weggezogen hat. Lächeln wäre allerdings unangebracht in dieser Situation, weshalb ich es unterdrücke und das irrationale Glücksgefühl, das seine Berührung in mir auslöst, tief in meinem Inneren verschließe.

»Ich habe mir schon viel zu lang Zeit gelassen.« Annika dreht sich so, dass sie Alex gegenübersteht. Ihr Blick deutet bereits an, was jetzt kommen wird, und ich halte unwillkürlich die Luft an.

Auch Alex scheint es zu ahnen. Seine Augen werden groß, er öffnet den Mund, schüttelt den Kopf und schließt ihn wieder.

»Sorry, Alex, Vanessa ist dein Kind«, sagt sie schlicht und deutlich ruhiger, als ihr Auftreten vermuten lässt. Die Hände zu Fäusten geballt, mit roten Flecken im Gesicht, steht sie vor ihm und lässt seinen Blick nicht los.

Alex scheint wie erstarrt. Er sieht sie unverwandt an, öffnet immer wieder den Mund, bringt aber kein Wort heraus.

Ist es besser, nichts zu sagen, oder wäre es eher angebracht, das Schweigen zu brechen? So langsam wird die Situation unangenehm, aber ich finde nicht, dass ich in dieser Sache als Erste das Wort ergreifen sollte.

Deshalb bleibe ich stumm und denke über Annikas Geständnis nach. Irgendwie bin ich nicht überrascht und trotzdem wie vor den Kopf gestoßen.

Warum habe ich damals nicht bemerkt, was zwischen den beiden lief? Weil ich zu sehr mit meinen eigenen Problemen beschäftigt war. Ich schiele zu Jonas. Besonders in Liebesdingen. Für die Angelegenheiten anderer hatte ich keine Kapazitäten. Und nach unserem Aufenthalt hier auch nur noch wenige Berührungspunkte mit Alex und Annika.

Denn sobald wir zurück in Deutschland waren, ist das passiert, was wir die ganze Zeit eigentlich schon gewusst hatten: Dieses Wirgefühl hielt nicht lange an.

Nur mit Jonas habe ich mich weiter getroffen, wegen der Nachhilfe. Aber eben auch nicht in der Schule. Dort war ich immer noch die zurückgezogene Schülerin, die Bücher mehr mochte als Menschen und die entweder gehänselt oder ignoriert wurde. Auch von Jonas. Die Erinnerungen an diese Zeit schmerzen nach wie vor und reichen aus, meinen Puls steigen zu lassen.

Es geht aber gerade nicht um dich, Klara. Ist mir klar, nur sagt immer noch niemand ein Wort, und meine Gedanken kreisen wild umher.

»Was?«, krächzt Alex schließlich, und trotz der allgemeinen Anspannung hört man förmlich, wie alle anderen erleichtert aufatmen.

»Du bist …«, setzt Annika an, doch er hebt die Hand.

»Rein akustisch habe ich dich verstanden. Nur wie?« Er winkt ab. »Ich meine, wann?«

»Das weiß ich nicht genau.« Annika, offensichtlich froh, darüber reden zu können, läuft vor dem Kamin auf und ab. »Wir haben ja immer verhütet. Aber keine Methode ist zu hundert Prozent sicher, wie Vanessa eindrucksvoll beweist.«

»Sie beweist nur, dass dich irgendwer geschwängert hat. Wie kannst du so sicher sein, dass ich der Vater bin?«

Annika hebt frustriert die Hände. »Weil ich nur mit dir Sex hatte, du Arsch! Auch wenn ich mich in den letzten Jahren hundertmal gefragt habe, welcher Teufel mich da geritten hat.«

»Ich soll dir also glauben, dass ich der Einzige …«

»Schon allein, dass du ernsthaft annimmst, ich hätte dich betrogen, lässt mich an der Urteilskraft meines damaligen Ichs zweifeln. Ich habe dich echt gemocht.«

»Gemocht?« Alex stößt das Wort schnaubend aus. »Ich habe dich verzweifelt geliebt, aber du hast deine Zeit lieber auf Partys verbracht, zu denen ich nicht mal eingeladen war.«

»Ich habe dich jedes Mal gefragt, ob du mitkommen willst, aber du wolltest mit meinen Freunden ja nichts zu tun haben«, keift Annika zurück.

Das nimmt ihm den Wind aus den Segeln, und er sinkt in sich zusammen. »Das war eben nicht meine Welt. Mir war von Anfang an klar, dass du mir irgendwann den Laufpass geben würdest. Ein langweiliger Streber wie ich konnte eben nicht mit den coolen Typen aus deiner Clique konkurrieren. Du kannst dir nicht vorstellen, wie sehr die Eifersucht an mir genagt hat. Ich hätte alles dafür gegeben, so zu sein wie die, nur um bei dir sein zu können. Aber ich hatte es leider nicht in mir.«

Sein Geständnis überrascht mich und löst das Gefühl aus, hier fehl am Platz zu sein. Was die beiden zu besprechen haben, ist entschieden zu intim, um es vor uns auszubreiten.

»Ich bin nicht sicher, ob wir das hören sollten«, spricht Jonas meine Gedanken aus und steht auf. »Wenn ihr wollt, dass wir gehen …«

»Ja«, kommt es von Alex.

»Nein«, widerspricht Annika. »Bitte bleibt. Es fällt mir leichter, alles zu erklären, wenn ich nicht mit ihm allein sein muss.« Sie klingt so verzweifelt, dass ich aufstehe, zu ihr gehe und sie wortlos in den Arm nehme.

»Ich bin doch kein Monster!« Jetzt hält Alex nichts mehr in seinem Sessel. »Mit mir kann man reden.«

»Kann man das?« Annika macht sich von mir los und baut sich vor ihm auf. »Ich habe es versucht, weißt du. Ich habe ganz vorsichtig versucht, das Thema anzusprechen, aber kaum hatte ich das Wort ›Kind‹ auch nur in den Mund genommen, hast du dich sofort maßlos aufgeregt: Du würdest niemals Kinder in die Welt setzen. Eher würdest du dich erschießen, als für ein schreiendes Balg zu sorgen, das sowieso nur Unsummen kostet. Kinder seien nur was für Asoziale und unverbesserliche Gutmenschen. Danach war die Sache klar für mich.«

Kopfschüttelnd zeigt Alex auf Annika. »Das war doch nur dummes Gerede. Wenn ich gewusst hätte, dass du schwanger warst …« Erneutes Kopfschütteln. »Das wäre etwas vollkommen anderes gewesen.«

»Ach ja?« Annika stemmt die Hände in die Hüften und schiebt das Kinn vor. »Und woher hätte ich das wissen sollen? Raten?«

»Hast du etwa deshalb mit mir Schluss gemacht?« Fassungslos starrt Alex auf sein Gegenüber. »Weil du wörtlich genommen hast, was ich gesagt habe? Hast du geglaubt, ich würde mir was antun, wenn ich von dem Kind erfahre?«

»So ein Quatsch. Ich dachte nur, dass es besser ist, wenn mein Kind ohne einen Vater aufwächst, der es nicht haben will. Oder mit einem, der solchen Mist von sich gibt, such's dir aus.«

Wir sollten wirklich nicht hier sein. Das ist eine Sache, die nur Annika und Alex etwas angeht.

Vorsichtig versuche ich, mich von Annika zu entfernen, doch sie hält mich am Arm zurück und schaut mich so flehend an, dass ich nicht anders kann, als zu bleiben.

»Scheiße!« Alex schreit fast und fährt sich mit der Hand durchs Haar, sodass seine sonst so akkurate Frisur vollkommen in Unordnung gerät. »Wenn du was gesagt hättest, wäre mein ganzes Leben anders verlaufen, ist dir das klar?«

»Natürlich.« Annikas bitteres Lachen lässt mir kalte Schauer über den Rücken laufen. »Ich lebe seit fünfzehn Jahren mit der Entscheidung und dem Wissen, dass mein Leben ohne Vanessa ein anderes wäre. Nicht besser, auf keinen Fall. Aber eben anders.«

»Mit dem Unterschied, dass du diese Entscheidung bewusst treffen konntest. Ich nicht!« Blitzschnell dreht er sich und geht auf Jonas zu. Wenige Zentimeter vor ihm bleibt er stehen und stemmt die Hände in die Hüften. Er ist einen halben Kopf kleiner als Jonas, doch gerade im Moment wirkt er deutlich bedrohlicher. »Und du wusstest es auch. Du hättest es mir sagen müssen!«

»Was denn? Ich hatte ja keine Ahnung von eurer Beziehung.« Er kneift die Augen zusammen. »Annika hat mir von ihrer Schwangerschaft erzählt, und ich dachte, mein Bruder sei der Vater. An dich hätte ich nicht mal im Traum gedacht.«

»Weil du geglaubt hast, dass sie so einen wie mich nie ranlässt?«

»Weil ihr eure Beziehung geheim gehalten habt. Woher sollte ich denn wissen, dass ihr was miteinander hattet? Ich habe meinen Bruder bei einer Feier ziemlich angetrunken in ihren Armen vorgefunden. Er sagte mir später, sie hätten Sex gehabt. Damit war für mich die Sache klar.«

Alex schnaubt und dreht sich blitzschnell zu Annika. »Warum hast du den Kerl im Arm gehabt? Und warum erzählt er das, wenn es nicht stimmt?«

»Was weiß ich? Stecke ich in seinem Kopf?«, faucht sie zurück. »Abgesehen davon hatte ich ihn nicht im Arm, er ist irgendwann rotzbesoffen aufgetaucht und hat sich einfach an mich gehängt. Ich bin ihn nicht losgeworden. Dann kam Jonas und hat mich erlöst. Ende der Geschichte.«

Das ganze Gespräch übt eine merkwürdige Faszination auf mich aus. Ich war damals dabei und irgendwie doch nicht. Ich erinnere mich an den Abend, an dem Jonas seinen Bruder von dieser Abiparty nach Hause geschleppt hat. Ich erinnere mich auch daran, dass Alex Annika immer sehnsüchtig angesehen hat, und ich dachte, es sei seine Art, der Zeit hier in Rochester nachzutrauern. Nie im Leben wäre ich darauf gekommen, dass zwischen den beiden was lief.

»Und trotzdem hast du am Ende Jonas von der Schwangerschaft erzählt und nicht mir.« Alex' Stimme klingt jetzt ruhig, doch sein Blick zeigt deutlich, wie verletzt er ist.

»Hast du mir nicht zugehört?« In einer Geste der Hilflosigkeit wirft Annika die Arme in die Luft. »Ich habe es versucht, aber du hast blöd reagiert.«

»Ein Versuch.« Alex hebt seinen Daumen in die Luft. »Du hast genau einen Versuch unternommen. Bei so einem wichtigen Thema ein bisschen wenig. Stattdessen redest du mit ihm.« Jetzt zeigt er auf Jonas und dann auf Annika. »Und dann habt ihr euch darüber zerstritten, ohne Grund, und der Weihnachtsbuchclub war Geschichte, unsere gemeinsame Freundschaft zerstört.«

»Jetzt mach mal halblang.« Beruhigend hebt Jonas die Hände. »Unsere Freundschaft, wenn du das so nennen willst, war schon längst kaputt. Führ dir doch mal vor Augen, wie es damals war. Ihr zwei hattet was miteinander, ohne es mir oder Klara zu sagen. Ich habe Nachhilfe bei Klara genommen, ohne irgendwem was davon zu erzählen. Und überhaupt hat sich keiner von uns um die Gefühle der anderen geschert.«

Er hat recht, aber trotzdem ist es mir unangenehm, dass er mich plötzlich in den Mittelpunkt rückt. Hier geht es schließlich um Annika und Alex. Darum, dass sie eine gemeinsame Tochter haben. Ich war eigentlich ganz froh, bei der Angelegenheit außen vor zu sein.

»Diese Freundschaft haben wir alle zerstört«, stellt Jonas fest. »Klara kann am wenigsten dafür, denn wir haben ihr eigentlich nie eine echte Chance gegeben.«

Alex schnaubt und macht ganz den Eindruck eines Mannes, der nicht weiß, wohin mit seinen Gefühlen. »Ich brauch frische Luft«, stößt er hervor und stürmt in Richtung Eingang davon.

»Und ich meine Ruhe!« Auch Annika stürmt los, allerdings die Treppe nach oben.

Allein im Wohnzimmer, schauen Jonas und ich uns hilflos an. »Ich zu ihr, du zu ihm?«, frage ich, wenig überzeugt von dem, was ich da vorschlage.

»Oder wir bleiben einfach hier und lassen die das mit sich selbst ausmachen.« Jonas schaut Alex hinterher. »Ich glaube ehrlich gesagt nicht, dass der Lust hat, sich mit mir zu unterhalten.«

»Da könnte was dran sein. Ihr wart nie ein echtes Dream-Team.«

»Kannst du laut sagen. Wir haben uns auch heute nicht viel zu sagen. Allerdings kann ich verstehen, warum er sauer ist.« Jonas fährt sich mit beiden Händen durchs Haar, legt den Kopf in den Nacken und stöhnt einmal laut. »Setzt du dich zu mir? Ich will nicht … ich brauche dich.« Er sieht mich nicht an und klingt so verloren, dass mein Herz sich zusammenzieht. Gleichzeitig freue ich mich über seine Worte und nicke langsam.

»Jetzt hätte ich nichts gegen einen Drink«, sagt er. »Einen Gin Tonic, um die Nerven zu beruhigen?«

Keine Ahnung, ob das eine gute Idee ist oder mich Dummheiten machen lässt. Andererseits habe ich ja längst beschlossen, dass es Zeit für ein paar Dummheiten ist. »Ein Drink schadet sicher nicht.«

Kaminfeuernächte

Wir sitzen wieder auf der Couch, die Drinks vor uns auf dem improvisierten Tisch, und Jonas zeigt sein umwerfendes Lächeln.

»Danke, dass du geblieben bist.«

»Ich kann nicht anders, wenn es um dich geht.« Offenheit ist das oberste Gebot an diesem Abend. Das habe ich für mich beschlossen. Die Karten auf den Tisch legen, ohne Wenn und Aber.

»Okay. Puh.« Er greift nach seinem Glas und nimmt einen Schluck. »Habe ich dir schon gesagt, dass ich deine neue offene Art wahnsinnig anziehend finde? Du und ich, das hat eine Dynamik, die ...« Er zuckt mit den Schultern.

»Ja, ich weiß.« Auch ich greife nach meinem Glas. Mir gefällt das stumme Einverständnis, die Probleme von Annika und Alex zu ignorieren. Doch da gibt es noch eine Sache, die er mir erklären muss, bevor ich mich ganz auf ihn einlassen kann. »Eins muss ich allerdings noch wissen.«

»Frag, ich habe keine Geheimnisse.«

»Warum hast du deine Freundin betrogen?« Wahrscheinlich

geht die Frage zu weit und überschreitet den Grad der Intimität, die sich gerade erst zwischen uns entwickelt. Und doch ist es so, dass an seiner Antwort viel für mich hängt. Erst wenn ich weiß, was geschehen ist, kann ich entscheiden, ob das hier eine Wochenendepisode ist oder ich bereit bin, mehr in Erwägung zu ziehen.

»Der Abend der echt harten Geständnisse.« Seufzend stellt Jonas seinen Drink weg. »Warum habe ich Patrizia betrogen?« Er schürzt die Lippen und denkt lange über seine Antwort nach.

»Wenn die Frage zu indiskret ist, ziehe ich sie zurück.«

»Ist sie, aber ich beantworte sie trotzdem, weil ich verstehe, warum du sie stellst. Wäre es umgekehrt, würde ich es auch wissen wollen.« Er sucht meinen Blick. »Die Antwort ist: weil es mir leichtfiel. Nicht rühmlich für mich, aber die bittere Wahrheit.«

Was er sagt, gefällt mir nicht, dennoch bin ich bereit, ihm weiter zuzuhören. »Du hattest schon früher einen gewissen Ruf, was Frauen angeht. Also hast du so was schon häufiger gemacht?« Wenn jetzt ein *Ja* kommt, werde ich meinen Entschluss, etwas mit ihm anzufangen, wohl noch einmal überdenken müssen. Damit gehört meine Frage eindeutig in die Kategorie: ›Wenn du die Antwort nicht wissen willst, frag nicht.‹ Selbst schuld.

»Nein. Nie.« Sein Blick trifft meinen, ich erkenne die Aufrichtigkeit in seinen Augen und bin erleichtert.

Er spricht unterdes weiter. »In der Schule hatte ich nicht ansatzweise so viele One-Night-Stands, wie man mir nachgesagt hat. Um genau zu sein, waren es zwei. Keine Beziehung. Wenn ich eine eingehe, dann richtig. Passt nicht zum Betrügen, ich weiß. Puh.« Er verschränkt die Hände ineinander, reibt sie, löst sie wieder und atmet schwer aus. »Wo fange ich an? Patrizia und ich waren drei Jahre zusammen, es lief gut, eigentlich. Oder eben auch nicht. Es gab Reibungspunkte. Zusammenziehen zum Beispiel. Sie wollte nicht auf dem Land leben und hat ihre Wohnung in der Stadt behalten. Wir haben uns teilweise wochenlang nicht gesehen, und ich habe mir eingeredet, dass mir das nichts ausmacht, dass ich es sogar gut finde. Aber es hat an mir genagt, und manchmal habe ich mich einsam gefühlt. Irgendwann hatte ich einen Stand auf einem Weinfest. Sie mochte diese Feste nicht und war in Mainz geblieben. Und dann war da diese hübsche, sympathische Frau, die den ganzen Abend mit mir geflirtet hat.« Sein Gesicht verzieht sich. Er will nicht darüber reden und tut es doch. Weil er sieht, dass ich es wissen muss. Das macht es ein wenig leichter, die nächsten Worte zu hören. »Meine Stimmung an dem Tag war merkwürdig. Irgendwann habe ich meinen obersten Grundsatz für solche Feste gebrochen: ›Trinke nie, wenn du arbeitest.‹ Wir haben angestoßen, sie ist geblieben, ich habe zusammengepackt und dann …« Er schüttelt den Kopf und rollt mit den Augen. »Wir hatten Sex in ihrem Auto. Es war schnell vorbei, und sie ist direkt danach gegangen. Ich kann ehrlich sagen, dass sie mir nichts bedeutet hat.«

»Also warst du betrunken?« Seine Geschichte berührt mich in ihrer Ehrlichkeit. Schürt aber gleichzeitig Ängste, das könnte seine Art sein, mit Problemen umzugehen.

»Nein.« Er schüttelt langsam den Kopf. »Ich habe jede einzelne Entscheidung, die zu der Episode im Auto geführt hat, vollkommen klar getroffen. Der Wein hat mich vielleicht etwas enthemmt und die Sache beschleunigt, aber wahrscheinlich wäre es so oder so passiert. Vielleicht nicht an diesem Abend mit dieser Frau. Aber irgendwann.«

»Dann ist das deine Art, eine Beziehung zu beenden? Wenn du merkst, etwas passt dir nicht, suchst du dir eine andere für eine Nacht?«

»Gott, nein!« Wieder ein Kopfschütteln, diesmal vehementer. »So etwas habe ich vorher nie gemacht, und glaub mir, die paar Minuten Sex waren das schlechte Gewissen und die inneren Qualen danach absolut nicht wert. Wenn ich eins aus der Sache gelernt habe, dann das: Fremdgehen ist nichts für mich.«

Wieder bin ich geneigt, ihm zu glauben. »Hast du es Patrizia erzählt?« Ein weiterer Punkt, der mir wichtig ist. War er ehrlich, oder hat er sie angelogen?

»Sofort. Ich bin mitten in der Nacht zu ihr gefahren und habe es beendet. Nicht weil ich mit der neuen Frau zusammen sein wollte. Sondern weil ich wusste, dass Patrizia nicht die Richtige sein kann, wenn es mir so leichtfällt, sie zu betrügen.« Erneut greift er nach seinem Glas.

»Leicht? Hast du nicht eben von schlechtem Gewissen und inneren Qualen geredet?«

»Die kamen danach. An dem Abend allerdings …« Er rümpft die Nase und stellt seinen Drink wieder weg, ohne ihn angerührt zu haben. »Es ist einfach so passiert. Ich habe nicht … Das klingt jetzt vielleicht bescheuert und wenig nachvollziehbar, selbst für mich, aber ich habe gewusst, was ich tue, was es für Konsequenzen hat, und mich trotzdem dafür entschieden. Gehadert habe ich danach mit der Frage, zu was für einem Menschen es mich macht, wenn ich in der Lage bin, so etwas bewusst zu tun.«

»Zu welchem Ergebnis bist du gekommen?« Seine Offenheit und die vollkommene Klarheit darüber, was er getan hat, gefallen mir. Jetzt bin ich gespannt, wie er damit umgegangen ist.

»Ich bin noch nicht am Ende angelangt, ehrlich gesagt. Es ist ein Prozess. Eine Sache kristallisiert sich allerdings immer deutlicher heraus. Ich bin mehr Familien- und Beziehungsmensch, als ich dachte. Im Grunde ist es das, was du heute Mittag festgestellt hast, nur wusste ich es nicht. Sie wollte nie eine Familie oder eine enge Beziehung, und ich dachte, es ginge mir genauso. Damit lag ich falsch.«

Das klingt alles logisch, allerdings auch so, als ob ihm diese

Dinge gerade klar werden. Heißt das, die Sache mit Patrizia ist frisch? Oder ist es länger her, und er beschäftigt sich erst jetzt damit?

»Hattest du danach noch eine Beziehung?«

Er zögert, bevor er langsam Nein sagt.

»Nein?« Ich hebe die Brauen, um zu verdeutlichen, dass ich die Pause bemerkt habe.

»Okay, dann also alles.« Diesmal schließt er die Augen, während er tief ein- und ausatmet. »Was ich eben erzählt habe, ist an dem Wochenende passiert, bevor du mich hierher eingeladen hast. Uns eingeladen hast. Also ziemlich frisch, und ich bin immer noch dabei, es zu verarbeiten. Damit klarzukommen, was ich getan habe.« Er schaut auf und sucht meinen Blick. »Und dann warst da du in meinem Kopf. Eigentlich schon lange, wenn ich ehrlich bin. Ich habe oft an dich gedacht, seit ich deinen Blog entdeckt habe. Und nachdem ich mit Patrizia Schluss gemacht hatte, nagte die Frage an mir, warum ich damals nie versucht habe, bei dir zu landen.«

»Zu landen? Dir ist klar, wie bescheuert das klingt.« Trotz meiner Skepsis dringt ein Lachen durch meine Worte.

»Ja.« Auch er grinst jetzt, wird aber gleich wieder ernst. »Schreckt mein Geständnis dich ab?«

»Weiß ich nicht«, antworte ich ehrlich. »Mir gefällt, dass du dich nicht rausredest und zu dem stehst, was du getan hast. Denkst du, du würdest es noch einmal tun?«

»Ich habe es nicht vor, aber ich müsste lügen, um kategorisch *Nein* zu sagen. Ich kann nicht in die Zukunft sehen.«

Eine aufrichtige Antwort, die mir dennoch einen Stich versetzt. Ein Mensch, der einmal betrügt, tut das wahrscheinlich wieder. *Oder er hat seine Lektion gelernt und tut es nie wieder.* Ja, entweder … oder.

»Was ich sagen kann, ist Folgendes: Mir hat mein Verhalten zugesetzt, und ich habe mir viele Gedanken darüber gemacht, was ich von einer Beziehung erwarte. Vom Leben. Auch deshalb bin ich hier.« Er fährt sich noch einmal durchs Haar. »Manchmal geschehen Dinge aus einem Grund und genau zum richtigen Zeitpunkt. Deine Einladung zum Beispiel. Sie erreichte mich in einem Moment, in dem ich alles infrage gestellt habe. Und auf einmal war meine Erinnerung wieder da. An die Fahrt hierher und diese Begegnung mit dir damals oben im Flur, bei der ich dich am liebsten um den Verstand geküsst hätte.«

Seine Worte lassen wieder alles in mir vibrieren. Er erinnert sich also an jenen Abend. »Hast du aber nicht«, sage ich leise, und Bedauern schwingt in jedem Wort mit.

»Weil ich ein Esel war, viel zu sehr auf mich selbst fixiert. Wie hätte das denn ausgesehen? Ein cooler Typ wie ich mit einer grauen Maus wie dir?«

»Aua, danke.« Ich hoffe, man hört mir an, dass ich eingeschnappt bin.

»Gedanken meines vergangenen Ichs. Aber du warst danach in meinem Kopf, und ich habe immer wieder deine Nähe gesucht. Wie gesagt, ich wusste, was du für mich empfindest, habe es aufgesaugt, gebraucht und es genossen. Aber ich war jung und dumm. Mir fehlte im Grunde der Mut, mehr daraus werden zu lassen. Heute ist das anders.«

Ich sehe ihn an und versuche, mein Denken auszuschalten und nur auf das zu hören, was seine Worte in mir auslösen. *Chaos* trifft es wohl am ehesten. »Versuchst du, mir zu sagen, dass du nur wegen mir hier bist? Weil du jetzt den Mut hast, den du früher nicht hattest? Oder weil du deine Freundin betrogen hast und dir dann irgendwie dachtest, dass das mit mir nicht passiert wäre? Weil du weißt, wie sehr ich mir eine Familie wünsche? Obwohl du jahrelang kaum einen Gedanken an mich verschwendet hast? Klingt irgendwie *creepy*.«

»Ja, also nein. Ich habe keine Ahnung, was ich zu sagen versuche. Hauptsächlich bemühe ich mich, vor dir nicht wie ein Betrüger und Vollpfosten dazustehen. Sondern wie jemand, den du mögen könntest.«

»Gelingt so semi«, sage ich, lege aber meine Hand auf seinen Oberschenkel, was einen Strahl aus Wärme durch meinen Arm schießen lässt.

»Na, immerhin. Du bist noch da.«

»Ich bin noch da.«

Unsere Blicke treffen sich, versinken ineinander. Es ist, als wären wir durch irgendetwas miteinander verbunden. Etwas, das uns einander näherbringt. Stück für Stück, während ich das Gefühl habe, in seine Seele blicken zu können. Er meint, was er sagt, davon bin ich überzeugt. Er ist wegen mir hier, und für heute genügt mir das, egal, wie merkwürdig es ist.

Unsere Gesichter sind einander jetzt ganz nah, aber wir küssen uns nicht. Ich kann seinen Atem auf meiner Haut spüren, rieche ihn, sein Parfüm und sauge es tief in mich auf. Meine Lippen zittern leicht, und dennoch hält mich etwas zurück. Ein letzter Rest Verstand, der weiß, dass ich das morgen bereuen würde? Oder Angst vor dem Unbekannten?

»Du bist nicht bereit zu springen.« Seine Worte sind nur ein Flüstern. Er hebt die Hand, streichelt damit über meine Wange, und ich schmiege mich hinein. »Das respektiere ich. Auch wenn es mir schwerfällt.«

Ich sage immer noch nichts, sondern schaue ihn an, genieße die Berührung seiner Finger und hoffe, dass er sie nicht wegnimmt.

»Weißt du, was ich gern mit dir machen würde, wenn du es zulässt?«

Seine Worte weben einen Bann um uns, einen, dem ich mich nicht entziehen kann. Langsam schüttle ich den Kopf.

»Ich möchte dich küssen. Deinen Mund mit meiner Zunge erkunden, dich schmecken und genießen. Es ist intensiv, wir versinken ineinander, entdecken uns und holen nach, was wir versäumt haben. Der Kuss auf dem Weihnachtsmarkt war nur ein leiser Wind, wenn man ihn mit dem Sturm vergleicht, der diesmal durch uns hindurchfegt.«

So ungern ich es zugebe, ich kann seinen Kuss fast spüren, ahne, wie es sich anfühlen würde, und will noch mehr. »Und dann?«, frage ich atemlos.

»Irgendwann löse ich mich von deinen Lippen und küsse mich deinen Hals hinunter. Fest, leidenschaftlich, als wollte ich dich aussaugen. Du genießt es, legst den Kopf in den Nacken, reckst dich mir entgegen. Ich lecke und sauge, höre dich leise stöhnen und mache umso intensiver weiter. Währenddessen fahre ich mit einer Hand unter dein Shirt, suche deine Brust und massiere sie. Ganz sanft.«

Jedes seiner Worte entfacht gleißende Spitzen der Lust in meinem Inneren. Ich strecke ihm meine Brüste entgegen und höre ihn leise lachen.

»Genau so reagierst du darauf. Du willst mehr, willst, dass ich dich erkunde, jeden Zentimeter deiner Haut berühre. Ich gebe dir, was du brauchst, nehme deine Nippel in den Mund, sauge daran, blase sanft darüber, bis sie vollkommen hart sind. Genau wie ich.«

Mein Atem geht schneller, genau wie seiner. Meine Güte, was geschieht hier? Hat er vor, mich mit Worten zum Orgasmus zu bringen? Wenn er so weitermacht, könnte das gelingen.

»Und dann?«, wiederhole ich meine Frage von vorher, diesmal ein Stöhnen unterdrückend, und fahre mir mit der Zungenspitze über die Lippen.

Seine Pupillen weiten sich, und er spiegelt die Bewegung meiner Zunge. »Dann kehre ich zu deinem Mund zurück«, sagt er leise und rau, »während meine Hand tiefer wandert. Bis …«

Rums! Rums! Rums! Das Schlagen des Türklopfers hallt durchs Haus und lässt uns auseinanderfahren.

»Alex«, sagen wir wie aus einem Mund und müssen lachen. Ein gequältes Lachen, aber irgendwie auch befreiend.

Was auch immer da zwischen uns geschehen ist, war viel zu viel für diesen Abend – und dennoch nicht genug. Mein Atem geht so schnell, als wenn wir uns wirklich geküsst hätten, und beim Aufstehen ist mir leicht schwindelig.

Er grinst verlegen, schaut nach unten, zwischen seine Beine. »Ähm, wäre es in Ordnung, wenn du aufmachst? Ich bin …«

Ich folge seinem Blick und spüre Hitze in meine Wangen aufsteigen. Gegen meinen Willen heben sich meine Mundwinkel, ich nicke und zwinkere ihm zu. Gar nicht meine Art, aber bei Jonas fühlt es sich vollkommen normal an, so etwas zu tun.

Schnell drehe ich mich von ihm weg und laufe zur Tür, von der ein weiteres lautes *Rums!* ertönt. »Bin schon unterwegs«, rufe ich und hoffe, dass er das Klopfen bleiben lässt. Es kommt kein weiteres mehr, ich öffne und sehe mich einem schneebedeckten Alex gegenüber. Offensichtlich haben die Erschütterungen des Klopfens den Schnee auf dem Dach in Bewegung gesetzt und ihn direkt auf Alex abgeladen.

»Es ist verdammt kalt hier draußen.« Fluchend schüttelt er den Schnee ab, tritt seine Schuhe frei und kommt herein. »Zumindest habe ich jetzt wieder einen kühlen Kopf.«

Ich lächle pflichtschuldig, weil ich glaube, dass er einen Witz gemacht hat. Dem schiefen Grinsen nach zu urteilen, das er zeigt, stimmt das. »Um bei den Kältewitzen zu bleiben«, sagt er, während er sich die Schuhe auszieht, »haben wir noch Punsch von gestern?

So einen könnte ich jetzt brauchen. Irgendwas, was so richtig einheizt und mich im besten Fall weghaut.«

Mehr Hitze ist das Letzte, was ich mir wünsche, doch das sage ich natürlich nicht. »Der Topf steht noch da. Du kannst ein Glas in die Mikrowelle tun, oder wir wärmen ihn auf dem Herd auf, falls Jonas auch was will.«

»Was will ich?« Jonas taucht im Flur auf, und man sieht ihm nicht mehr an, was noch vor wenigen Minuten zwischen uns passiert ist. Respekt. Ich bin immer noch ziemlich von der Rolle.

»Dich mit mir betrinken!« Alex geht an mir vorbei und legt Jonas einen Arm um die Schulter. »Um der alten Zeiten willen und weil ich das jetzt brauche.«

Die beiden gehen in Richtung Wohnzimmer. Ich bleibe erst einmal im Flur stehen, um mich zu sammeln. Für den Rest des Abends habe ich zwei Möglichkeiten. Ich überlasse die beiden ihrem Punsch und dem, was Männer so unter sich tun, wenn sie Probleme haben. Sprich, ich bleibe allein. Keine besonders erquickliche Aussicht. Also bleibt Nummer zwei. Ich gehe zu ihnen, trinke auch Punsch und lasse mich überraschen, was geschieht. Fühlt sich deutlich besser an, womit das entschieden wäre.

Ich schließe zu den beiden auf und finde sie in der Küche neben dem Herd. Die Kochplatte ist bereits eingeschaltet, und Alex stellt Punschgläser nebendran. »Wusste ich doch, dass du dabei bist«, sagt er, sobald ich eintrete, und deutet auf das dritte Glas in seiner Hand. »Drei sind besser als zwei.« Wieder dieses merkwürdig schiefe Grinsen, das er schon im Flur gezeigt hat. Ihm scheint es echt nicht gut zu gehen. So bemüht, uns zu gefallen, kenne ich ihn gar nicht.

Andererseits habe ich ihn nie sonderlich gut gekannt und schon gar nicht in so einer Ausnahmesituation. Ich will mir gar nicht vorstellen, wie es ist, nach so langer Zeit zu erfahren, dass man ein Kind hat, von dessen Existenz man nichts geahnt hat.

»Eine Regel.« Er sieht uns nacheinander an. »Wir sprechen nicht über das, was vorhin passiert ist. Alles andere ist okay. Zum Beispiel könnte Jonas uns aufklären, was es mit seinem neuen Hippie-Lebensstil auf sich hat. Meditation und so. Wer weiß, vielleicht überzeugt er mich ja, dass das eine gute Sache ist.«

»Okay.« Jonas nickt und zuckt dann mit den Schultern. »Ich kann es versuchen. Aber nur, wenn du versprichst, dich nicht über alles lustig zu machen, was ich sage.«

»Hoch und heilig.« Mit einem weiteren schiefen Grinsen hebt Alex seine rechte Hand. »Allerdings nur, solange ich noch halbwegs nüchtern bin. Nach ein paar von denen«, er zeigt auf den Punsch, » garantiere ich für nichts mehr.«

»Nach ein paar von denen garantiere ich auch nicht mehr, dass ich kohärente Erklärungen liefern kann.«

»Dann haben wir einen Deal.« Alex hält die immer noch erhobene Hand Jonas hin, der einschlägt.

»Und ich überwache, dass alles nach den eben vereinbarten Regeln abläuft?« Kein sinnvoller Beitrag, aber mir fällt nichts Besseres ein. Ich habe wenig Lust, nur dazusitzen und den beiden zuzuschauen, wie sie sich betrinken. Oder doch? Verrückter Abend. Ich bin gespannt, was sonst noch geschieht.

Im Punsch liegt die Wahrheit

Noch in der Küche leert Alex sein erstes Glas Punsch. »Ihr habt mir schließlich mindestens einen Gin Tonic voraus.« Offensichtlich hat er vor, sich abzuschießen. Soll mir recht sein. Ich muss mit ihm ja nicht das Zimmer teilen.

Alex füllt nach, und wir gehen ins Wohnzimmer. Dort setzt sich Jonas wieder neben mich auf die Couch, als sei es das Natürlichste der Welt. Seine Aufmerksamkeit richtet er allerdings auf Alex, was ich verstehe.

Der nimmt denselben Sessel wie vorher, lehnt sich weit nach vorn, das Punschglas in der Hand, und schaut Jonas intensiv an. »Los, überzeug mich von deiner Lebensart.«

Lächelnd lehnt Jonas sich zurück und kuschelt sich dabei dezent an mich, was mir ausnehmend gut gefällt.

»Ich habe viel Mist erlebt«, beginnt Jonas. »Irgendwann ist mir klar geworden, dass es nichts bringt, diesen Ballast ständig mit sich herumzuschleppen.«

»Emotionaler Ballast? Ich hatte eigentlich mehr erwartet als abgedroschene Küchenpsychologenphrasen, aber was soll's.« Alex trinkt. »Erzähl, wie bist du deinen *Ballast* losgeworden?«

»Indem ich mich auf die Zukunft konzentriert habe. Was in der Vergangenheit liegt, kann ich nicht mehr ändern. Aber was morgen ist, schon.«

»Bedingt«. Kopfschüttelnd hebt Alex sein Glas. »Aber im Kern stimme ich dir zu.«

»Danke. Also habe ich mich genau darauf konzentriert. Letztendlich geht es doch darum, dass wir mit unseren Handlungen und Entscheidungen leben können.« Jonas sieht zu mir. »Selbst wenn wir etwas Dummes gemacht haben, das wir bereuen, sollten wir darin eine Chance sehen. Wir können aus unseren Fehlern lernen und es in der Zukunft besser machen.«

Mein Herz flattert. Will er mir erklären, dass er aus seinem Betrug gelernt hat?

»Du sagst also, es ist völlig okay, wenn ich mich heute scheiße benehme, solange ich was draus lerne und morgen damit aufhöre?«

So typisch Alex, dass mir ein Stöhnen entfährt. Das hat Jonas sicher nicht gemeint.

»Könnte man so interpretieren. Nur funktioniert das natürlich nicht, wenn Absicht dahintersteckt. Ich rede von Fehlern, die passieren und bei denen man später denkt: Wie konnte ich nur … Damit soll man sich nicht länger plagen, sondern sie akzeptieren und weitermachen.« Er lächelt schwach. »Die Zukunft beginnt heute. Wichtig ist, dass man immer versucht, zuerst zu denken und dann zu handeln. Dir die Konsequenzen vorher bewusst machen.«

»Klingt langweilig«, wirft Alex ein, doch Jonas lässt sich nicht beirren.

»Nicht langweilig, sondern schwer. Denn egal, wie sehr du dich bemühst, du wirst trotzdem Fehler machen, das ist menschlich.

Die Frage ist, wie du mit deinen Fehlern umgehst. Du kannst es wie die meisten Menschen machen und dich den Rest deines Lebens darüber ärgern, während du versuchst, anderen die Schuld für alles zuzuschieben. Oder du machst so schnell wie möglich einen Haken dran und überlegst, was du selbst tun kannst, damit die Dinge in Zukunft besser laufen.«

Der Ansatz ist gar nicht mal so blöd, das muss ich zugeben. Er bringt einen ins Handeln, und das ist etwas, was mir gefällt. Gerade, weil ich es selbst zu wenig mache. Passiv sein und still leiden ist oft der leichtere Weg.

»Mmmh.« Nachdenklich leert Alex sein Glas. Er will aufstehen, um nachzufüllen, doch ich stoppe ihn und biete ihm meinen Punsch an.

»Ich mag heute Abend nichts mehr trinken.« Wer weiß, auf was für Gedanken ich sonst noch komme. Lächelnd halte ich ihm mein Glas hin, das er schulterzuckend annimmt.

»Wer nicht will, der hat schon.« Er setzt sich wieder und trinkt. »Wenn ich das jetzt auf meine Situation anwende, würde das bedeuten, dass ich an der Vergangenheit nichts ändern kann. Ich kann meine blöden Worte gegenüber Annika nicht rückgängig machen, und es bringt auch nichts, ihr Vorwürfe zu machen, dass sie mir damals nichts gesagt hat.« Er runzelt die Stirn. »Und dass sie mir all die Jahre mein Kind vorenthalten hat.«

Wir nicken beide, und ich verzichte auf den Hinweis, dass er gerade gegen seine eigenen Vorgaben verstößt. Es war doch genau dieses Thema, das er unbedingt vermeiden wollte.

»Ja, genau«, antwortet Jonas. »Das heißt aber nicht, dass wir die Vergangenheit komplett ignorieren. Wir können daraus Lehren für uns selbst ziehen. Zum Beispiel, dass es schaden kann, wenn man sich lautstark über Dinge aufregt, von denen man keine Ahnung hat. Oder dass es eine gute Idee ist, miteinander vernünftig über alles zu reden.«

»Ja, Reden wäre toll gewesen. Nur scheint sie das anders zu sehen. Wer hätte gedacht, dass Schweigen Annikas Ding ist.« In seinen Sätzen klingt viel Frust mit, den ich nachvollziehen kann. Dazu hat Jonas bisher nichts gesagt.

»Ich verstehe die Sache mit dem *Hinter-sich-Lassen-und-es-akzeptieren*«, sage ich. »Nur wie schafft man es, die Frustration, die Hilflosigkeit oder die absolute Ohnmacht, die mit solchen Ereignissen einhergeht, in den Griff zu bekommen? Man kann ja nicht einfach einen Schalter umlegen, und alles ist vergessen.«

»Danke«, sagt Alex, leert seinen Becher und geht in die Küche. »Diese Gefühle sind ja da«, ruft er uns zu. »Ich kann sie betäuben.« Er taucht wieder auf und hebt sein Glas in die Luft. »Aber das scheint nicht das zu sein, was du tust. Oder doch?«

»Nein.« Jonas schüttelt den Kopf. »Es ist nicht so, dass das schlechte Gewissen, die Hilflosigkeit, die Scham oder welches negative Gefühl man auch immer hat, weggeht, nur weil man das will. Es ist mehr so, dass es sich langsam auflöst, weil du aktiv etwas dagegen unternimmst. Diese negativen Gefühle treiben uns in die Passivität, und das ist schlecht.«

Genau meine Gedanken. Ich werde besser darin zu verstehen, was Jonas von sich gibt.

»Du meinst also, ich soll mich mit dem Mist beschäftigen, sehen, was ich falsch gemacht habe, und in Zukunft dagegen arbeiten?« Alex klingt nicht überzeugt.

»Was genau dir hilft, musst du selbst rausfinden. Das alles funktioniert auch nicht von heute auf morgen. Es braucht Zeit. Das Ausschlaggebende ist, dass du Lehren aus der Vergangenheit ziehst und heute bessere Entscheidungen triffst. Oder morgen.«

Alex nickt, leert seinen Becher und steht auf. »Sorry, das ist mir zu anstrengend. Basierend auf meiner Erfahrung mit Alkohol, entscheide ich hiermit offiziell, dass Saufen keine Lösung ist. Deshalb werde ich ins Bett gehen, bevor ich noch mehr von diesem grauenhaften Zeug in mich hineinkippe und anfange zu glauben, dass der Mist, den du da gerade verzapfst, irgendeinen Sinn ergibt.« Er deutet mit dem Kopf auf Jonas. »Im Punsch liegt die Wahrheit, oder so. Nichts für ungut.«

»Kein Ding.« Jonas hebt abwehrend die Hände. »Jeder, wie er mag.«

»Ganz genau.« Alex zeigt mit dem Finger auf ihn und dreht sich in Richtung Treppe. »Wir sehen uns morgen früh. Macht euch schon mal darauf gefasst, dass ich abreisen werde.«

Ich öffne den Mund, um ihn zu fragen, was das soll, doch Jonas hält mich zurück. Er legt sanft seine Hand auf meinen Oberschenkel und schüttelt den Kopf. Wahrscheinlich hat er recht. Es ist besser, Alex gehen zu lassen und morgen früh mit ihm zu reden, wenn er vollkommen nüchtern ist und sich etwas beruhigt hat.

»Gute Nacht«, sage ich trotzdem, Alex erwidert den Gruß und verschwindet nach oben.

Wir schauen ihm beide nach. Jonas' Hand liegt nach wie vor auf meinem Bein, ich fühle seine Wärme, rieche dieses Parfüm und erinnere mich an die Dinge, die er gesagt hat, bevor Alex uns unterbrochen hat. Sofort ist da wieder dieses Ziehen in meinem Becken, und ich würde ihn unheimlich gerne küssen. Nur leider hat sich in der letzten halben Stunde rein gar nichts zwischen uns verändert. Dass ich jetzt weiß, wie er mit dem Betrug für sich umgeht, hilft nur wenig. Die Unsicherheit, ob er so etwas noch einmal tun würde, bleibt.

»Wie dumm, dass man erst denken und dann handeln sollte«, murmle ich vor mich hin. Als Antwort bekomme ich ein Lachen von Jonas.

»Das sollte einen nicht daran hindern, auch mal spontan zu sein. Meiner Erfahrung nach muss man manchmal etwas wagen, um Fortschritte zu machen.«

»Du drehst dir deine Philosophie auch so, wie du sie gerade brauchst, oder?«

»Nein. Ja. Vielleicht.« Er zuckt mit den Schultern. »Ich bin weit davon entfernt, perfekt zu sein oder Antworten auf alles parat zu haben.« Er beugt sich ein wenig näher zu mir. »Aber eines weiß ich ganz sicher. Wenn ich dich jetzt nicht küsse, werde ich es den Rest meines Lebens bereuen.«

Unsere Blicke finden sich, und ich wundere mich darüber, wie schnell diese prickelnde Stimmung zwischen uns wieder da ist. Fast, als wären wir nie unterbrochen worden. Auch diesmal überlässt er mir den letzten Schritt, und ich zögere nicht. Dieses Wagnis will ich eingehen. Ob es ein Fehler ist oder nicht, kann ich auch morgen noch entscheiden.

Ganz sanft berühren sich unsere Lippen, tasten, lernen sich kennen. Das hatten wir am Nachmittag schon, und es ist mir zu wenig. Ich öffne mich ihm, gewähre seiner Zunge Einlass, nehme sie in Empfang und schließe die Augen. Dieser Kuss ist besser als alle Worte. Er öffnet mein Herz, aus dem pures Licht, pure Energie strömt, die meinen Körper flutet und mich alles andere vergessen lässt. *Wir*, durchfährt mich ein einziger Gedanke, und ich strecke meine Hand nach ihm aus, fahre durch sein Haar, ziehe ihn zu mir heran. Auch er sucht meine Nähe, drückt mich an sich und fährt mit einer Hand unter mein Shirt, ganz so, wie er es vorhin beschrieben hat. Ich glaube, ich bin im Himmel. Ich möchte nichts sehnlicher, als mich auf seinen Schoß zu setzen und …

»Scheiß drauf, ich bin zu nüchtern, um … Wow.«

Zum zweiten Mal an diesem Abend reißt Alex uns aus einem intimen Moment. Nur ist es diesmal um ein Vielfaches peinlicher.

Jonas zieht sich zurück, steht auf und geht auf Abstand. Das kann doch nicht wahr sein. Fehlt nur noch, dass er mich wegstößt. Die Erkenntnis, dass sich trotz seines Geredes nichts geändert hat, trifft mich unvorbereitet, aber dafür umso härter.

»Ich wollte nicht …« Alex schaut von mir zu Jonas. »Habt ihr beim Spiel gestern gelogen? Ihr habt bei der Frage nach dem Kuss nicht getrunken.«

Wirklich? Das ist sein Problem? Männer sind doch bescheuert.

»Ist erst danach passiert«, sagt Jonas vollkommen ruhig.

»Pass auf, so was endet ganz schnell mit einer Vaterschaft, von der du erst fünfzehn Jahre später erfährst.«

Damit ist es offiziell. Ich hasse Alex. Jegliches Mitgefühl, das ich für ihn empfunden habe, löst sich in nichts auf. Er ist und bleibt einfach ein Arsch.

»Leck mich«, sage ich, springe auf und marschiere auf die Treppe zu.

»Danke für das Angebot, aber das überlasse ich deinem Loverboy hier«, ruft Alex mir hinterher, und ich unterdrücke ein Fluchen.

»Der kann mich auch mal gernhaben«, stoße ich hervor und bin stolz, mich nicht umzusehen. Denn egal, wie sein Blick ausfallen würde, ich könnte es nicht ertragen.

»Klara, ich …« Das ist Jonas. Er klingt zerknirscht, doch ich halte nicht an. Wenn ihm was an mir und meinen Gefühlen liegt, soll er mir nachkommen. *Wird er nicht tun,* sagt eine leise Stimme in meinem Kopf. Weil sich nämlich nichts geändert hat. Er spielt mit mir, solange wir allein sind, hat aber nicht den Mumm in den Knochen, auch vor den anderen zu mir zu stehen. Aber ich bin ja selbst schuld. Diese Lektion hätte ich schon längst lernen sollen.

Mädelsabend

Oben angekommen, gehe ich ins Bad, sehe in den Spiegel und wundere mich über die Tränen, die meine Wangen hinunterlaufen. Ich kann sie nicht stoppen. So was Bescheuertes. Sie hören einfach nicht auf. Deshalb weine ich immer noch still vor mich hin, nachdem ich mir die Zähne geputzt habe und wieder auf den Flur trete.

»Klara, bist du das?« Annikas Stimme erklingt hinter mir, was mich beinahe erleichtert. Die Vorstellung, den Rest der Nacht allein in meinem Bett zu verbringen, ist nicht gerade verlockend.

»Ja«, antworte ich und drehe mich zu ihr um. Die Haare zu zwei Zöpfen geflochten, winkt sie mich zu sich.

»Mädelsgespräch?«

»Auf jeden Fall.« Schniefend wische ich mir die Tränen weg und gehe zu ihr hinüber.

»Sagst du mir, warum du weinst?« Sie legt den Arm um mich und zieht mich zum freien Bett in ihrem Zimmer. »Hat Jonas was Blödes gemacht?«

Ich bin etwas überrascht, dass sie direkt ihn verdächtigt, an meinen Tränen schuld zu sein. Bin ich so leicht zu durchschauen? Da es wahrscheinlich länger dauern wird, ziehe ich die Knie hoch, lege mein Kinn darauf ab und umschlinge die Beine mit den Armen. »Definiere ›blöd‹.«

Annika macht es sich bequem und liegt jetzt halb neben mir. »Keine Ahnung«, sagt sie. »Er steht auf dich.«

Ich wische mir die letzten Tränen aus den Augen und sehe sie misstrauisch an. »Hat er das gesagt?«

»Das nicht, aber es ist offensichtlich. Du stehst auch auf ihn.« Überflüssigerweise deutet sie mit dem Finger auf mich. »Also, wo liegt das Problem?«

»Wo soll ich anfangen?« Ich entscheide, ihr alles zu erzählen. Einfach, um es einmal auszusprechen. Ist ja auch irgendwie halb so wild im Vergleich zu ihrer Vergangenheit mit Alex. Also fasse ich zusammen, wie sehr ich vor fünfzehn Jahren in Jonas verknallt war, und ende mit dem Kuss vor wenigen Minuten. Kurz habe ich überlegt, die Sache mit dem Betrug auszulassen, erwähne es dann aber doch. Es beschäftigt mich, und ich frage mich ständig, ob ich darüber hinwegsehen kann. Offenbar schon, ich habe ihn ja danach geküsst. Trotzdem rumort es in mir, und die warnende Stimme in meinem Hinterkopf will keine Ruhe geben.

Annika hört zu, unterbricht mich nicht, und ich merke, wie sehr es mich beruhigt, darüber zu reden.

»Willst du meine ehrliche Meinung?«, fragt sie, als ich fertig bin.

Ich zucke unschlüssig mit den Schultern. »Ich bin nicht sicher. Wahrscheinlich. Ein wenig Ehrlichkeit kann in dem Fall nicht schaden.«

Annika nickt langsam. »Du bist für einen One-Night-Stand nicht gemacht. Ob mit Jonas oder sonst wem. Egal, wie sehr du versuchst, dir das einzureden.«

»Na danke. Kein Spaß für mich also?«

»Für dich wäre es kein Spaß, sondern eine Belastung. Ist es sogar jetzt schon, obwohl bisher nicht mehr als ein Kuss gelaufen ist. Wenn du mich fragst, gibt es nur eine einzige Lösung: Du musst ihm sagen, was du fühlst.«

»Das habe ich doch. Er sagt auch, dass es diesmal anders ist, verhält sich aber nicht so. Danach habe ich echt versucht, ihn auf Abstand zu halten, aber es ist so schwer. Außerdem könnte es ja sein, dass doch mehr daraus wird. Diese Chance möchte ich einfach nicht verpassen, nur weil mir der Mut fehlt.« Ein tiefer Seufzer entringt sich meiner Kehle. »Gleichzeitig habe ich Angst, dass er wieder nur seine Spielchen mit mir treibt und mich am ausgestreckten Arm zappeln lässt, so wie vor fünfzehn Jahren.«

»Wage ich zu bezweifeln. Der Jonas von heute ist deutlich erwachsener als der Junge von damals. Er sieht dich auch anders an als früher. Ich glaube, er steht wirklich auf dich.«

»Wieso ist er dann von mir weggerückt, als Alex kam? Es ist genau wie damals. Oder noch schlimmer. Damals hat er mir wenigstens auf den Kopf zugesagt, dass er nicht mit mir gesehen werden will.«

»Er war echt ein Arsch.« Zur Untermauerung ihrer Worte nickt Annika mehrmals mit dem Kopf. »Aber ich bin fest davon überzeugt, dass es diesmal anders ist. Ich glaube sogar, dass er sich von uns allen am meisten verändert hat.«

»Nee, das bist eher du. Von der Partymaus zur erfolgreichen Eventmanagerin und alleinerziehenden Mutter. Das muss dir erst mal jemand nachmachen.«

Lachend macht sie eine wegwerfende Handbewegung. »Ich hatte keine Wahl, er schon.«

Ich würde ihr gern sagen, dass sie schon eine Wahl hatte, doch das würde zu weit gehen. Außerdem will ich nicht vom eigentlichen Thema abschweifen. »Du glaubst also, dass er es wirklich ernst meint?«

»Meinem Bauchgefühl nach zu urteilen: Ja. Sprich ihn doch direkt auf das an, was vorhin passiert ist. Vielleicht hat er ja eine gute Erklärung dafür.«

»Er hat immer für alles eine Erklärung. Jonas redet gern und viel.«

»Mag sein. Aber das ist nicht dein wahres Problem, oder? Dich schreckt ab, dass er seine Freundin betrogen hat und dass die ganze Sache noch gar nicht lang her ist.«

Widerwillig nicke ich. »Seine Erklärung ist … Keine Ahnung. Das mit der Familie verstehe ich, aber deshalb zu betrügen? Ich fühle mich so hilflos und gleichzeitig überwältigt von dem, was er in mir auslöst. Wie könnte ich mich auf ihn einlassen, wenn ich die ganze Zeit befürchten muss, dass er mich betrügt? Ich kenne diese Patrizia nicht, weiß nichts über ihre Beziehung, und trotzdem tut sie mir leid.«

»Fällt dir auf, was gerade passiert? Du suchst nach Gründen, um dich nicht auf ihn einzulassen.«

»Ich suche nicht nach Gründen. Er präsentiert sie mir ganz offen. Treue ist für mich absolut …«

Annika hebt eine Hand. »Die meisten würden niemals offen zugeben, dass sie fremdgegangen sind. Er schon. Und er hat den Grund dafür bei sich, nicht bei ihr gesucht. Du kannst dich also zumindest darauf verlassen, dass er seiner Partnerin und sich selbst gegenüber ehrlich ist. Das ist deutlich mehr, als man von den meisten Männern sagen kann.« Ihr Blick wird ernst, und sie hebt einen Finger in die Luft. »Er hätte dir gar nicht erzählen müssen, dass er seine Ex betrogen hat.« Ein zweiter Finger folgt. »Er hätte sie als dumme Kuh hinstellen können, die ihn mehr oder weniger dazu getrieben hat. Außerdem«, ein dritter Finger, »hätte er versuchen können, alles zu relativieren, weil der Sex mit dieser anderen Frau ja nichts bedeutet hat, er direkt Schluss gemacht hat und so weiter. Hat er aber nicht. Jonas ist nicht mein Typ, doch ich muss sagen, diese neue Seite an ihm, diese Bereitschaft, Verantwortung für die eigenen Taten zu übernehmen, ist schon ziemlich sexy.« Sie stupst mich mit der Schulter an.

So habe ich das noch gar nicht gesehen. Oder doch? Ging meine erste Reaktion nicht sogar in eine ähnliche Richtung? Bevor ich meinen Ängsten Raum gegeben habe?

»Ich bin wahrscheinlich die Letzte, die Beziehungsratschläge geben sollte.« Annika richtet sich auf und setzt sich mir im Schneidersitz gegenüber. Dann nimmt sie meine Hände in ihre. »Vergiss, was ich gesagt habe, und lass es einfach drauf ankommen. Vielleicht ist es Schicksal. Du kommst zufällig auf die Idee, uns alle einzuladen, kurz nachdem er mit seiner Langzeitfreundin Schluss gemacht hat. Zwischen euch gibt es sofort eine Verbindung. Nein, versuch gar nicht erst, es zu leugnen.« Sie lächelt. »Manchmal muss man ins kalte Wasser springen, um zu schwimmen.«

»Habt ihr über mich geredet? Er hat auch etwas davon gesagt, dass ich nicht bereit bin zu springen.«

»Kluger Mann. Nein, wir haben nicht über dich gesprochen. Es gab ja noch keine Gelegenheit. Außerdem weiß ich nicht, ob er mir verzeihen kann, dass ich ihn all die Jahre in dem Glauben gelassen habe, sein Bruder habe mich geschwängert.« Sie zieht ihre Hände zurück und seufzt tief.

»Wirst du das noch mit ihm klären?« Ich lenke ab, das ist mir klar, aber mein Bauchgefühl sagt mir, dass wir jetzt lang genug über mich und Jonas gesprochen haben. Ich muss erst darüber nachdenken.

»Ich werde noch mal mit beiden reden müssen. Das bin ich ihnen schuldig, nachdem ich vorhin alles ausgeplaudert habe.«

Da fällt mir wieder ein, was Alex eben verkündet hat. »Alex will morgen früh abreisen.«

»Kann er machen, aber vorher wird er sich anhören, was ich zu sagen habe. Vielleicht überlegt er es sich dann noch mal. Auch wenn er manchmal schwierig ist, habe ich den Eindruck, dass er vernünftiger geworden ist. Er provoziert zwar immer noch genauso gerne, aber lässt wenigstens mit sich reden.« Seufzend lehnt sie den Kopf in den Nacken. »Schade, dass er nicht früher schon so war.«

»Wenn man bedenkt, was wir uns alles nicht gesagt haben damals, stimmt das irgendwie nachdenklich. Vielleicht waren wir uns doch nicht so nah, wie wir dachten.« Aus heutiger Sicht erscheint das Zusammengehörigkeitsgefühl des ursprünglichen Weihnachtsbuchclubs irgendwie falsch. Und gleichzeitig auch nicht. Denn auch an diesem Wochenende hat es sich immer wieder eingestellt. Menschliche Beziehungen sind eine komische Sache, die ich wahrscheinlich nie voll und ganz verstehen werde.

»Ich glaube kaum, dass irgendjemand dem neunzehnjährigen Alex nähergekommen ist als ich.« Annika grinst mich wieder an. »Ich habe einen pubertierenden Teenager zu Hause als Beweis.«

»Er hat sich ganz schön aufgeregt. Meinst du, er wird dir je verzeihen, dass du ihm nichts gesagt hast?«

»Halb so schlimm, das war nur der erste Schock. Im Grunde kann es ihm egal sein, er spielt ja keine Rolle in unserem Leben. Auch wenn er jetzt Bescheid weiß, ändert sich für Vanessa und mich überhaupt nichts.«

»Ich glaube nicht, dass es ihm egal ist. Es schien ihn ganz schön fertigzumachen.«

Annika nimmt den Arm von meiner Schulter und winkt ab. »Er ist nur beleidigt, weil ich ihn angelogen habe. Wenn man Schweigen als Lüge betrachten will. Ich kenne Alex und bin mir ziemlich sicher, dass er die Sache urkomisch finden würde, wenn sich das Ganze zwischen dir und Jonas abgespielt hätte. Er misst da mit zweierlei Maß. So war er schon immer.«

»Warum hast du dich dann mit ihm eingelassen? In hundert Jahren hätte ich nicht geglaubt, dass ihr beide …« Ich beende den Satz nicht, sondern mache stattdessen eine vage Bewegung mit der Hand, die alles und nichts bedeuten kann.

»Keine Ahnung.« Sie verbirgt das Gesicht in den Händen. »Er war so anders als die Jungs, mit denen ich sonst zu tun hatte. Irgendwie mochte ich seine Ehrlichkeit. Alex war geradeheraus. Bei ihm wusste man immer, woran man war. Was seine Schattenseiten hat.« Sie seufzt. »Aber er kann auch anders, weißt du. Bei Alex hatte ich stets das Gefühl, dass er sich vollkommen auf mich konzentriert hat, wenn wir zusammen waren. Das ist immer noch so. Heute Vormittag beim Schlittschuhlaufen zum Beispiel. Von der Station bis zu dem Moment, in dem ihr euren Sturz hingelegt habt, hat er mir das Gefühl gegeben, allein für mich da zu sein. Sowohl im Perlengeschäft als auch auf der Eisbahn. Wenn er will, kann er aufmerksam, charmant und liebevoll sein.«

»Wir reden aber schon noch von Alex? Der Kerl, der alle vor den Kopf stößt, Fragen stellt, wenn man besser schweigt, und zu allem eine entschiedene, meist provokante Meinung hat. Manche würden ihn als *konservativ* bezeichnen, ich würde eher sagen: *reaktionär.*«

»Das beschreibt ihn gut, ja. Aber er ist eben nicht immer so. Sonst hätte ich mich nicht auf ihn eingelassen. Er war der Erste, der mir jemals das Gefühl gegeben hat, bedingungslos geliebt zu werden. Das hatte ich noch nie erlebt, und es hat mich ziemlich verwirrt.«

Ich kann mir diese Seite an Alex nicht vorstellen, muss ich aber auch nicht. »Willst du meine ehrliche Meinung?«, wiederhole ich ihre Frage von vorhin und fange schon an zu sprechen, doch sie hebt abwehrend die Hand.

»Eigentlich nicht. Der Zug ist längst abgefahren, und ich habe das schon zu oft hin- und hergewälzt. Sorry. Alex ist, wie er ist. Darüber zu reden wird nichts helfen, den ändern wir nicht mehr.«

»Da ist was dran.«

Nachdenklich sieht sie zur Tür. »Ich habe keinen der Jungs die Treppe hochkommen hören. Was machen die beiden?«

»Punsch trinken, nehme ich an.« Ich folge ihrem Blick.

»Dann wollen wir sie dabei nicht stören. Es besteht ja immerhin die Hoffnung, dass ein Kater Alex morgen davon abhält, allzu früh abzureisen.« Mit einem Lächeln dreht sie sich wieder zu mir. »Schön, dass wir zur Abwechslung mal unter vier Augen reden konnten.«

»Fand ich auch. Ich habe auf jeden Fall einiges zum Nachdenken.« Vorsichtig erhebe ich mich vom Bett. »Entweder wird morgen ein toller Tag, weil wir es irgendwie schaffen, uns zusammenzuraufen, oder es wird die totale Katastrophe, und wir sprechen alle nie wieder miteinander.«

»Na, dann hoffe ich doch mal auf Ersteres.« Auch Annika steht auf und nimmt mich in den Arm. »Mach dir keinen Kopf wegen Jonas. Du triffst schon die richtige Entscheidung, hör einfach auf dein Bauchgefühl.«

Darauf antworte ich lediglich mit einem Nicken und verlasse Annikas Zimmer in dem Wissen, dass ich die halbe Nacht wach liegen werde.

Katerfrühstück

Die Nacht war so unruhig wie erwartet. Zum einen, weil mein Gedankenkarussell nicht stillstand, zum anderen, weil die Jungs zwar versucht haben, leise zu sein, als sie ins Bett gegangen sind, dafür aber eindeutig zu viel Punsch intus hatten.

Nach dem Aufstehen bin ich also erst einmal allein im Wohnzimmer, vertreibe mir die Zeit damit, ein wenig aufzuräumen, den Tisch zu decken und mit einem Kaffee in der Hand nach draußen zu starren. Das Wetter ist heute sonnig, aber es liegt ein klein wenig Schnee. Beste Voraussetzungen für das Fest in der Stadt.

Am Nachmittag soll ein Festzug durch die Straßen ziehen, mit dem die verschiedenen Geschichten von Dickens gefeiert werden. Besonders natürlich *A Christmas Carol*.

Ein Weihnachtsmarkt, eine Lichtinstallation und viele kleine Stände in der ganzen Stadt verteilt runden das Fest ab. Ich bin gespannt, ob sich in den letzten fünfzehn Jahren etwas verändert hat. Oder ob ich einen anderen Blick darauf habe. Damals war ich hin- und hergerissen zwischen der Faszination für die Kostüme, dem

Engagement der Menschen und diesem jugendlichen Das-ist-nur-was-für-alte-Leute-Gefühl.

»Hey«, höre ich Annika neben mir. Sie hält ebenfalls eine Tasse in der Hand. »Die beiden haben es ja letzte Nacht noch richtig krachen lassen, wenn ich mir den minimalen Rest Punsch anschaue, den sie übrig gelassen haben.«

»Leise waren sie auch nicht gerade.«

»Richtig. Was meinst du? Sollen wir sie wecken? Um das Feeling von damals zu ehren? Nur wäre diesmal nicht ich die mit dem Monsterkater.« Sie grinst. »Ja, ich glaube, das würde mir gefallen.«

»Ich weiß nicht. Wir sollten sie lieber schlafen lassen, dann haben sie später bessere Laune.«

»Du willst dich doch nur davor drücken, Jonas zu begegnen.«

Da könnte was dran sein, und das gefällt mir nicht. Ich bin eigentlich nicht mehr das Mädchen, das sich zurückhält und feige schweigt. Doof nur, dass ich seit gestern kein bisschen weiter bin mit meiner Entscheidung Jonas betreffend.

»Ja«, antworte ich deshalb und seufze schwer.

»Und ich habe keine Lust auf Alex. Das ändert aber nichts daran, dass wir das irgendwie geregelt bekommen müssen. Oder willst du ihm für den Rest deines Lebens aus dem Weg gehen?«

»Wenn es sein muss«, ist meine spontane Antwort. »Sobald wir nach Hause fahren, wird es eh so sein.«

»Später machst du dir Vorwürfe und ärgerst dich, dass du es nicht geklärt hast. Glaub mir, ich weiß, wovon ich rede.« Annika nippt an ihrem Kaffee. »Eigentlich war ich mir sicher bei meiner Entscheidung, Alex nichts zu erzählen. Ich hatte Gründe, und die waren gut. Trotzdem war da immer wieder dieses nagende Gefühl, dass ich etwas hätte sagen sollen. Das schlechte Gewissen ging nie so richtig weg.«

»Meine Situation ist schon ein wenig anders.«

»Klar. Aber frag dich mal Folgendes: Wie oft hast du in den letzten fünfzehn Jahren über Jonas nachgedacht? Dir vorgestellt, wie es zwischen euch hätte sein können, wenn du mutiger gewesen wärst? Ihm von deinen Gefühlen erzählt hättest?«

»Am Anfang oft, später selten.«

»Aber es ist nie weggegangen, richtig? Und damals hat es keinen Kuss gegeben, keine Intimität. Jetzt stell dir vor, wie viel schlimmer es sein wird, und überlege, ob du damit leben könntest.«

Ich schließe die Augen, denn mir ist klar, dass sie recht hat. Die Ungewissheit des *Was-wäre-wenn* würde mich verfolgen. Ich muss das endgültig klären, um einen Schlussstrich zu ziehen. Oder einen Neuanfang zu wagen, je nachdem.

»Ist das der Grund, warum du es Alex gestern erzählt hast?« Der Gedanke liegt nahe.

»Damit mich mein Gewissen endlich in Ruhe lässt? Auf jeden Fall. Natürlich kannst du das nicht eins zu eins auf deine Situation mit Jonas übertragen. Aber ähnlich ist es schon.«

»Da muss ich drüber nachdenken. Am besten, ohne dass Jonas in der Nähe ist.«

»Was hältst du davon, wenn du dich um Alex kümmerst? Kannst du ihn überzeugen, nicht abzureisen? Ich weiß, dass ihr beide nie sonderlich gut miteinander klargekommen seid, aber genau darin könnte eine Chance liegen. Dir hört er am ehesten zu. Bei mir würde er direkt alle Schotten dicht machen. Wenn du es schaffst, dass er lange genug bleibt, um sich zu beruhigen, kann ich vielleicht ein letztes Mal vernünftig mit ihm reden.«

»Das heißt, du würdest dich um Jonas kümmern?«

Annika lacht. »Kümmern klingt ein wenig schräg. Aber wenn man bedenkt, wie betrunken die beiden gestern waren, ist das wahrscheinlich der passende Ausdruck. Und wenn du willst, kann ich Jonas ein wenig auf den Zahn fühlen. Außerdem muss ich mich noch bei ihm entschuldigen, dass ich ihn all die Zeit in dem Glauben gelassen habe, sein Bruder habe mich geschwängert.«

»Deal«, sage ich, weil sich ihr Vorschlag irgendwie richtig anfühlt. »Wie bekommen wir sie wach?«

Ich drehe mich in Richtung Treppe, als könnte ich so erreichen, dass sich oben was regt.

»Wir stellen uns mit dem Handy in den Flur und spielen superlaut irgendeinen bescheuerten Song, so lange, bis sie aufstehen.« Annikas Grinsen bringt auch mich zum Lachen.

»So richtig wie auf Klassenfahrt damals. Bin dabei.«

Wir gehen also nach oben, Annika sucht kurz auf ihrem Handy und spielt dann *Guten Morgen Sonnenschein* in voller Lautstärke ab.

Nichts regt sich, und nach dem dritten Durchgang frage ich mich, ob der Song nicht uns mehr nervt als die beiden. Ich will gerade anmerken, dass der Plan nicht funktioniert, als aus dem Zimmer Geräusche kommen.

»Das ist Folter!«, ruft Alex, was uns zum Grinsen bringt.

»Nur die Rache dafür, dass ihr letzte Nacht so laut wart«, kontere ich.

Zur Antwort bekomme ich lediglich ein Fluchen und noch mehr Geräusche.

Vermutlich kommt er gleich raus. Da wäre es besser, wenn Annika nicht mehr hier ist. Ich bedeute ihr mit einem Kopfnicken zu gehen. Das Risiko, dass es Jonas ist, der auftaucht, muss ich eingehen. Wenn man die Vorkommnisse von gestern Abend bedenkt, dürfte das immer noch weniger Konfliktpotenzial bieten als ein Aufeinandertreffen von Alex und Annika.

Die scheint das ähnlich zu sehen, denn sie drückt mir ihr Handy in die Hand und zieht sich nach unten zurück. Keinen Moment zu früh. Die Tür geht auf, und ein sichtlich verkaterter Alex erscheint in der Tür. Er trägt lediglich seine Shorts, ein T-Shirt, und das Haar hängt ihm wirr ins Gesicht. Irgendwie wirkt er so deutlich sympathischer.

»Hey«, sage ich und merke, dass die Musik zu laut ist. Ich stelle sie aus und lächle Alex an. »Was hältst du davon, wenn wir zwei uns rausschleichen und irgendwo in der Stadt was frühstücken?«

Seinem Blick sehe ich an, dass er einen Moment braucht, um zu verstehen, was ich gerade vorschlage. Langsam zeichnet sich Erkenntnis in seinen Zügen ab, und er nickt vorsichtig.

»Solange wir irgendwas finden, was dieses Hämmern in meinem Schädel wegmacht, ist mir alles recht.«

Ich halte ihm meine Kaffeetasse hin. »Ist noch halb voll. Schwarz und stark«, sage ich und komme mir dabei irgendwie albern vor. »Zusammen mit einer Aspirin sollte es das tun, oder?«

Er nimmt die Tasse, trinkt einen Schluck und schlurft dann in Richtung Bad, den Kaffee in der Hand. »Gib mir eine halbe Stunde, dann bin ich unten.«

»Ist Jonas wach?«, frage ich leise, bekomme jedoch nur ein Schulterzucken zur Antwort, dann ist Alex im Bad verschwunden.

Da ich es nicht darauf ankommen lassen will, beschließe ich, wieder nach unten zu gehen und mir einen neuen Kaffee zu holen.

»Und?«, fragt Annika, die im Wohnzimmer auf und ab geht.

»Er hat zugestimmt, mit mir außerhalb zu frühstücken. Jonas schläft wohl noch.« Ich gebe ihr das Handy zurück und ziehe mein eigenes aus der Hosentasche. »Mal sehen, wo man hier was bekommt.« Im Stillen hoffe ich, dass die entsprechenden Läden trotz des Festivals geöffnet sind. Ich habe Glück und finde einen kleinen Pub, der Frühstück anbietet, auf halbem Weg in die Stadt. Nur knapp zehn Minuten zu Fuß.

Um sicherzugehen, dass wir einen Platz bekommen, reserviere ich online einen Tisch.

Annika neben mir schüttelt lachend den Kopf. »Du bist so unglaublich organisiert. Ich wäre einfach hingegangen und hätte gehofft, dass was frei ist.«

»Sicher ist sicher«, sage ich und trinke einen Schluck Kaffee. »Was willst du mit Jonas machen?«

»Wahrscheinlich hier frühstücken. Lass uns den Tag über in Kontakt bleiben. Ich schreib dir, wenn wir irgendwo hingehen.«

»Wäre schon schön, wenn sich alle bis heute Abend wieder beruhigt hätten.«

»Stimmt. Den letzten Brief will ich jetzt auch noch lesen.« Annika stellt ihre Tasse ab. »Könnte ich natürlich auch allein, aber gemeinsam fühlt es sich irgendwie richtiger an. Oder ich bin einfach nur neugierig, wie ihr euch eure Zukunft so erträumt habt.«

»Neugierig bin ich auch«, gebe ich zu.

Oben geht eine Tür, und ich springe auf. »Das klang, als ob Alex aus dem Bad raus ist. Ich geh mich mal fertig machen.«

Annika nickt, und ich mache mich auf den Weg nach oben.

Eine knappe Stunde später sitzen Alex und ich im Pub. Wir haben beide eine warme Schüssel Porridge vor uns stehen und in der Mitte einen reichlich gefüllten Obstteller. Ich trinke Milchkaffee, und vor Alex dampft ein starker doppelter Espresso.

Er war schweigsam auf dem Weg hierher, und auch, seit wir sitzen, hat er nur das Nötigste gesprochen. Aber er sieht besser aus. Sein Blick ist klar, sein Haar ordentlich gekämmt, und nur die leichte Fahne zeugt noch von den Eskapaden der letzten Nacht.

»Danke«, murmelt er, hebt seine Tasse, schnuppert daran und lässt sie wieder sinken.

»Wofür?«

»Dass du mit mir hier bist.« Er lächelt schwach. »Ich bin vollkommen durch den Wind. Ich hatte heute Morgen echt keine Lust, Annika zu begegnen.«

»Bist du arg sauer?« Dumme Frage, natürlich ist er das.

»Untertreibung des Jahrhunderts. Das ist …« Er tippt sich mehrfach an die Schläfe und macht dann eine Geste, als würde etwas explodieren. »Mindblow. Das Wissen, dass da jemand ist, ein Kind, von dem ich nicht mal was geahnt habe, ist …« Er zuckt mit den Schultern und sieht so hilflos aus, dass ich ihn am liebsten umarmen würde. Wir waren nie enge Freunde und hatten in den letzten Tagen ganz sicher unsere Probleme, aber jetzt tut er mir leid.

»Ich kann mir das gar nicht vorstellen«, gebe ich zu. »Wahrscheinlich hätte ich ähnlich reagiert wie du.«

»So viel Punsch in dich reingekippt, dass du nicht mal mehr weißt, wie du ins Bett gekommen bist? Das wage ich zu bezweifeln.« Ein schmales Lächeln zeichnet sich um seine Lippen ab, und für einen kurzen Augenblick verstehe ich, was Annika in ihm gesehen hat.

»Das meine ich nicht. Eher deine Drohung, heute abzureisen.«

Er winkt ab. »Das hat Jonas mir längst ausgeredet.«

»Oh, wie das?«

»Während ich mir seinen *Wir-haben-uns-alle-so-lieb*-Mist angehört habe, wurde mir klar, dass ich ihr nachträglich recht geben würde, wenn ich jetzt davonlaufe. Diese Genugtuung werde ich ihr nicht geben. Stattdessen zeige ich ihr, dass man mit mir vernünftig reden kann, und dass es ein Fehler war, mich auszuschließen. Dass ich nach wie vor stinkwütend auf sie bin, ist dabei nicht hilfreich.« Er schnaubt. »Jonas kann mir viel erzählen von wegen wir können unsere Vergangenheit nicht ändern, aber unsere Zukunft bestimmen.« Augenrollend greift Alex erneut nach seiner Tasse. »Wenn das für ihn funktioniert: schön. Aber ich werde mit Annika über die Vergangenheit reden und ihr beweisen, dass sie im Unrecht war. Und dann kann sie gar nicht anders, als mir den Kontakt zu meiner Tochter zu erlauben. Letzten Endes wird sie einsehen, dass unsere Tochter davon profitiert, einen Vater zu haben. Auch wenn ich die ersten vierzehn Jahre ihres Lebens nicht für sie da sein konnte.«

Ich muss zugeben, dass Alex mich beeindruckt. Das hätte ich ihm gar nicht zugetraut. »Finde ich gut«, sage ich deshalb.

»Ich muss mich dafür nur etwas beruhigen, rumschreien bringt uns nicht weiter. Aber es fällt mir verdammt schwer angesichts ihres Verrats.« Zorn funkelt jetzt in seinen Augen. »Sie hat damit mein Leben zerstört. Eines, von dem ich bis gestern nicht wusste, dass ich es hätte haben können. Ich werde nie erfahren, wie es gelaufen wäre, wenn ich von der Schwangerschaft gewusst hätte, wenn ich unsere gemeinsame Tochter hätte aufwachsen sehen, für sie hätte da sein können.« Er ballt eine Hand zur Faust und öffnet sie langsam wieder. »Ich wäre heute vielleicht ein komplett anderer Mensch.«

»Oder du hättest dich nicht um sie und das Kind geschert und wärst heute genau derselbe.«

Er schnaubt, scheint mir die Worte aber nicht übel zu nehmen. »Ich war vielleicht jung und dumm.« Er seufzt. »Aber ich glaube nicht, dass es so gekommen wäre. Du vergisst meine Vergangenheit. Meine leiblichen Eltern, die mich nicht haben wollten. Ich hatte mir schon damals geschworen, dass ich nie so sein würde.«

Mist. Das hatte ich tatsächlich nicht auf dem Schirm. »Stimmt. Tut mir leid.«

»Muss es nicht. Ich habe die halbe Nacht darüber gegrübelt. Zumindest, solange ich noch halbwegs klar denken konnte.« Er fährt sich mit der Hand übers Gesicht. »Hat gutgetan, das mit der Adoption endlich jemandem zu erzählen. Wahrscheinlich hätte ich das schon vor fünfzehn Jahren tun sollen. Dann hätte Annika vielleicht mit mir geredet. Stattdessen habe ich es für mich behalten und die ganze Zeit hier oben mit mir rumgeschleppt.« Mehrfach tippt er sich mit dem Zeigefinger gegen die Stirn. »Ich hatte es fast schon verdrängt, bis meine Frau plötzlich mit dem Thema ›Adoption‹ um die Ecke kam. Und es führte prompt zur nächsten Katastrophe.«

»Wie lang ist die Scheidung her?«

»Fünf Jahre.« Er seufzt. »Was sagt es über mich aus, dass ich der Einzige von uns bin, der früh geheiratet hat und Kinder bekommen wollte? Beweist das nicht schon, dass Annika sich geirrt hat und ich ein guter Vater geworden wäre? Verdammt, sie hätte es mir wirklich sagen müssen.«

Da er dabei ist, sich erneut aufzuregen, lege ich beruhigend meine Hand auf seine.

Er seufzt abermals. »Lassen wir das. Ich muss erst mal wieder einen klaren Verstand bekommen, dann rede ich mit ihr. Oder versuche es zumindest. Themenwechsel.«

Ich nicke und tunke meinen Löffel ins Porridge. Nicht zuletzt, um mir die Frage zu verkneifen, die mich brennend interessiert: Hat Jonas etwas über mich gesagt?

»Du beschäftigst ihn übrigens.« Alex' Worte bringen mich dazu, mich an meinem Porridge zu verschlucken.

»Was?«, antworte ich hustend und lege sicherheitshalber den Löffel zur Seite. Weiteressen kommt nicht infrage. Erst mal muss ich meinen Puls wieder unter Kontrolle bekommen.

»Jonas. Er hat nicht viel gesagt.« Er trinkt einen Schluck, verzieht das Gesicht und stellt die Tasse weg. »Außer, dass er dich mag und gerne mehr will, es aber irgendwie verbockt haben muss, auch wenn er nicht weiß, wie. Keine Ahnung, wie er das in der kurzen Zeit geschafft hat. Andererseits habe ich gesehen, wie ihr euch geküsst habt, und das sah nicht so aus, als hättest du was dagegen gehabt.«

»Hatte ich nicht«, gebe ich zu.

»Wo liegt dann das Problem? Er mag dich, du magst ihn. Bäm.« Er verschränkt die Hände, um seinen Standpunkt deutlich zu machen.

»Jonas ist vollkommen anders als ich. Ich bin nicht sicher, ob das gut gehen würde.«

»Du wirst es kaum rausfinden, wenn du es nicht versuchst.« Alex stöhnt und legt den Kopf in den Nacken. »Jetzt hör ich mich schon an wie er. Muss am Alkoholpegel liegen. Ändert aber nichts an den Tatsachen: Wenn du nichts riskierst, wirst du auch nichts gewinnen.«

Ich bin überrascht. Wer hätte gedacht, dass Alex nicht nur nörgeln, sondern auch gute Ratschläge erteilen kann? Ich nicht, sonst wäre ich wohl kaum so erstaunt.

»Danke für den Rat. Da ist echt was dran.« Ehre, wem Ehre gebührt.

»Ich habe meine lichten Momente.« Er grinst, wird aber schnell wieder ernst. »Ich für meinen Teil werde auf jeden Fall alles dafür tun, eine Beziehung zu meiner Tochter aufzubauen. Hoffentlich hasst sie mich nicht. Wer weiß, was Annika über mich erzählt hat. Vermutlich sollte ich mich etwas zusammennehmen, wenn ich sie nicht verschrecken will. Mit meiner direkten Art kommt nicht jeder klar.«

Und wieder überrascht er mich, diesmal mit einem unerwarteten Maß an Selbstreflexion. Annika hatte recht, er ist erwachsen geworden.

Er isst ungerührt weiter, und ich habe den Eindruck, dass ihm jeder Bissen guttut. Man sieht förmlich, wie das Leben in ihn zurückkehrt.

Da er nicht weiterspricht, frage ich nicht weiter nach. Mir reicht es vollkommen, hier zu sitzen, mein Frühstück zu genießen und mich zu fragen, was Jonas und Annika jetzt wohl machen und ob er ihre Entschuldigung annehmen wird. Eigentlich habe ich wenig Zweifel daran, aber es lenkt mich ein wenig von meinen Gedanken über ihn ab.

Wir beenden unser Mahl und bezahlen. »Was machen wir jetzt?«, frage ich und rechne damit, dass Alex zurück zum Cottage will. Er steht ja nicht so auf den ganzen Dickens-Kram.

»Lass uns zu diesem Festival gehen. Soweit ich mich erinnere, gab es da überall Stände mit Handwerkszeug und so. Wer weiß, vielleicht finde ich was, das ich meiner Tochter mitbringen kann, wenn wir uns das erste Mal sehen.«

Heute ist wohl der Alex-überrascht-Klara-Tag, aber ich beschwere mich nicht, sondern hake mich bei ihm ein. »Dann lass uns mal sehen, was das Festival so zu bieten hat.«

Dickensian Christmas Festival

Bevor wir losgehen, verdrücke ich mich zur Toilette, um nachzusehen, ob Annika geschrieben hat. Und natürlich auch, um ihr zu sagen, dass Alex bleiben wird. Sie hat mir kurz mitgeteilt, dass Jonas sich aus dem Bett gequält hat und sie den Vormittag im Cottage verbringen wollen. Sie will ihn davon überzeugen, sich wenigstens den Umzug anzusehen. Er scheint deutlich heftiger unter den Folgen des gestrigen Abends zu leiden als Alex.

Ich erzähle ihr kurz von unseren Plänen und bitte sie, sich zu melden, falls sie zum Festzug gehen. So langsam fühle ich mich in der Lage, ihm gegenüberzutreten. Und ihm zu sagen, wie sehr mich sein Verhalten verletzt hat. Schon wieder. Ein letztes, klärendes Gespräch, in dem ich alle Karten auf den Tisch legen werde.

Sobald ich zurückkomme, brechen wir auf. Es liegt ein wenig Schnee, ist aber nicht unter null Grad. Also halbwegs angenehm. Die Stimmung zwischen Alex und mir ist gut, und wir erreichen die Stände der Künstler, die sich an die Mauern von Rochester Castle schmiegen. Sie sind eingebettet in einen viktorianischen

Markt, der mich stark an Mittelalter- oder Fantasymärkte erinnert. Stände mit Kleidern, Schmuck, Leder und allem, was man sich an traditioneller Handwerkskunst vorstellen kann, wechseln sich mit solchen ab, an denen Living History betrieben wird. Es sind Stationen von *A Christmas Carol*, die nach und nach die Geschichte in gespielten Bildern erzählen. Angefangen bei Scrooge und seinem Sekretär im kalten Kontor, dem Geist von Marley, der Scrooge in seinem Zuhause aufsucht, und so weiter. Besonders gefällt mir die Familie Cratchit bei den Vorbereitungen zum Weihnachtsfest. Bob Cratchit, der fröhlich lachend mit dem kleinen Timmy auf den Schultern die Stube betritt, wärmt mir das Herz.

Und es lässt mich grübeln. Etwas von dem, was Jonas gesagt hat, kommt mir in den Sinn. Er hat von Glück gesprochen und davon, dass wir es selbst in der Hand haben. Die Cratchits, die Dickens zeichnet, sind arm, haben viele Kinder, die sie kaum satt kriegen, und der Jüngste ist schwer krank. Und dennoch sind sie glücklich in ihrem von Liebe erfüllten Haus.

»Schöne Idee«, kommentiert Alex das kleine Schauspiel, was für seine Verhältnisse ein großes Lob ist.

»Ja, finde ich auch.«

Er legt den Kopf ein wenig zur Seite und mustert mich. »Wenn ich mir dein Gesicht so ansehe, wünschst du dir so was auch, oder?« Mit der Rechten zeigt er auf die Szene. »Familie und Kinder, die du am Weihnachtstisch begrüßen kannst und so weiter. Warum hat es bisher nicht geklappt?« Jetzt deutet er auf sich. »Was bei mir los war, habe ich ja gestern erzählt. Aber was ist mit dir?«

»Mir fehlt noch der richtige Mann dafür.« Mehr sage ich nicht. Alex ist heute zwar viel verträglicher als sonst, aber ich habe trotzdem keine Lust, ihm mein Herz auszuschütten.

Das scheint er zu spüren, denn er sagt: »Wir müssen nicht drüber reden, wenn du nicht willst. Aber du solltest die Möglichkeit in Betracht ziehen, dass Jonas der Richtige für dich ist.« Mit diesen Worten wendet er sich ab und schlendert einfach weiter.

Ich sehe ihm nach und muss meine Meinung über ihn abermals revidieren. Annika hat recht, wenn sie sagt, dass er einfühlsam sein kann. Wenn ich so darüber nachdenke, ist seine Art, immer genau das zu sagen, was sein Gegenüber am meisten trifft, eventuell nur die andere Seite der Medaille.

»Kommst du?« Er winkt mich zu sich. »Ich brauche doch jemanden, der mir hilft, etwas für Vanessa auszusuchen.«

Das ist es, was wir in der nächsten Stunde tun. Wir schlendern von Stand zu Stand, überlegen, was einer Vierzehnjährigen gefallen könnte, und kommen zu dem Schluss, dass wir beide hoffnungslos überfordert sind.

Wir wissen rein gar nichts über das Mädchen. Hat sie lange oder kurze Haare, wofür interessiert sie sich, hat sie eine Lieblingsfarbe, und trägt sie gern Schmuck? Zumindest bastelt sie welchen. In London hat Annika Perlen für sie gekauft. Allerdings wissen wir nicht einmal, ob sie Ohrlöcher hat, was die Auswahl einschränkt. Am Ende kauft Alex ein geflochtenes Lederarmband mit keltischen Mustern und eine Kette mit einem Mondstein, der in einen Lebensbaum eingearbeitet ist.

Die dazugehörige Broschüre, in der etwas über die Wirkung des Steins steht, besonders in Verbindung mit dem Lebensbaum, beäugt er misstrauisch, nimmt sie dann aber trotzdem mit.

»Ich werde ihr aber auch sagen, was ich von solchem Humbug halte«, kommentiert er das Heftchen und steckt es in seine Manteltasche.

»Jetzt bin ich schon ein wenig neugierig, ob sie an so was glaubt oder nicht. Weißt du, wie Annika darüber denkt?« Wenn ich raten müsste, würde ich sagen, dass sie sicher mal Tarotkarten gelegt und sich vielleicht sogar mit Heilsteinen und Sternzeichen oder so beschäftigt hat.

»Annika steht total auf solchen Krempel«, bestätigt Alex. »Früher zumindest. Sie hat mir oft die Karten gelegt und sich nie daran gestört, dass ich das für ausgemachten Blödsinn hielt. Sie hat übrigens auch behauptet, dass ihre Vorhersagen durch Kartenlegen immer genau ins Schwarze getroffen haben. Meiner Meinung nach lag das eher daran, dass sie immer total vage und schwammig waren.« Er schnaubt. »›Morgen wird dir etwas Gutes widerfahren.‹ Das kann alles und nichts heißen. Von Sonnenschein bis gute Note.« Kopfschüttelnd winkt er ab. »Letztendlich auch egal. Sie ist, wie sie ist.«

Bei diesem Ausspruch muss ich schmunzeln. »Genau das hat Annika auch über dich gesagt.«

Ein Brummen ist die Antwort, das jedoch von einem Lächeln begleitet wird. »Wollen wir uns jetzt diesen Umzug anschauen?«

Das ist mein Stichwort, noch einmal nach meinem Handy zu greifen. Ich habe zwar zu Annika gesagt, sie soll anrufen, aber vielleicht hat sie ja trotzdem geschrieben.

Als ob ich geahnt hätte, dass es der richtige Zeitpunkt ist, klingelt es just in diesem Moment.

»Hi«, meldet sich Annika. »Ich hab Jonas jetzt so weit, dass er mit zum Umzug kommt.« Im Hintergrund höre ich Jonas etwas sagen, verstehe aber nicht, was es ist. Leider spart sich Annika einen Kommentar, und ich will nicht fragen. »Wollen wir uns treffen? Wo seid ihr?«

»Im Moment zwischen Burg und Kathedrale.«

»Dann am Eingang der Kathedrale? Wir sollten so in zehn Minuten da sein.«

»Alles klar, bis dann.«

Auch sie verabschiedet sich und legt auf. In kurzen Worten berichte ich Alex, was wir ausgemacht haben, und er nickt. »Glaubst du, ich kann sie bitten, mir ein Foto von Vanessa zu zeigen oder vielleicht sogar eins zu schicken?«

Irgendwie ist es komisch, Alex so unsicher zu sehen. Normalerweise vermittelt er den Eindruck, dass er stets genau weiß, was er tut und was er will. »Klar kannst du das, du hast jedes Recht dazu. Wie ich Annika kenne, findet sie das sogar gut. Sie wollte ohnehin noch mal mit dir über alles reden.«

Er nickt, und Zuversicht breitet sich auf seinem Gesicht aus. »Danke«, sagt er und reiht damit einen weiteren Punkt in die Überraschungen dieses Morgens ein. »Der Vormittag mit dir hat mir geholfen.«

»Gern geschehen.« Auch wenn ich der Meinung bin, nichts Großartiges getan zu haben.

»Und was Jonas angeht, du solltest mit ihm reden. Erzähl ihm am besten ausführlich, was dir alles so auf dem Herzen liegt. Er ist genau der Typ, dem so was gefällt. Voll der Öko-Hippie.«

»Und da ist er wieder«, sage ich übertrieben genervt. »Hatte mir schon Sorgen gemacht, dass die letzten Tage dich verweichlicht haben und du deine nervigen Kommentare aufgibst.«

»Was soll ich machen?« Er grinst. »Die Wahrheit ist eben manchmal nervig.«

»Red dir das ruhig ein, wenn du dich damit besser fühlst«, scherze ich und hake mich bei ihm unter. Die Zeit allein mit Alex war nicht halb so schlimm wie erwartet, und ich habe erstaunliche neue Seiten an ihm entdeckt. Ich wäre zwar auch durchs Leben gekommen, ohne mich näher mit ihm zu befassen, trotzdem habe ich diesen Vormittag genossen.

Auf dem Weg zum Treffpunkt zupft Alex offensichtlich nervös an seinem Mantel herum, was ich fast süß finde. Außerdem lenkt es mich von meiner eigenen Anspannung ab.

Innerlich stelle ich mich schon mal drauf ein, dass Jonas gleichgültig tut. Ich habe mich entschieden, ihn auf sein Verhalten anzusprechen, sobald wir allein sind. Dann kann ich schlimmstenfalls einen Schlussstrich ziehen und ab morgen mein Leben weiterleben wie bisher.

Wenn da nicht dieser unangenehme Schmerz in meinem Brustraum wäre, sobald ich an meine Abreise morgen denke. Und daran, Jonas nie mehr wiederzusehen. Allerdings befürchte ich, dass die Qual größer werden wird, je mehr ich mich auf ihn einlasse.

Vor der Kathedrale sehe ich Annika und Jonas, die auf uns warten. Alex schenkt mir ein letztes aufmunterndes Lächeln, ich erwidere es, und wir sind bei ihnen angelangt. Die Begrüßung fällt einsilbig aus, außer zwischen Annika und mir. Wir nehmen uns in den Arm, und dieser kurze Moment der Freundschaft gibt mir Kraft.

Lächelnd lasse ich den Blick über die Jungs gleiten. »Wollen wir?«

Sie nicken, und ich will mich zu Annika gesellen, doch Alex kommt mir zuvor. Er schaut sie herausfordernd an, und sie weicht nicht zurück. Ich verstehe das stumme Blickduell zwischen den beiden nicht, doch am Ende gehen sie in Richtung Stadt los. Ohne sich zu berühren, aber nebeneinander. Das ist gut, denke ich. Obwohl ich nicht darauf wetten würde.

Auf jeden Fall bedeutet es, dass ich mich nun mit Jonas auseinandersetzen muss, obwohl ich keine Ahnung habe, wie ich anfangen soll. »Dann also wir beide?«, frage ich, nur um etwas zu sagen, und er nickt.

Schweigend gehen wir hinter den anderen her. Ich mustere Jonas verstohlen. Er sieht müde aus, irgendwie abgekämpft. Sicher eine Folge des Punschgelages mit Alex gestern. »Wenn es dir so schlecht geht, wie du aussiehst, möchte ich nicht in deiner Haut stecken.« Mist, habe ich das laut gesagt?

Dem leisen Lachen nach zu urteilen, das aus seiner Richtung kommt, ist das wohl so.

»Danke, kann ich nicht zurückgeben. Du siehst hervorragend aus.«

»Ich habe mich ja auch vom Punsch ferngehalten.«

»Erinnere mich nicht daran.« Er greift sich an den Kopf. »Teufelszeug. Aber hey, es hat auch sein Gutes. Alex und Annika schreien sich nicht mehr an.«

»Er sagt, du hast ihn davon überzeugt zu bleiben.«

»Ich habe es zumindest versucht.« Er lacht erneut leise und sucht meinen Blick. »Du bist sauer auf mich, oder?«

»Ja«, sage ich, ohne nachzudenken. »Weil ich aus dir nicht schlau werde. Weil du dich wie damals verhältst, obwohl ich dir gesagt habe, wie sehr mich das verletzt. Und weil ich blöde Kuh mir trotzdem Hoffnungen gemacht habe.«

Stille schlägt mir entgegen. Ganz toll. Jonas hüllt sich mal wieder in eine Aura von Coolness und Schweigen, die er früher schon so gern gepflegt hat. Auf seiner Stirn bildet sich dieselbe Falte, die ich schon am Abend vorher gesehen habe. Gilt die etwa mir?

»Vorschlag«, sagt er schließlich und greift nach meiner Hand. Da sowohl seine als auch meine in Handschuhen stecken, muss ich mir die sprichwörtlichen Funken, die da zwischen uns fliegen, wohl einbilden. »Später, wenn wir die Briefe gelesen und über unsere Zukunft gesprochen haben, reden wir. Hier«, er deutet mit der Hand auf die belebte Umgebung, »ist nicht der richtige Ort dafür.«

»Gibt es den denn?«, frage ich und registriere, wie bockig ich mich anhöre. Aber ich will nicht mehr vernünftig sein, sondern wissen, was in seinem Kopf vorgeht. Und warum er gestern bei

Alex geblieben ist und sich betrunken hat, anstatt mich aufzuhalten oder mir zu folgen.

»Den gibt es. Später.« Er schaut mir tief in die Augen. »Vertraust du mir?«

Ich schüttle den Kopf, was er mit einem Seufzer quittiert.

»Warum solltest du auch«, sagt er leise. »Eins musst du mir glauben: Du berührst mich, Klara. Mit dir fühle ich mich wie mit niemandem sonst auf der Welt. Du bist mir wichtig, und darüber möchte ich mit dir in einer Umgebung sprechen, in der wir durch nichts abgelenkt werden und uns vollkommen aufeinander fokussieren können.«

Keine Ahnung, wie Jonas das schon wieder schafft. Seine Worte lassen in meinem Innersten alles durcheinanderwirbeln. Das ist gleichzeitig beruhigend und aufregend. Mir ist klar, dass er mich gerade wieder hinhält. Doch ich lasse mich bewusst darauf ein. Ein letztes Mal noch. Morgen ist unsere Zeit hier sowieso vorbei. Und damit wird auch dieser unselige Kreislauf von Hoffnung und Enttäuschung ein für alle Mal sein Ende finden.

Ich nicke langsam, um meine Zustimmung zu signalisieren.

»Danke«, sagt er, lässt meine Hand aber nicht los, und wir holen die anderen ein.

»Bleiben wir hier?« Annika stoppt und zeigt auf eine Menschenlücke am Straßenrand. »Wenn ich das richtig im Blick habe, sollte der Festzug bald beginnen und recht schnell hier sein.«

»Klingt gut«, antworte ich und versuche, die Enttäuschung darüber zu verdrängen, dass Jonas meine Hand in dem Augenblick losgelassen hat, als wir bei den anderen beiden ankamen. Heute Abend, beruhige ich mich und trete von einem Fuß auf den anderen. Solange man läuft, ist es auszuhalten, aber Stehen führt binnen kürzester Zeit dazu, dass einem die Kälte die Beine hinaufkriecht. Um mich ein wenig abzulenken, lasse ich die Umgebung auf mich wirken. Über die Straßen spannen sich mehrere Lichterketten mit verschiedenen weihnachtlichen Motiven: ein Stern, eine Tanne, ein Rentier. Noch sind sie ausgeschaltet, was nicht für die blinkende und bunt leuchtende Dekoration in den umliegenden Fenstern und Schaufenstern gilt. Das ist fast schon ein wenig zu viel des Guten.

Die Kälte, zusammen mit der übertriebenen Dekoration und den vielen Menschen, sorgt dafür, dass ich mich unwohl fühle.

»Will jemand Tee?«, fragt Annika, und erst jetzt bemerke ich den Rucksack auf ihrem Rücken. Sie stellt ihn vor sich ab und packt eine Thermoskanne aus. Gefolgt von drei Bechern, die sie uns in die Hände drückt.

Meine Retterin.

Auf unsere überraschten Blicke reagiert sie mit einem Lachen. »Das sind Mama-Skills. Gehe niemals ohne Getränke aus dem Haus. Wenn es draußen warm ist, Wasser, bei Kälte Tee. Ich habe auch Kekse, wenn jemand mag.«

»Du bist echt eine Wucht«, sage ich und strecke ihr den Becher hin. Sobald er warm in meiner Hand dampft, halte ich ihn nah an mein Gesicht, um meine eingefrorene Nase aufzuwärmen.

Jonas und Alex nehmen je noch einen Keks. Die Stimmung könnte eigentlich heimelig sein, ist sie aber nicht. In jeder Geste, jedem Blick lauert Argwohn. Obwohl Argwohn vielleicht das falsche Wort ist, Vorsicht wäre treffender. Das gegenseitige Vertrauen, das den gestrigen Nachmittag und Abend beherrscht hat, ist komplett verschwunden.

Wir stehen zwar zusammen und unterhalten uns, aber ohne Tiefe oder emotionale Wärme. Wir reden über die Menschen, die im Festumzug an uns vorbeilaufen, überlegen, zu welchem Dickens-Buch sie gehören, und tanzen allein auf der Stelle zur Musik der verschiedenen Marschkapellen. Die allgemeine Stimmung ist ausgelassen, der Alkohol fließt überall in rauen Mengen, aber keiner von uns nimmt eines der vielen angebotenen Gläser an.

Als der Festzug vorbei ist, gehen in den Straßen die Lichter an. Weihnachtsbeleuchtung, so weit das Auge reicht. Wir beschließen, unser Abendessen an einem der vielen Stände zu holen, und entscheiden uns für Chinesisch. Mit einer großen Tüte voller Essensboxen machen wir uns zurück auf den Weg zum Cottage.

Dort breiten wir alles auf dem Tisch aus, stellen Teller dazu und lassen es uns schmecken.

Alles bleibt anders

Auch beim Essen ist die Stimmung merkwürdig. Das Gespräch dreht sich um den Festzug und die Kostüme, von denen zugegebenermaßen keiner von uns eine Ahnung hat, aber jeder eine entschiedene Meinung.

Alex findet es dämlich, sich überhaupt zu verkleiden. »Das ist doch alles Heuchelei. Keiner von denen würde auch nur eine Sekunde wirklich zur Zeit von Dickens leben wollen. Was soll der Mist?«

»Das ist mehr wie Schauspielerei«, entgegnet Annika. »Diese Menschen sind Darsteller, auch wenn sie keinen Film drehen oder ein Theaterstück aufführen.«

»Na, irgendwie ist das schon Theater, finde ich.« Jonas schaut von Annika zu Alex. »Das sind Laienschauspieler, die Improvisationstheater machen. Nur eben in historischen Kostümen.«

»Was komplett sinnlos ist.« Zur Bestätigung seiner Worte nickt Alex und steckt sich eine Frühlingsrolle in den Mund.

»Es ist ein Hobby«, werfe ich ein. »Sind die nicht immer sinnlos?«

»Nicht, wenn man dabei was Sinnvolles macht oder etwas lernt«, widerspricht Alex und schüttelt den Kopf.

»Sagt der Mann, der nicht ins Museum will«, kontere ich.

»Museen sind ja auch langweilig und drehen sich meistens um Geschichte. Öder geht es kaum.«

»Und welche spannenden und höchst bildenden Hobbys hast du?« Jonas schaufelt sich Nudeln auf seinen Teller und lässt Alex nicht aus den Augen, weshalb die Hälfte auf dem Tisch landet. Er stöhnt und schiebt sie mit den bloßen Händen auf einen Haufen. Anschließend packt er sie mit der Hand auf seinen Teller.

Ich lächle über so viel Pragmatismus und wende mich Alex zu. Seine Antwort interessiert mich.

»Ich lese Fachbücher und -zeitschriften, spiele Tennis, koche und backe.«

»Auch keine besseren oder schlechteren Hobbys als die von anderen«, kommentiert Annika. »Backen und Kochen hat mich allerdings echt überrascht.«

»Mich auch«, fügt Jonas an.

»Ich finde das eine schöne Beschäftigung, gerade weil ich es nicht kann.« Es ist nicht so, als wolle ich Alex beistehen, aber ein Mann, der kocht und backt, hat etwas für sich.

»Danke«, sagt er in meine Richtung. » Doch genug von mir. Was macht ihr als Hobby? Du zum Beispiel, Annika.«

Innerlich verdrehe ich die Augen. Alex' plumper Versuch, mit Annika ins Gespräch zu kommen, wird nach hinten losgehen, das sehe ich ihrem Gesicht an.

»Du meinst, neben Fulltime-Job und Tochter? Ich bin froh, wenn ich mich in meiner Freizeit einfach auf die Couch legen und entspannen kann. Für mehr reicht die Energie nicht.«

Bei der Erwähnung ihrer Tochter zuckt Alex sichtlich zusammen. Ich habe nicht mitbekommen, was die beiden vorhin auf dem Weg zum Festzug besprochen haben, aber ich vermute, er hat nicht nach einem Foto von Vanessa gefragt. Oder doch, und Annika hat sich geweigert?

Er lässt auf jeden Fall nicht locker. »Sie müsste inzwischen vierzehn sein und damit weniger … pflegeintensiv?«

Mir kommt der Gedanke, dass man Alex vielleicht häufiger Alkohol einflößen sollte. Je nüchterner er wird, desto bescheuerter benimmt er sich.

»Pflegeintensiv?« Die Schärfe in Annikas Stimme ist nicht zu überhören. »Kinder sind doch keine Patienten, die gepflegt werden müssen. Oder wie stellst du dir das vor?«

»Woher soll ich das wissen, ich habe nicht erlebt, wie meine Tochter aufgewachsen ist. Was, wie wir bereits festgestellt haben, nicht meine Schuld ist.« Auch seine Stimme wird schärfer.

»Aber meine?«

»Wessen denn sonst? Du hast sie ja vor mir geheim gehalten. Du hast mir gesagt, dass du mich nach der Schule nie wiedersehen willst. Du hast auf keinen meiner Kontaktversuche reagiert, weder auf Briefe noch auf Anrufe oder SMS.« Bei jedem *Du* zeigt er anklagend auf sie.

»Weil ich dich nicht belasten wollte. Du hattest dein Leben durchgeplant, deinen Platz an der Uni sicher, dein Stipendium. Da war kein Raum für mich oder ein Kind.«

Alex schnaubt und schmeißt sein Besteck auf den Teller. »Das war alles ein riesengroßer Fehler. Ich hätte heute Morgen abfahren sollen. Oder besser gar nicht erst herkommen.«

Ich stöhne. Hatten wir das nicht hinter uns gelassen? Meine Hoffnung, wir könnten irgendwas bei Alex bewirkt haben, schwindet.

»Du tust es schon wieder.« Vorwurfsvoll kneift Annika die Augen zusammen. »Du schlägst um dich und machst einen auf beleidigt, wie ein Kleinkind. Etwas gefällt dir nicht, also pöbelst du ein bisschen rum und verziehst dich dann. So gehst du unangenehmen Gesprächen aus dem Weg. Mit deinen verbalen Entgleisungen drehst du es so, dass alle sauer auf dich sind. Denn dann läuft dir keiner hinterher, und du bist nicht mal selbst schuld, sondern die anderen, die es nicht verkraften, dass der ach so kluge Alex ihnen die Wahrheit ins Gesicht gesagt hat. Bullshit.«

Annika redet sich in Rage. Einerseits würde ich gern dazwischengehen, denn ich hasse Streit. Andererseits sind das Alex und Annika. Die haben ihre Konflikte schon immer so ausgetragen.

Ich sehe zu Jonas, gespannt, wie er reagiert. Sein Blick wandert langsam von Annika zu Alex und wieder zurück. Irgendwie schießt mir das Bild durch den Kopf, wie er mit einem Eimer Popcorn in den Händen das Geschehen ganz entspannt verfolgt, und ich muss ein Grinsen unterdrücken.

Warum eigentlich nicht. Einfach den Mund halten und beobachten bedeutet, dass ich mich nicht mit Jonas auseinandersetzen muss.

Denn auch wenn es mir bisher ganz gut gelungen ist, die Gedanken an unser bevorstehendes Gespräch beiseitezuschieben, lauern sie weiter in meinem Hinterkopf. Er beachtet mich zwar momentan kaum, aber die Verbindung zu ihm spüre ich trotzdem.

Als ob er meine Gedanken geahnt hätte, wählt er diesen Augenblick, um zu mir zu sehen und zu lächeln. Verdammt.

Tapfer lächle ich zurück und versuche, meine Aufmerksamkeit wieder auf die beiden Streithähne zu richten.

»Man sollte sich zurückziehen, wenn alles gesagt ist«, bringt Alex gerade in genervtem Tonfall vor, »und die Diskussion sich im Kreis dreht. Das bringt doch nichts.«

»Es bringt also nichts, sich mit seiner Tochter zu beschäftigen?«

»Das habe ich nicht gesagt. Du drehst mir die Worte im Mund rum. Der beste Beweis, dass man mit dir nicht reden kann.«

»Woher willst du denn wissen, ob man mit mir reden kann? Du hast es ja nicht mal versucht.« Ein bitteres Lachen kommt aus Annikas Kehle. »Was glaubst du, was andere Menschen denken, wer von uns beiden eher mit sich reden lässt?« Sie deutet erst auf Jonas, dann auf mich, und ich wäre am liebsten nicht da. Dieses Gespräch ist keines, in das ich mit hineingezogen werden möchte. Und Jonas geht es offenbar genauso.

»Wollt ihr das wirklich?«, fragt er und erhebt sich. »Ich weiß nicht, ob es Sinn macht, wenn wir als Unbeteiligte …«

»Ja«, kommt es von beiden gleichzeitig, und Alex ergänzt: »Bestimmt hilft es, Mediatoren dabeizuhaben.« Er sieht zu Jonas. »Du kannst so was doch sicher?«

»Nicht besser oder schlechter als jeder andere.« Jonas runzelt die Stirn. »Nur weil ich im Gegensatz zu anderen ab und zu Dinge von mir gebe, über die ich vorher nachgedacht habe, heißt das nicht, dass ich ein guter Vermittler bin. Aber wenn ihr wollt, bleiben wir?«

Der letzte Satz war eine Frage, und er sieht zu mir. Ohne zu zögern, nicke ich. Zum einen, weil ich schlicht und ergreifend neugierig bin. Zum anderen … nein, eigentlich gibt es nur diesen einen Grund.

Jonas richtet sich auf. »Soll ich Fragen stellen, oder redet ihr, und wir greifen ein, wenn es unschön wird?«

»Ich rede.« Annika steht so entschieden auf, dass ihr Stuhl beinahe umkippt. Sie beachtet ihn gar nicht, sondern schüttelt sich einmal, atmet tief ein und ringt unschlüssig die Hände. Dann beginnt sie zu sprechen.

»Im Nachhinein betrachtet, war es eventuell ein Fehler, dir

nichts von Vanessa zu erzählen. Das gebe ich zu und entschuldige mich dafür.«

»Schön, dass du's einsiehst, aber das bringt mir jetzt nichts mehr«, murmelt Alex, und ich mache mich bereit, schlichtend einzugreifen. Doch es ist gar nicht nötig, weil Annika ihn einfach ignoriert.

»Aber«, spricht sie weiter, »aus damaliger Sicht hatte ich keine andere Wahl. So wie du dich seinerzeit verhalten hast, warst du selbst schuld. Dazu stehe ich.«

»Was soll das?« Auch Alex springt auf, bleibt aber an seinem Platz stehen. »Wie ernst kann man eine Entschuldigung nehmen, die offensichtlich gar keine ist?«

»Sie ist ernst gemeint, weil es mir für dich leidtut. Für den Mann, der du heute bist. Aber du hast ja selbst gesagt, dass dein Leben völlig anders verlaufen wäre, wenn du von Vanessa gewusst hättest. Der Alex von vor fünfzehn Jahren war nicht reif genug, um Vater zu sein. Das ist meine Meinung, selbst wenn du das anders siehst.«

»Aus dir soll einer schlau werden.« Alex wirft die Hände in die Luft. »Ich war auch damals schon ein fühlender Mensch, noch dazu mit einer ordentlichen Portion Vernunft gesegnet. Wir hätten eine Lösung gefunden.«

»Eine, in der du irgendwo Medizin studierst und ich mit Vanessa bei deinen Eltern lebe und einen auf Hausfrau und Mutter mache?« Verächtlich schüttelt Annika den Kopf. »Niemals!«

»Wie kommst du denn darauf? Aber ja, jetzt, wo du es sagst, meine Eltern hätten sich über ein Enkelkind gefreut. Sie wären sicher eine große Hilfe gewesen. Im Gegensatz zu deinen.«

Der Schlag ging unter die Gürtellinie, was selbst Alex zu merken scheint, denn er hebt abwehrend die Hände. »Entschuldigung, war nicht so gemeint.«

Annika schüttelt mehrfach den Kopf. »Doch, du hast es so gemeint. Das ist genau mein Problem. Du hast dich immer für was Besseres gehalten und mich das spüren lassen.«

»Was?« Diesmal schreit Alex. »Nein, nein, nein, nein. Wenn sich einer für was Besseres gehalten hat, dann du mit deinen angesagten Freunden, die die ganze Nacht gefeiert haben und überall beliebt waren. Für deine supercoole Clique war ich doch bestenfalls unsichtbar.«

»Und was meinst du, warum ich dann mit dir zusammen war, wenn ich doch all die tollen Leute hatte?« Annika stützt provokant die Arme in die Hüften und sieht Alex unverwandt an.

»Weil jemand wie ich in deiner Bettgeschichtensammlung noch fehlte?«

Jetzt ist er eindeutig zu weit gegangen. Das scheint auch Jonas so zu sehen, denn er hebt beschwichtigend die Hände.

»Kurzer Realitätscheck. Wir hatten doch schon geklärt, dass Annika exklusiv mit dir zusammen war.«

»Das behauptet sie. War klar, dass du dich auf ihre Seite stellst. Vor dir war ja auch keine Frau sicher. Außer Klara vielleicht.«

»Alex«, sage ich, stehe ebenfalls auf und gehe zu ihm. Den Teil von mir, der durch seine Worte gekränkt ist, versuche ich zu ignorieren. Eigentlich weiß ich ja, dass er nur gegen mich schießt, um von sich abzulenken. »Hör auf, um dich zu schlagen, und denk daran, was du wirklich willst.« Sachte lege ich eine Hand auf seinen Arm, und er lässt es geschehen. »Du möchtest deine Tochter kennenlernen und herausfinden, ob sie die Geschenke mag, die du heute für sie besorgt hast. Das ist doch erst mal das Wichtigste, nicht wahr?«

»Du hast Geschenke gekauft?« Offensichtlich fassungslos lässt Annika die Arme sinken. »Du willst sie also echt kennenlernen?«

»Natürlich will ich das.« Jetzt ist er es, der den Kopf schüttelt. »Denkst du etwa, ich hätte kein Interesse an ihr?«

»So, wie du dich benimmst, ja. Du hast kein einziges Mal nach ihr gefragt.« Annika macht ganz den Anschein, als würde ihr die Luft ausgehen. »Für mich sieht es eher so aus, als wärst du vollauf damit beschäftigt, beleidigt zu sein und mir Vorwürfe zu machen.«

»Zu Recht, finde ich. Aber das ist ja nicht Vanessas Schuld. Ich würde gern wissen, wie sie aussieht, wie sie so ist, was sie mag, was sie hasst, was sie zum Lachen oder zum Weinen bringt.«

Da ist es wieder, sein Gespür für Menschen und ihre verwundbaren Punkte. Nur sagt Alex dieses Mal ausnahmsweise genau das Richtige. In Annikas Augen treten Tränen, und ich kann förmlich sehen, wie ihre Abwehr dahinschmilzt. »Magst du ein Foto sehen?«, fragt sie leise, und Alex nickt. Mit wenigen Schritten ist sie bei ihm, und ich spüre, dass es Zeit ist, sich zurückzuziehen. Wir haben gerade mal neun, was bedeutet, dass es noch drei Stunden bis zur nächsten Lesung sind. Genug Zeit für die beiden, um sich auszusprechen. Ohne uns.

Ich betrete das Wohnzimmer und überlege, was ich mit der Zeit bis Mitternacht anfangen soll. Auf mein Zimmer gehen und lesen wäre eine Option. Noch dazu ideal, um Jonas aus dem Weg zu gehen.

Er ist mir ins Wohnzimmer gefolgt und sieht so ratlos aus, wie ich mich fühle. Soll ich vorschlagen, dass wir genauso gut jetzt reden können? Schließlich machen die anderen beiden das auch.

»Ich geh noch mal eine Runde raus«, sagt er, bevor ich den Mund aufbekomme. »So langsam lässt der Kater nach, und ich habe das Gefühl, frische Luft könnte die restlichen Kopfschmerzen vertreiben.« Er wartet meine Antwort nicht ab, sondern verschwindet in den Flur, um seine Schuhe anzuziehen.

Gut, reden will er offensichtlich nicht. Sonst hätte er ja gefragt, ob ich ihn begleite.

Also gehe ich aufs Zimmer und lese ein wenig. Das wollte ich ja sowieso, ist also kein Ding.

Auf dem Weg nach oben komme ich wieder am Esszimmer vorbei, in dem Alex neben Annika sitzt. Beide starren auf ihr Handy, während Annika erzählt. Sie schauen sich offensichtlich Fotos von Vanessa an, wenigstens das scheint zu laufen. Freut mich für die beiden.

Nachdenklich erklimme ich die Stufen und verschwinde in meinem Zimmer. Bevor mein Hirn ins Nachdenken kommen kann, schnappe ich mir meinen Reader und entscheide mich für *Anne Elliot* von Jane Austen. Da geht es um eine vergangene Liebe, die eine zweite Chance verdient. Das passt zu meiner Stimmung. Außerdem sorgt dieses Buch immer dafür, dass sich in meinem Inneren dieses warme Glücksgefühl ausbreitet. Und das kann ich definitiv gut gebrauchen.

Vierte Strophe

Der dritte Brief

Um halb zwölf geht unten die Eingangstür auf. Offensichtlich ist Jonas zurück. Ich höre ihn die Treppe hochkommen und in seinem Zimmer verschwinden. Da ich ihm erst einmal nicht begegnen will, schnappe ich mir schnell die Briefe und das Dickens-Buch und mache mich auf den Weg nach unten.

Alex und Annika sind nicht mehr im Esszimmer. Überrascht stelle ich fest, dass der Tisch aufgeräumt ist. Sie haben alles gespült und weggeräumt.

Aus dem Wohnzimmer erklingt ihr Lachen, und trotz der ungeklärten Lage zwischen mir und Jonas muss ich lächeln. Die beiden scheinen einen Weg gefunden zu haben, mit ihren Problemen umzugehen.

Als ich das Wohnzimmer betrete, schauen sie auf, und ich freue mich, eine äußerst entspannte Annika zu sehen. Sie strahlt, und auch Alex scheint auf eine für ihn untypische Art gelöst.

»Bereit für die Zukunft?«, frage ich und setze mich auf einen der

Sessel. Bleibt mir ja nichts anderes, weil die beiden die Couch besetzen.

Ich unterdrücke den Teil in mir, der es schade findet, dass ich heute Abend nicht neben Jonas auf dieser Couch sitzen werde, und lege die Briefe auf dem Tisch in der Mitte ab.

»Das sind sie also, unsere letzten Nachrichten an uns selbst.« Alex legt den Kopf schief und mustert die Umschläge. »Komisch, an den Brief kann ich mich am wenigsten erinnern. Bei den anderen hatte ich eine grobe Vorstellung, was ich geschrieben habe, aber bei dem über meine Zukunft? Leere. Und ihr?«

»Ich erinnere mich daran, dass ich wilde Träume von einem Jahr Auszeit und Reisen hatte«, sagt Annika nicht ohne eine Spur Wehmut in der Stimme.

»Richtig.« Alex tippt sich gegen die Stirn. »Du wolltest mit dem Zug quer durch Europa, dich treiben lassen, hin und wieder arbeiten und vor allem feiern.«

»Ja, ich …«

»Wer will feiern?« Jonas tritt ein, lässt den Blick einmal kurz schweifen und setzt sich dann in den zweiten freien Sessel. War da eine Spur von Bedauern in seinem Blick? Oder ist das Wunschdenken meinerseits?

»Na, mein jüngeres Ich«, antwortet Annika und hält ihren Brief hoch. »Alex sagt gerade, dass er sich kaum an seinen Zukunftsbrief erinnern kann. Ich an meinen schon.«

»Feiern und reisen.« Nickend deutet Jonas auf sie. »Das war dein Plan.«

»Genau. Ist dann ja nichts geworden.« Das klingt kein bisschen mehr traurig. Wie es aussieht, hat sie mit ihrer Vergangenheit und der anders verlaufenden Zukunft ihren Frieden gemacht. Das freut mich sehr für sie.

»Ich glaube, meiner ist so langweilig wie die davor«, gebe ich zu.

»Ich hatte ja schon den Ausbildungsplatz, und es war klar, dass ich danach bei meinen Eltern arbeite.«

»Das ist nicht langweilig, sondern zielstrebig.« Aufmunternd nickt mir Annika zu.

»Wenigstens hattest du einen Plan«, sagt Jonas, sich am Kinn kratzend. »Ich muss zugeben, dass es mir wie Alex geht. Keine Ahnung, was ich da geschrieben habe.« Er runzelt die Stirn. »Merkwürdig, wenn man bedenkt, dass ich bei den ersten Briefen recht gut wusste, was drinstand.«

»Womöglich hatten wir zu dem Zeitpunkt schon ein wenig zu viel getankt?«, wirft Alex ein.

»Kann gut sein«, bestätigt Jonas und sieht zur Uhr. »Zehn Minuten bis Mitternacht. Zeit genug, um zu besprechen, wie das morgen mit der Abreise läuft.«

Das Wort »Abreise« hinterlässt ein unschönes Gefühl in mir. Denn dann wird meine Chance bei Jonas vorbei sein. Es nervt gewaltig, dass er dermaßen mein Denken bestimmt.

»Mein Flug geht um drei von Gatwick aus«, sage ich, um diese Gedanken zu verdrängen.

»Den nehme ich auch«, sagt Jonas, und mein Inneres flattert sofort wieder.

»Ich fahr mit dem Zug.« Annika schüttelt sich. »Flugzeuge nur, wenn es unbedingt sein muss. Ich muss spätestens um acht los, also wenig Schlaf für mich heute Nacht.«

»Früh los muss ich ebenfalls.« Fragend sieht Alex zu ihr. »Mein Flug geht schon um elf. Nimmst du auch den Zug nach London? Dann können wir zusammen fahren.«

»Gern.« Die beiden lächeln sich an. Wie es aussieht, haben sie ihren Frieden miteinander gemacht. Das gibt mir Hoffnung für mein Verhältnis zu Jonas. Wir haben weit weniger tiefgreifende

Probleme. Da sollte doch eine Lösung drin sein. Wenn es denn eine gibt, die mir nicht das Herz bricht.

»Dann ist das ja geklärt.« Jonas reibt sich die Hände. »Fangen wir an? Ich übernehme gern den ersten Leseabschnitt.«

Da keine Einwände kommen, reiche ich ihm das Buch, und wir starten mit dem dunkelsten Kapitel in Scrooges Reise. Dickens skizziert die Ereignisse rund um die Beerdigung des alten Mannes – ohne dass dieser zunächst weiß, dass es um seinen eigenen Tod geht.

»Finde nur ich den dritten Geist creepy?« Annika schaut einmal in die Runde. »Mit seiner dunklen Kutte und dem Knochenfinger, mit dem er immer nur zeigt, ohne je ein Wort zu sagen, erinnert er mich doch stark an den Tod.«

»Warst du nicht diejenige, die Geisterbahnen mag?«, fragt Jonas amüsiert.

»Das ist was anderes. Das sind Gruselfiguren, die auf kurzfristige Schockeffekte ausgelegt sind, nach denen man befreit lachen und alles rauslassen kann.« Sie winkt ab. »Aber dieser Geist ist …« Ein Schütteln durchfährt sie. »Keine Ahnung. Ich fand den schon damals gruselig.«

»Verstehe ich. Den dritten Geist mochte ich auch immer am wenigsten«, gebe ich zu.

»Echt?« Alex kratzt sich am Kopf. »Ich hatte kurz davor den Disney-Film im Kino gesehen. Den mit Jim Carrey und Colin Firth. Da war mir der zweite Geist irgendwie unheimlicher. So laut und polternd.«

Ich erinnere mich an den Film und muss Alex recht geben. »Stimmt. Das war eine gute Verfilmung.«

»Hast du mehr als die gesehen?«, fragt Alex, und sein Unterton ist dabei wieder so sehr Alex, dass ich die Augen verdrehe. Als ob es etwas Schlechtes wäre, mehrere Verfilmungen zu kennen.

»Ja, habe ich. Englische Klassiker sind mein Hobby, selbst wenn du das für sinnlos hältst.«

»Ist es ja auch, weil …«

»Können wir uns auf das konzentrieren, was vor uns liegt?« Jonas unterbricht unseren Disput. Es geht hier nicht um irgendwelche Vorlieben. Allerdings wurmt es mich ganz schön, dass Alex so eine geringe Meinung von meinen hat. Ich weiß, dass ich ruhig bleiben und mich nicht darüber aufregen sollte, denn genau das bezweckt er damit. Hilft aber nicht gegen dieses Gefühl, ihn am liebsten erwürgen zu wollen, wenn er noch einmal was in diese Richtung von sich gibt.

»Alex, halt einfach den Mund, und lass die Erwachsenen reden, ja?« Mit hochgezogenen Brauen legt Annika eine Hand auf sein Knie.

»Recht habe ich trotzdem«, murmelt er und zuckt mit den Schultern.

Ich beschließe, mich nicht weiter provozieren zu lassen. Hilft ja niemandem, wenn ich mich mit Alex streite. Ich weiß auch gar nicht so genau, warum mich seine Worte dermaßen auf die Palme bringen. Denn eigentlich könnte mir nichts egaler sein als Alex' Meinung.

»Lies du weiter.« Jonas reicht mir das Buch, und ich widme mich voll und ganz dem Text. Wir folgen dem Geist und Scrooge zu seiner Hausangestellten, die seine Bettvorhänge und seine beste Kleidung stiehlt, um sie zu versetzen. Wir sehen, wie egal es seinen Kollegen ist, ob er unter den Lebenden weilt oder nicht, und einen unendlich traurigen Mr Cratchit, der seinen Sohn Timmy begraben musste.

Als der alte Scrooge darum bittet, dass der Geist ihm einen Menschen zeigen soll, den der Tod dieses bedauernswerten Mannes berührt, zeigt er ihm ein Paar, das glücklich ist, weil ihr allzu strenger Gläubiger verstorben ist, was ihnen einen Zahlungsaufschub gewährt.

Am Ende dieses Abschnitts steht Scrooge vor seinem eigenen Grabstein. Dort erkennt er, dass sein Tod niemandem nahegeht und kein Mensch ein gutes Wort für ihn übrig hat. So will er nicht von dieser Erde gehen, und er beschließt, für die Jahre, die ihm noch bleiben, sein Leben von Grund auf zu ändern. Er feiert das Weihnachtsfest mit Mildtätigkeit und Freude, gewährt Cratchit mehr Lohn, hilft dessen Sohn Timmy bei der Behandlung seiner Krankheit und sucht seinen Neffen auf, um im Kreise der Familie Weihnachten zu feiern. Aus dem Geizhals und Menschenverächter Scrooge ist ein geläuterter Mann geworden. Ich klappe das Buch zu und atme einmal tief durch.

»Auf die Gefahr hin, dass dir das wieder nicht gefällt«, wirft Alex ein, »sage ich trotzdem, dass dieses Ende Mist ist. Niemand ändert sein Leben, nur weil er gezeigt bekommt, dass nach seinem Tod niemand trauern wird. Man hat den Leuten eigentlich sogar einen Gefallen getan, indem man ihnen unnötige Trauer erspart, oder? Abgesehen davon – und ich denke, da sind wir uns einig – kann es einem komplett egal sein, wenn man erst mal tot ist.«

»Alex!« Diesmal schlägt ihm Annika leicht auf den Oberschenkel.

»Was denn? Stimmt doch. Oder glaubt ihr an ein Leben nach dem Tod? Himmel, Hölle und all den ganzen Kram?« Bei der Frage schaut er Jonas und mich an.

»Also Himmel und Hölle im christlichen Sinn halte ich für ein überholtes Konzept«, antwortet Jonas. »Was nicht heißt, dass ich denke, wir wären danach alle weg. Diese Vorstellung deprimiert mich, also stelle ich mir lieber vor, dass der Tod nur der Übergang zu etwas Größerem ist. Etwas, das so weit außerhalb unseres beschränkten menschlichen Denkens liegt, dass wir es niemals verstehen können.«

»Also glaubst du doch noch irgendwie an Gott?« Das überrascht mich. Nach der vollständigen Abkehr von seiner Familie hatte ich ihn als knallharten Atheisten eingestuft.

»Mit Gott hat das nichts zu tun. Ich glaube nicht, dass irgendein transzendentes Wesen sich für mich oder irgendeinen anderen Menschen interessiert. Es ist mehr das Gefühl, dass da irgendwie mehr ist, eine höhere Bedeutung, der alles unterliegt, auch wir.«

»Deine Vorstellung von einem Leben nach dem Tod würde das Konzept einer Seele voraussetzen, die unabhängig vom Körper existiert.« Alex schüttelt bei seinen Worten vehement den Kopf. »Aus medizinischer Sicht ist das völliger …«

»So langsam glaube ich, du willst das Lesen der Briefe hinauszögern.« Annika mustert Alex aus zusammengekniffenen Augen. »Wir sind weder hier, um über den Sinn oder Unsinn von Glauben zu diskutieren, noch, um zu erörtern, welchen Stellenwert klassische Literatur im Leben haben sollte.«

»Das sind aber Themen, die …«

»Ihre Daseinsberechtigung haben, aber nicht hier und heute.«

Mir gefällt es, wie Annika mit Alex umgeht. Sie scheint den Dreh rauszuhaben. Was genauer betrachtet vielleicht auch daran liegt, dass er überraschenderweise auf ihre Meinung von ihm etwas zu geben scheint. Egal, wie sie das geschafft hat, es ist mein Stichwort.

»Um zum Thema zurückzukommen: Scrooges Wandlung ist weniger wundersam, als du denkst. Es ist ja nicht so, als sei es nur der letzte Geist gewesen oder der Schock darüber, seinen eigenen Namen auf dem Grabstein zu sehen, der ihn dazu bewogen hat, sich zu ändern. Es sind mehr ein Prozess und ein Zusammenwirken von Vergangenheit, Gegenwart und Zukunft. Alles, was die Geister ihm gezeigt haben, führt zusammen zur Änderung.«

»Also ich werde mich nicht ändern, nur weil ich diese drei Briefe von mir an mich gelesen habe«, verkündet Alex schulterzuckend. »Aber darum geht es ja auch nicht.«

Mir liegt auf der Zunge zu sagen, dass allein das Wissen um seine Tochter sein Leben verändern wird, doch ich halte mal wieder den Mund. Schließlich wollen wir gleich unsere Briefe lesen und nicht ein weiteres Mal über Alex reden.

»Ganz genau«, sagt Jonas und hebt seinen Umschlag in die Höhe. »Ein letztes Mal?«

»Ein letztes Mal«, antworten wir alle, als würde es sich dabei um eine Art Ritual handeln. Gleichzeitig öffnen wir unsere Briefe, und ich lese von einer Zukunft, die ich mir erträumt habe, die allerdings nur in Teilen eingetroffen ist.

Vorsichtig schiele ich zu den anderen. Wie erwartet, schaut Annika mit einer Mischung aus Wehmut, Spott und einem Lächeln, das ich nur von Eltern kenne, auf das Blatt in ihrer Hand.

Jonas sieht ähnlich amüsiert aus wie bei seinen vorherigen Briefen. Immer wieder hebt er die Brauen und stößt ein kleines Lachen aus. Er macht sich offensichtlich über sich selbst lustig.

Ganz anders Alex. Er liest mit gerunzelter Stirn und scheint mit jedem Satz blasser zu werden. Was da wohl steht, dass er so reagiert?

»Nun«, beginnt Jonas und lässt sein Blatt sinken. »Kein Wunder, dass ich das vergessen habe. Da steht nur Mist. Oder um es mit meinen Worten von damals auszudrücken: *Fucking Shit*. So habe ich nämlich damals mein Leben gesehen. Und mein jüngeres Ich dachte, es würde immer so weitergehen. Weshalb der Plan war: Abhauen, mich auf Teufel komm raus amüsieren und mit spätestens vierzig den Löffel abgeben.« Grinsend schüttelt er den Kopf.

»Na, da hoffe ich mal, dass es anders kommt. Wie sieht es bei euch aus?«

»Mein Plan war ähnlich wie deiner«, sagt Annika. »Möglichst wenig Verantwortung übernehmen und weit weg von meinen Eltern ein aufregendes Leben führen, eine Art immerwährende Party.« Sie seufzt. »Hat nicht so ganz funktioniert.« Sie sucht Alex' Blick, der sie allerdings kaum beachtet. »Und? Wie sieht es bei dir aus? Du führst doch sicher genau das Leben, das du dir erträumt hast.«

Er hebt abwehrend die Hand und schüttelt den Kopf. »Lass mal Klara zuerst.« Während er redet, sieht er sie nicht an, sondern starrt auf das Papier in seiner Hand.

»Okay, dann also ich.« Die Versuchung ist groß, bei Alex nachzufragen, was eigentlich los ist, aber ich halte mich zurück. »Mein Leben ist fast so, wie es da steht. Ich arbeite bei und mit meinen Eltern, verstehe mich nach wie vor gut mit ihnen und bin glücklich, aber …« Ich breche ab, weil jetzt der Teil kommt, mit dem ich schon das ganze Wochenende hadere, den ich aber immer wieder aus meinen Gedanken verdränge.

»Aber?«, fragt Jonas sanft und versucht, meinen Blick einzufangen.

»Ich bin unverheiratet, habe nicht einmal einen Freund, und von einer Familie bin ich genauso weit entfernt wie damals mit neunzehn.« Ich klinge frustriert, weil ich es bin. Es gibt sicher Menschen mit größeren Problemen, doch das Wissen darum hilft nicht gegen die Sehnsucht in meinem Herzen.

Jonas legt den Kopf zur Seite, sieht mir tief in die Augen, und ich muss aufpassen, nicht darin zu versinken.

»Wie dem auch sei«, wiegle ich ab. »Das war's von mir. Irgendwie deprimierend, oder? Zeigt das nicht, dass dieses Konzept von *Wo siehst du dich in zehn Jahren* irgendwie doof ist?«

»Weil man vieles einfach nicht planen kann«, bestätigt Annika.

»Na ja«, wirft Jonas ein, »zumindest Annikas und meine Pläne beinhalteten ja keine echten Ziele. Feiern, Spaß haben und bloß weg von zu Hause klingt zwar nett, nur kann man damit auf Dauer nicht überleben.«

»Was du ja eh nicht vorhattest.« Annika zwinkert ihm zu. »Sorry, konnte ich mir nicht verkneifen.«

»Hast ja recht.« Er lacht. »Als junger Mensch habe ich den Wert des Lebens nie zu schätzen gewusst. Lag vielleicht auch an meiner Unzufriedenheit und dem Gefühl, eingeengt zu sein.«

»Und das hast du jetzt nicht mehr?« Ich kann mir die Frage nicht verkneifen, obwohl ich die Antwort eigentlich kenne. Er hat in den letzten Tagen oft genug erklärt, wie er lebt und dass es ihm damit gut geht. Trotzdem frage ich mich, ob er wirklich jeden Moment glücklich und mit sich im Reinen ist. Jeder Mensch hat doch manchmal das Gefühl, eingeengt zu sein.

»Klar habe ich das ab und zu noch. Wer nicht? Ich habe dir davon erzählt, was mich in den letzten Monaten beschäftigt hat. Was sich geändert hat, ist meine grundsätzliche Einstellung. Und auf die kommt es am Ende an.« Seufzend winkt er ab. »Ich will nicht schon wieder damit anfangen.« Er schielt zu Alex. »Besonders Alex bin ich gestern genug auf die Nerven gegangen.«

Beim Klang seines Namens schaut Alex auf, nickt und schüttelt dann den Kopf. »Ja, bist du, und nein, es ist …« Er blickt auf das Blatt in seiner Hand. »Ich hatte vollkommen vergessen, was ich da geschrieben habe, und es ist ein ziemlicher Schock, das zu lesen.«

Vergangenheit, Gegenwart und Zukunft

»Jetzt bin ich neugierig.« Annika lehnt sich ein wenig zu ihm herüber. »Was steht da?«

Er bringt den Brief vor ihr in Sicherheit und überfliegt ihn noch mal stirnrunzelnd. »Es dreht sich um meine Zukunft, und das ist … Keine Ahnung, was mich da geritten hat. Ehrlich gesagt klingt kein einziger Satz nach mir.« Er schnippt mit dem Zeigefinger gegen das Papier. »Hier zum Beispiel: *Möglicherweise sollte ich die Ausrichtung meines Medizinstudiums überdenken. Geld ist nach wie vor meine Hauptmotivation. Doch ist das richtig? Sollte es nicht darum gehen, anderen zu helfen? Wären nach dem Studium ein oder zwei Jahre bei ›Ärzte ohne Grenzen‹ oder einer ähnlichen Organisation etwas, das ich ins Auge fassen könnte?*« Er stößt einen Laut irgendwo zwischen Abscheu und Unglaube aus. »Hab ich natürlich nicht gemacht. Warum auch? In mir steckt nun mal kein barmherziger Samariter.«

Oder doch? Ich werde das Gefühl nicht los, dass er vor allem ein Problem mit sich selbst hat. Kurz zögere ich, entscheide mich dann aber doch dafür, ihm zu widersprechen. An diesem Wochenende haben wir uns so viel gesagt, da ist es nur konsequent, damit weiterzumachen. »Warum machst du dich schlechter, als du bist? Zugegeben: Du bist ein egozentrischer Mistkerl, arrogant bis an die Schmerzgrenze und so von dir und deiner Lebensweise überzeugt, dass es fast schon wehtut.«

»Hey! Ist heute Abend Alex-Bashing angesagt? Die Ansage muss ich verpasst haben.« Er hebt die Brauen und sieht eindeutig verletzt aus, obwohl er es zu überspielen versucht. »Wenn das dein Versuch ist, jemanden aufzubauen, dann gute Nacht, Marie.«

»Wart's ab«, antworte ich ruhig. »Jetzt kommt das *Aber*.« Ich suche seinen Blick. »Darf ich?«

»Lass dich von mir nicht aufhalten. Dir fallen bestimmt noch ein paar negative Eigenschaften ein, die du mir zuschreiben kannst.«

»Da muss ich dich leider enttäuschen, sorry. Alles nach dem *Aber* ist nur noch positiv. Soll ich trotzdem weitermachen?« Den letzten Satz kann ich mir nicht verkneifen.

»Ha, ha, sehr witzig. Leg los.« Er wedelt mit der Hand in meine Richtung.

»Du bist einer der empathischsten Menschen, die ich kenne, nur willst du das nicht wahrhaben.« Ich warte, ob mir jemand widerspricht, was nicht geschieht. Also rede ich weiter. »Aus irgendeinem Grund hast du ein Problem damit und nutzt diese Fähigkeit, um andere von dir fernzuhalten. Das, was du da aufgeschrieben hast, entspringt deiner starken Empathie.«

»Da könnte was dran sein«, sagt Annika nachdenklich.

Alex hebt abwehrend die Hand. »Selbst wenn das stimmt, was ich erst mal bestreite, bleibt die Frage, wie ich auf so was gekommen bin. Und warum ich das völlig vergessen hatte.«

»Verdrängt«, kommt es von Jonas. »Das passt nicht zu deinem Image.«

»Wieso auch?«, wehrt er ab. »Warum sollte ich mein Geld mit Wohltätigkeit verschwenden? Denn nichts anderes ist diese Arbeit. Man verschenkt Geld, das man besser verwenden kann.«

»Und was genau machst du damit?«, stellt Jonas die Frage, die mir auch auf den Lippen lag.

»Mir ein gutes Leben gönnen.« Alex' Antwort kommt schnell und scharf.

»Also kochen und backen, anstatt Menschen zu helfen?« Jonas provoziert bewusst, das sehe ich an der Falte auf seiner Stirn. Irgendetwas will er damit bezwecken.

»Auch«, antwortet Alex überraschend ruhig. »Es geht aber vor allem darum, dass ich ein Haus habe, in dem ich mich wohlfühle, in den Urlaub fahren kann, wohin ich will, und mir keine Gedanken darüber machen muss, ob ich mir irgendetwas leisten kann oder nicht. Die Reise hierher zum Beispiel.«

»Die könntest du dir auch leisten, wenn du in einem normalen Krankenhaus als Plastischer Chirurg arbeiten würdest.« Annika zeigt auf ihn. »Du hast schon die richtige Frage gestellt. Warum hast du diese Idee verdrängt?«

Ich kann Alex' Widerwillen sehen. Das ist nichts, womit er sich gern beschäftigt. Verständlich, wenn man bedenkt, wer er ist und wie sein beruflicher Werdegang bisher verlaufen ist.

»Zunächst mal«, sagt er langsam, »passt das nicht zu mir. Ich will erfolgreich sein. Ich muss, um ...« Er stockt und runzelt die Stirn. »Es fällt mir wieder ein.« Sein Blick richtet sich erneut auf den Brief. »Ich habe damals überlegt, ob dieser Wunsch nach Karriere und Reichtum nicht aus mir selbst heraus kommt, sondern anerzogen wurde. Das waren die Ziele meiner Zieheltern. Wie sie sind, hatten wir ja bereits bei den Vergangenheitsbriefen. Und weil ich nichts über meine leiblichen Eltern weiß, habe ich mir die Frage gestellt, wie mein Leben, wie *ich* wäre, wenn ich bei ihnen aufgewachsen wäre.«

»Glaubst du, du wärst dann bei ›Ärzte ohne Grenzen‹ gelandet?« In Annikas Worten klingt eine gehörige Portion Skepsis mit.

»Nein, wahrscheinlich nicht. Vielleicht hätte ich nicht mal Medizin studiert. Keine Ahnung.« Er runzelt die Stirn. »Wenn ich so darüber nachdenke, habe ich damals nach diesen Tagen hier genau das gemacht, was Jonas propagiert: Ich habe mit der Vergangenheit abgeschlossen. Mit der Adoption, den unguten Gefühlen gegenüber meinen Eltern – allen vieren. Und meine Zukunft gelebt. Die Zukunft, die ich mir erträumt habe, weil ich der Mensch bin, der ich nun mal bin. Welche Umstände mich dabei wie stark beeinflusst haben, ist letzten Endes irrelevant. Von genetischen Faktoren einmal abgesehen, sind wir doch alle irgendwie ein Produkt unserer Umgebung.«

»Aber allein die Tatsache, dass du so was damals aufgeschrieben hast, zeigt doch, dass da irgendwo tief drin ein Funken Idealismus steckt. Auch wenn du vehement versuchst, das zu verdrängen. Vielleicht solltest du in Erwägung ziehen, dieser Charaktereigenschaft ab und zu ein klein wenig Raum zu gönnen? Das würde dich mit Sicherheit nicht weniger liebenswert machen, eher im Gegenteil.« Ich finde das zu wichtig, um es nicht laut auszusprechen.

Alex öffnet den Mund, schüttelt den Kopf und sagt dann: »Das ist mir gerade alles ein wenig viel. Lasst mich erst mal die Sache mit meiner Tochter verkraften, danach kann ich mir immer noch überlegen, ob ich mein ganzes Leben infrage stellen möchte.« Er räuspert sich. »Mir hat dieses Wochenende auf jeden Fall mehr Stoff zum Nachdenken beschert, als ich je für möglich gehalten hätte. Wie ist das bei euch?« Er fragt zwar uns alle, sieht aber zu Annika, weshalb ich schweige. Jonas scheint das ähnlich zu sehen, denn auch er schaut zu den beiden und sagt nichts.

»Zum Nachdenken weiß ich ehrlich gesagt nicht«, sagt Annika vorsichtig. »Mich hat es darin bestätigt, dass ich auf einem guten Weg bin. Angesichts meiner suboptimalen Startbedingungen habe ich einiges erreicht.«

»Einiges?«, wirft Jonas ein. »Das ist die Untertreibung des Jahrhunderts. Du bist der Inbegriff einer Powerfrau, nur um das mal klarzustellen.«

Ich bekräftige seine Worte mit einem Nicken, was ihr ein Lächeln entlockt.

»Danke«, sagt sie schlicht. »Das hört man gern. Aber hauptsächlich hat es gutgetan, mir das einmal selbst vor Augen zu führen.« Sie sieht zu Alex, und ihr Lächeln wird breiter. »Und dann ist da die Sache, dass du jetzt Bescheid weißt. So gesehen hat es mich doch zum Nachdenken gebracht. Ich hatte nämlich nicht vor, etwas zu sagen, als ich mich auf den Weg gemacht habe.«

»Freut mich, dass du es getan hast«, sagt Alex, und er klingt ehrlich. Das Schicksal der beiden – oder besser der drei – hat nur wenig mit meinem Leben zu tun, aber trotzdem freue ich mich für sie. So langsam glaube ich, sie können es schaffen, so etwas wie eine Familie zu werden. Falls es das ist, was sie möchten.

Annika spricht unterdes weiter: »Mein Geständnis und dein Wunsch, Vanessa kennenzulernen, werden meine Zukunft wohl stark beeinflussen.«

»Davon kannst du ausgehen«, sagt Alex und schaut sie lächelnd an. Er und ich werden womöglich nie enge Freunde werden, doch er zeigt eine Charakterstärke, die ich respektiere.

Als ob er geahnt hätte, dass ich über ihn nachdenke, deutet er auf mich. »Was ist mit dir? Was haben dir dieses Wochenende und der Blick in deine Vergangenheit gebracht?«

Die Frage kommt nicht unerwartet und erwischt mich doch eiskalt. Weil ich keine Antwort habe, solange ich nicht mit Jonas geredet habe? Anzunehmen. Was soll ich also sagen? Bisher habe ich aus diesen Tagen keine tiefgreifenden Erkenntnisse mitgenommen. Wenn man von der Tatsache absieht, dass ich nach wie vor auf Jonas stehe. Das will ich allerdings nicht vor den anderen zugeben – wenngleich sie es genau genommen schon wissen.

»Ich bin zu dem Ergebnis gekommen, dass mein Leben, so wie es ist, nicht schlecht ist und dass ich das Beste daraus machen werde.« Eine langweilige und generische Antwort, die sicher nicht so tief geht wie bei Annika oder Alex. Nur irgendwie die einzige, die ich bereit bin zu geben.

Alex hebt kurz die Brauen, sagt aber nichts, und auch Annika schweigt.

»Bleibe nur noch ich«, sagt Jonas in die Stille und sieht uns nacheinander an. »Ich habe verdammt viel nachgedacht an diesem Wochenende. Hergekommen bin ich mit einer vagen Vorstellung, die sich in den letzten Tagen immer mehr zur Gewissheit aufgebaut hat. Ich muss an meinem Leben etwas ändern.«

Das überrascht mich zugegebenermaßen. Bisher hatte ich nicht den Eindruck, dass sich für Jonas durch unsere gemeinsamen Tage hier viel geändert hätte. Klar, er weiß jetzt, dass er nicht Onkel ist. Aber das ist kaum eine welterschütternde Neuigkeit, nach der man sein Leben neu ausrichten müsste.

»Willst du deinen Ökotrip aufgeben und endlich in der Realität ankommen?«, fragt Alex, was Annika und mich stöhnen lässt.

Jonas hingegen lacht lediglich. »Nein, das habe ich nicht gemeint. Es geht um etwas vollkommen anderes. Um einen besonderen Menschen.« Bei diesen Worten sieht er mich eindringlich an.

Auf meinen Unterarmen richten sich die Härchen auf. Seine Worte sind eindeutig an mich gerichtet, und sein Blick ist so intensiv, dass sich die Gänsehaut verstärkt.

»Das ist dann wohl unser Stichwort.« Annika steht auf und zieht Alex mit sich.

»Nein, bleibt«, sagt Jonas ruhig und versetzt mir damit einen ordentlichen Dämpfer. »Ich will niemanden verscheuchen. Es geht lediglich darum, was ich aus diesem Wochenende mitnehme.«

»Dann nimm mal mit, dass du Klara eine Erklärung unter vier Augen schuldest«, sagt Alex und bestätigt meine Meinung, dass er es drauf hat zu spüren, was in anderen Menschen vor sich geht. Er ist bestimmt ein richtig guter Arzt.

Galant bietet er Annika seinen Arm an. »Darf ich bitten, schöne Frau? Wir können uns ja noch ein wenig unterhalten. Zu dir oder zu mir?« Die letzten Worte sagt er mit einem Zwinkern, was Annika zum Lachen bringt.

»Zu mir, würde ich sagen.« Sie hakt sich bei ihm ein, bleibt aber vor Jonas stehen. »Verbock das nicht, sonst bekommst du es mit mir zu tun.«

Richtig, die beiden haben ja vorhin lange Zeit miteinander geredet. Über mich offensichtlich. War ja klar. Keine Ahnung, wie ich das finde. Gut, nehme ich an, sonst würde ich ja mit zweierlei Maß messen. Im Grunde haben sich die meisten Gespräche hier um die jeweils nicht Anwesenden gedreht.

»Werd ich nicht«, sagt er so voller Selbstbewusstsein, dass sich Unmut in mir regt.

Hast du längst, will ich antworten, lasse es jedoch, weil es gelogen wäre. Sonst wäre ich kaum hier und würde dem entgegenfiebern, was er zu sagen hat.

»Alles klar, wir verschwinden.« Alex setzt sich in Bewegung und zieht die bei ihm eingehakte Annika mit. »Tut nichts, was ich nicht auch tun würde«, ruft er noch über die Schulter, als sie schon die Treppe nach oben steigen.

Super, danke. Sein letzter Kommentar führt dazu, dass meine

Wangen brennen und die Unruhe in mir wächst. Ich traue mich nicht, zu Jonas zu sehen, auch wenn das bescheuert ist. Im Prinzip will ich ja mit ihm reden. Ohne Erklärung zu gehen, kommt nicht infrage. Also drehe ich den Kopf und sehe seinen Blick auf mich gerichtet. Ein weiteres Mal sind wir allein vor dem Kamin, und ich weiß nicht, was mich erwartet. Dieser Mann macht mich echt fertig.

Manchmal muss man springen

»Ich bin immer noch irgendwie ein Arsch, oder?« Jonas sagt die Worte halb lachend, aber seine Stimme zittert dabei.

Da ich mich wohl ähnlich anhören würde, zucke ich lediglich mit den Schultern. Wahrscheinlich sieht er, dass ich unsicher bin, da muss er es nicht auch noch hören.

»Ein Nein wäre mir lieber gewesen, aber das habe ich wohl verdient.« Sein Blick geht zur Couch. »Setzen wir uns dahin? Ich will … Deine Nähe würde helfen.«

»Nein«, sage ich entschieden. »Mir reicht es, Jonas. Wenn ich neben dir sitze, dich berühre, dieses Parfüm rieche, dann setzt mein Denken wieder aus. Du hast diese Wirkung auf mich, daran kann ich nichts ändern. Aber diesmal werde ich Abstand wahren und die Kontrolle behalten. Wenn dir das nicht passt, ist dieses Gespräch beendet.« Meine passiv-aggressive Reaktion scheint ihn zu überraschen. Fast tut er mir ein wenig leid, aber das ist der einzige Weg, mich nicht vollkommen von ihm überfahren zu lassen.

»Okay.« Er atmet einmal schwer ein und aus. »Wenn ich dich verletzt habe, tut mir das leid. Ich wollte ni…«

»Es spielt keine Rolle, was du wolltest oder nicht«, unterbreche ich ihn. »Was zählt, ist das Ergebnis. Und das ist, dass ich nicht mehr weiß, wo mir der Kopf steht, weil du«, ich zeige auf ihn, »völlig widersprüchliche Signale sendest. Nie bin ich mir sicher, was du wirklich willst. Ich kann das nicht, Jonas.«

Er nickt langsam, fährt sich mit der Zunge über die Lippen und nickt noch einmal. »Du bist … Ich wollte nur …« Seufzend schüttelt er den Kopf. »Folgendes: Dieses Wochenende war dazu da, dass wir zu viert eine schöne Zeit haben. Ich habe mich darauf gefreut, dich wiederzusehen, und gedacht, das wäre eine Chance. Für uns.« Er schaut auf den Boden.

»Gedacht? Und das hat sich nicht bestätigt? Was machen wir dann noch hier?« Ich bin schon dabei zu gehen, als er mich am Arm fasst und zurückhält.

»Verdammt, Klara, bleib bitte. Das ist auch für mich nicht leicht.«

»Für mich ist das alles sehr leicht«, kontere ich. »Du wolltest mal sehen, ob du mich rumkriegst, hat nicht geklappt, und jetzt versuchst du, dich rauszureden.« Ich mache mich aus seinem Griff los. »Machen wir dem Trauerspiel ein Ende und lassen es gut sein. Ich gehe.«

Ohne ihn noch einmal anzusehen, setze ich meine Worte in die Tat um. Das läuft alles nicht so, wie ich mir das vorgestellt hatte. Ganz und gar nicht. Tränen drängen sich in meine Augen, und ich hoffe, sie so lange zurückhalten zu können, bis ich in meinem Zimmer bin. Er soll sie nicht sehen. Wie hatte ich nur denken können, dass dieses Gespräch zu irgendetwas führt? Ich bin dasselbe dumme Mädchen wie damals.

»Klara!« Ich spüre erneut seine Hand an meinem Arm, aber

diesmal versucht er nicht, mich festzuhalten. Seine Berührung ist sanft, und seine Stimme klingt fast flehend. Langsam drehe ich mich zu ihm um.

Er sieht mich aus großen, unendlich traurigen Augen an. »Ich will nicht, dass du gehst. Das wollte ich nie.«

»Ach nein? Gestern Abend sah das aber anders aus. Oder auf der Eisbahn, oder …«

»Du hast ja recht. Ich bin weit davon entfernt, perfekt zu sein, auch wenn ich mit schlauen Sprüchen nur so um mich werfe und damit vielleicht einen anderen Eindruck vermittle.«

»Was willst du von mir, Jonas?« Das ist die alles entscheidende Frage, und ich bin froh, sie endlich gestellt zu haben.

»Dich«, kommt seine leise Antwort. »Immer nur dich.« Er macht einen Schritt auf mich zu, und diesmal bittet er nicht um mein Einverständnis, bevor er mich küsst. Leidenschaftlich, hungrig, ganz so, als wolle er seine Worte damit untermauern. Ein Teil von mir kapituliert und strebt ihm mit aller Macht entgegen. Ich weiß, dass es keine gute Idee ist, aber nach diesem Kuss habe ich mich so lange verzehrt, dass es mir extrem schwerfällt aufzuhören.

Doch der vernünftige Teil in mir gewinnt, und ich löse mich von ihm. »Nein, Jonas. Ich bin keine Frau für eine Nacht, egal, wie gut sich das anfühlt. Das bin nicht ich, und es würde …«

»Klara, warte«, sagt er atemlos. »Gib mir bitte die Chance, mein Verhalten zu erklären.« Er fährt sich durchs Haar, und auf seiner Stirn erscheint diese Falte, die mir zeigt, wie ernst es ihm ist. »Irgendwie kommt alles, was ich sage, falsch an. Eigentlich dachte ich …« Er unterbricht sich und hebt in einer Geste der Hilflosigkeit die Schultern. »Ist auch egal, was ich dachte, weil es nicht funktioniert hat. Können wir uns bitte setzen und darüber reden?«

Ich zögere kurz. »Aber nur, wenn wir dabei Abstand halten.«

»Wie du willst.« Er lässt mich los und dreht sich zu den Sitzgelegenheiten. »Du wählst aus. Couch oder Sessel?«

»Ich bleibe stehen«, sage ich, weil ich mich nicht entscheiden kann. Oder weil ich so die Chance habe, jederzeit zu verschwinden, wenn ich die Nase voll habe.

»Alles klar. Ich nehme die Couch.« Er geht hinüber und setzt sich so, dass genug Platz für mich wäre. »Dann versuche ich es anders.« Er hebt den Blick, sucht meinen, und ich fordere ihn mit einem Heben der Brauen auf, weiterzusprechen. »Als ich dich am Donnerstag hier gesehen und zur Begrüßung in den Arm genommen habe, wusste ich es, Klara. Ich wusste, dass ich mehr von dir will. Ich habe noch genauso auf dich reagiert wie damals, und was noch wichtiger ist, du auch auf mich. Es gab da nur ein Problem.«

»Aha«, sage ich und verschränke die Arme vor der Brust. Keine Ahnung, worauf er hinauswill, doch ich lasse ihn weiterreden.

»Ja, es war ziemlich schnell klar, dass zwischen Alex und Annika irgendwas nicht stimmt. Und dieses Wochenende war ja dazu gedacht, dass wir uns alle wiedersehen und Zeit miteinander verbringen. Ich wollte das nicht sprengen und habe mich deshalb zurückgehalten.«

»Was?« Langsam löse ich meine Arme und starre ihn an.

»Glaubst du, Alex und Annika wären so aus sich herausgegangen, wenn wir zwei die ganze Zeit miteinander herumgeturtelt hätten? Wohl kaum. Ich wollte den beiden einfach etwas Raum lassen, sich zu entfalten.«

»Außerdem wolltest du wissen, ob Vanessa deine Nichte ist, oder?« Die Frage kann ich mir nicht verkneifen.

»Sicher auch das. Aber …« Er hebt einen Finger in die Luft. »Ich wollte dir auch nahe sein, dir zeigen, dass ich Interesse an dir habe und nicht mehr der Kerl von damals bin.«

»Hat nicht gut funktioniert«, sage ich und merke gleichzeitig, wie sich ein Lächeln in meine Züge schleichen will.

»Habe ich gemerkt.« Er lacht unsicher. »Ich dachte, wenn ich deutlich mache, wie es um mich steht, wenn wir allein miteinander sind, genügt das.«

»Spoiler«, sage ich trocken, »hat es nicht. Für mich war es eine Wiederholung dessen, was vor fünfzehn Jahren passiert ist. Du näherst dich mir, wenn wir allein sind, willst es aber vor den anderen verbergen.«

»In gewisser Weise stimmte das ja auch. Nur die Gründe waren andere.« Er schüttelt den Kopf. »Ich habe schon wieder nicht gecheckt, wie sehr ich dich mit meinem Verhalten verletze. Es tut mir leid. Ich dachte ehrlich, ich hätte mein Interesse an dir klar und deutlich zum Ausdruck gebracht.«

»Wie denn? Indem du mich küsst und dann wegspringst, wenn jemand dazukommt? So als wäre nie was gewesen?«

»Das …«, zerknirscht schaut er auf seine Knie, »war echt daneben, Entschuldigung.«

»Ich verstehe es nicht, Jonas. Du hast mich geküsst, mir all diese Dinge gesagt und dich dann mit Alex betrunken? Warum?«

»Ich hätte die Nacht definitiv lieber mit dir verbracht, Ehrenwort.«

»Aha«, wiederhole ich meinen Ausspruch von vorhin und schweige, weil ich es nicht verstehe. Da auch von ihm nichts kommt, füge ich hinzu: »Sah aber nicht so aus.«

»Verdammt, Klara, das ist die Wahrheit. Es hat wehgetan, dich gehen zu sehen.«

»Und trotzdem hast du mich nicht aufgehalten.«

»Weil Alex mich gebraucht hat. Er war echt mies drauf. Das hast du doch auch gesehen. Ich dachte, dass wir beide später noch Zeit füreinander haben würden, er brauchte aber in diesem Augenblick Hilfe. Der viele Punsch war nicht geplant, das ist einfach so passiert.« Er sucht meinen Blick. »Setzt du dich zu mir?«

Ich zögere, entscheide mich aber dann doch dafür. Seine Erklärung ergibt Sinn, und es könnte sein, dass ich vielleicht ein klein wenig überreagiert habe.

Sobald ich sitze, dreht er sich zu mir. »Du hast bei mir eingeschlagen wie ein Blitz. Es war, nein, es ist so unfassbar intensiv, und mir gehen Gedanken durch den Kopf, die mich verwirren. Jetzt, wo mit Annika und Alex alles okay ist, kann ich das zulassen. Mich auf dich konzentrieren. Auf uns.«

Uns, dieses Wort durchflutet mich. Ich sehe, dass er die Hand in meine Richtung ausstreckt, sie jedoch sinken lässt, bevor er mich berührt. Offensichtlich ist er lernfähig.

»Wie stellst du dir dieses *uns* vor?« Eine wichtige Frage, die ich in meiner Fantasie jedes Mal viel souveräner und wortgewandter stelle. Aber gerade bin ich froh, dass ich sie überhaupt rausbekommen habe.

»Können wir unsere Gefühle nicht einfach zulassen und sehen, was am Ende daraus wird? Wie ganz normale Menschen?«

»Das reicht mir nicht.« Diese Worte brechen mir fast das Herz, was sie leider nicht weniger wahr macht. »Du weißt, was mir wichtig ist, was ich mir wünsche. Kinder, eine Familie. Und ich sage es nur ungern, weil das so ein Klischee ist, aber es ist leider wahr: Meine biologische Uhr tickt. Ich werde bald fünfunddreißig, und mit jedem weiteren Jahr wird es schwieriger und gefährlicher. Und wenn ich mehr als ein Kind will, ist es an der Zeit, dass …« Ich breche ab und schließe die Augen. »Aber das ist mein Wunsch und nicht deiner. Ich kann nicht von dir verlangen, dich zu ändern, und du nicht von mir. Schmetterlinge im Bauch sind schön und gut, aber das reicht mir nicht. Ich suche nach einem Partner fürs Leben, tut mir leid.« Eine einsame Träne kullert über meine Wange. Mist, dabei hatte ich mir so fest vorgenommen, nicht vor ihm zu weinen.

Ich habe gar nicht gemerkt, dass er aufgestanden ist, bis seine Hand meine Wange berührt. »Wieso bist du dir so sicher, dass wir nicht das Gleiche wollen?«, sagt er leise und kniet jetzt vor mir. »Die letzten Tage waren intensiv, nicht nur für Alex und Annika. Ich habe viel nachgedacht, besonders über das, was du im Foundling House gesagt hast. Darüber, dass ich im Grunde ein Familienmensch bin.«

Er stockt, lässt seine Hand sinken und verflicht sie mit meiner. Ich ahne, was er sagen will, und halte krampfhaft meine innere Abwehr oben, falls ich danebenliege.

»Ich habe immer gedacht, ich brauche das nicht. Und meine alte Familie will ich auch nicht geschenkt zurück. Doch gerade Alex und seine Adoptionsgeschichte zeigen, dass biologische Verwandtschaft nicht alles ist. Man kann auch selbst eine Familie gründen. Mit einem Menschen, den man sich aussucht. Der einen berührt und vervollständigt.«

Er sucht meinen Blick, aber ich kann ihm gerade nicht in die Augen sehen.

»Sagst du das nur, weil ich es hören will? Ganz ehrlich, eine Hundertachtzig-Grad-Wende, nur weil ich einmal gesagt habe, dass in dir vielleicht auch etwas Familienmensch steckt? Sorry, wenn ich da skeptisch bin.«

»Ja klar, verstehe ich.« Er fährt sich mit der freien Hand durchs Haar und hebt die andere, die mit meinen Fingern verwoben ist. »Aber das zwischen uns fühlt sich auf eine Art richtig an wie lange nichts mehr in meinem Leben.«

Mein Widerstand bröckelt, und um es mit seinen Worten zu sagen: Es fühlt sich auf eine Art richtig an wie lange nichts mehr in meinem Leben.

»Dann möchtest du eine feste Beziehung? Mit allem Drum und Dran?« Ganz überzeugt bin ich nicht, was man meiner Stimme wohl auch anhört.

»Ich glaube zwar nicht, dass irgendjemand so was mit hundertprozentiger Sicherheit versprechen kann, schon gar nicht, solange er so brutal verknallt ist wie ich gerade in dich. Aber ja, ich will das, Klara. Ich will dich in meinem Leben. Ich will, dass es funktioniert. Dass wir zusammen Kinder kriegen und gemeinsam alt und grau werden.« Er lacht unsicher. »Meine Güte, das klingt so kitschig. Klar kann ich nicht in die Zukunft sehen. Wer kann schon sagen, wie es sein wird, wenn uns der Alltag erst mal eingeholt hat? Vielleicht bemerken wir dann erst, dass wir uns gegenseitig höllisch auf die Nerven gehen. Aber das ist ein unvermeidbares Risiko. Nur habe ich das Gefühl, dass es schlimmer wäre, es nicht versucht zu haben.«

»Das wäre es, oder?« Ich fahre mir über die Lippen und kämpfe immer noch mit den Tränen. »Schlimm, es nicht versucht zu haben, meine ich. Du und ich …« Ich blinzle mehrfach, weil diese dummen Tränen sich einfach nicht unterdrücken lassen wollen.

»Ich weiß«, sagt er und zieht mich in eine Umarmung. Seine Lippen berühren mein Haar, seine Hand streicht über meinen Rücken, und ich spüre, dass mir das nicht reicht. Manchmal muss man springen, und ich bin endlich bereit dazu.

Jonas und Klara

Ungeduldig lege ich meine Arme um seinen Hals, ziehe ihn zu mir herüber und suche gierig seinen Mund. Keine halben Sachen mehr, kein Zögern.

Er reagiert sofort und küsst mich so ungestüm, wie ich es mir immer erträumt habe. Ich spüre seine Leidenschaft, weil sie dieselbe wie meine ist. Genau wie die Angst und die Unsicherheit, die immer noch in unseren Hinterköpfen lauern. Doch mit jedem Kuss schwinden diese Bedenken und machen etwas Größerem, Besserem Platz. Dem Gefühl, endlich angekommen zu sein.

Ohne den Kuss zu beenden, setzt er sich neben mich, wobei seine Lippen langsam von meinem Mund herunter zu meinem Hals wandern. »Genauso habe ich es mir vorgestellt«, murmelt er. »Warm, weich und …« Mehr verstehe ich nicht, recke mich ihm entgegen, weil jede Berührung mein Innerstes aufwühlt, das Ziehen verstärkt und nur noch einen Gedanken zulässt: Ich will mehr.

Das zeige ich ihm, indem ich mich rittlings auf seinen Schoß setze. Auch er ist erregt, das kann ich deutlich spüren, und es entlockt mir ein Stöhnen.

Er reagiert sofort, indem er seine Hüfte in meine Richtung schiebt. Seine Härte unter mir macht mich schier wahnsinnig.

Für einen kurzen Moment lässt er von mir ab, wir sehen uns in die Augen, lächeln beide und küssen uns erneut. Langsam diesmal und intensiv. Wir lernen uns kennen, geben, nehmen und fühlen einander.

Meine Hand wandert unter sein Shirt, ich spüre seine Hitze, spiele mit den feinen Härchen auf seiner Brust und überlege gerade, ob ich es wagen kann, ihm das Oberteil auszuziehen, als er sich von mir löst. Schwer atmend sucht er meinen Blick, ein sanftes Lächeln umspielt seine Züge, das mich wohlig seufzen lässt.

»Gehen wir nach oben?«, stellt er die einzig wichtige Frage.

Ich nicke, nehme seine Hand und bewege mich in Richtung Treppe. Gerade als ich die erste Stufe erreiche, zieht er mich erneut an sich, drückt mich gegen die Wand und küsst mich. »Zu lang«, flüstert er, »zu weit weg.« Er nimmt auch meine andere Hand und presst sie über meinem Kopf an die Wand. »Ich brauche dich, will dich spüren, überall.«

Er lässt mir keine Zeit für eine Antwort, und ich glaube nicht, dass er eine erwartet. Offensichtlich redet Jonas beim Sex gern, und ich muss zugeben, dass es mich anmacht. Das habe ich gestern schon gemerkt, als er darüber gesprochen hat, was er mit mir anstellen würde, falls ich es zuließe.

Das hier ist noch besser. Weil es mir aber lieber wäre, wenn das alles hinter einer geschlossenen Tür geschieht, löse ich mich von ihm und stürme regelrecht die Treppe nach oben. Ich höre, wie er mir folgt, werde langsamer und lasse mich im Flur von ihm einfangen.

»Ein Kuss genau hier«, sagt er und stellt sich so vor mich wie vor fünfzehn Jahren. Wieder ist er mir ganz nah, ich kann sein Begehren spüren, das sich mit meinem vermischt. Es ist, als würden wir voneinander angezogen. »Weil ich es damals nicht getan habe und endlich wissen will, wie es sich anfühlt.« Sein Mund sucht leidenschaftlich den meinen, und wir verschmelzen. In meinem Kopf vermischen sich Gegenwart und Vergangenheit mit einer Intensität, die mir schier den Atem raubt. Es ist sogar noch besser, als ich es mir erträumt habe.

»Warum habe ich das damals nicht gemacht?« Er sieht mir in die Augen, und ich erkenne echtes Bedauern darin. Sein Atem streicht über mein Gesicht, und ich lächle.

»Weil es damals nicht so gewesen wäre wie jetzt.« Und dann küsse ich ihn, dränge ihn weiter in Richtung Tür, öffne sie, schiebe ihn hinein und schließe hinter uns ab.

Im Zimmer ist es dunkel, doch ich kann seine Silhouette sehen. Er geht zum Bett, setzt sich darauf und winkt mich zu sich. Mit wenigen Schritten bin ich bei ihm, bleibe aber stehen und versuche, im Mondschein sein Gesicht zu erkennen.

Er lächelt und streckt mir die Arme entgegen. Ich fliege hinein, wir fallen aufs Bett, und für die nächste Zeit lassen wir die Welt hinter uns.

• • •

»Das war …« Jonas lacht und nimmt mich in den Arm. »Das Warten hat sich gelohnt.« Sachte küsst er meine Nase, und ich schmiege mich an ihn.

»Das hat es«, murmle ich schläfrig. Hier bei ihm zu liegen, nachdem wir endlich eins geworden sind, ist wunderschön. Es ist lange her, dass ich diese Art Geborgenheit gespürt habe. »Bleibst du die ganze Nacht?« Ich stelle die Frage ohne Scheu und weiß die Antwort, bevor er den Mund öffnet. Natürlich bleibt er.

»Wenn das für dich okay ist.«

»Mehr als okay.« Ich drehe mich so, dass ich ihn ansehen kann, was in dem schmalen Bett gar nicht so leicht ist. »Ich werde aber auf dir schlafen müssen, so eng, wie es hier ist.«

»Das macht mir nichts aus.« Sanft streichelt er meinen Arm. »Solange du es bist.« Er küsst mich und zieht mich an sich, sodass sich unsere Körper überall berühren. Ich lasse mich fallen, rieche ihn, genieße es und erlaube mir den Gedanken, dass es für immer so sein könnte.

»Ich habe schon damals gewusst, dass du etwas ganz Besonderes bist«, sagt Jonas leise und küsst meinen Hals. »Dir so nahe zu sein, zu spüren, dass du dein Leben mit mir teilen möchtest. Das macht mir Angst und fühlt sich gleichzeitig einzigartig berauschend an.«

Mein Herz explodiert, setzt sich neu zusammen und schlägt auf eine intensive, vollkommen unbekannte Art weiter, die mir Tränen der Freude in die Augen treibt. Und die Sprache verschlägt.

»Nicht weinen, dafür gibt es keinen Grund.«

»Freude«, murmle ich. »Dann muss ich immer weinen.« Ich schniefe und lache gleichzeitig. »Die Vorstellung, wir könnten uns ineinander verlieben, ist …« Ich schluchze erneut. »Lass dich nicht davon irritieren. Ich freue mich über deine Worte und fühle dasselbe.«

»Das beruhigt mich.« Er klingt ernsthaft erleichtert. »Für einen Augenblick hast du mich ziemlich erschreckt.« Seine Lippen finden meine. »Das ist alles neu für mich.«

Dieser Satz lässt mich stutzen. »Ich bin aber doch nicht deine erste Freundin. So neu kann das nicht sein.« Ich rücke ein wenig von ihm ab, um ihm bei seiner Antwort ins Gesicht zu sehen.

»Nicht die erste, nein. Aber die erste, bei der von so was wie Liebe die Rede ist.«

»Du hast Patrizia nicht geliebt?«

»Ich glaube nicht. Ich mochte sie, der Sex war nicht schlecht, wir haben uns ganz gut ergänzt und gegenseitig in Ruhe gelassen. Aber da war das Gefühl, dass wir nicht viel investieren. Wir haben einen gewissen Abstand bewahrt. Mit dir ist das anders. Allein der Gedanke, jetzt zu gehen, ist vollkommen abwegig. Ich will bei dir bleiben.«

Ich hätte nicht gedacht, dass er sein Liebesgeständnis von vorhin noch toppen kann, aber er hat es getan. Dabei schaut er mich mit einer Intensität an, die mich vollkommen vereinnahmt.

»Wie war das bei dir? Hast du schon mal jemanden so geliebt?«

»Ja«, sage ich und sehe, wie sich diese Falte auf seiner Stirn bildet. Diesmal streiche ich mit der Fingerspitze darüber. »Ich bin vierunddreißig und hatte Beziehungen. Zwei richtige, und ich habe beide Männer geliebt. Bei jedem war es anders, aber es war Liebe.«

»Doch es hat nicht gehalten.« Er runzelt die Stirn. »Für mich hat es sich nie so angefühlt wie jetzt mit dir.« Er fasst sich an die Brust. »Der Gedanke, es könnte enden, hat mir nie den Brustkorb abgeschnürt oder Angst gemacht. Jetzt tut es das.«

»Rede doch nicht davon, dass es vorbei ist. Es hat gerade erst angefangen.« Ich streiche noch einmal über seine Stirn, die sich glättet. Seine Worte überraschen mich und erklären einiges. Wahrscheinlich hat er sich unterbewusst immer Freundinnen ausgesucht, die keine feste Bindung wollten. Und alles nur, weil er Angst davor hatte, wieder Teil einer Familie zu sein. Diese Bindungsängste werden nicht von einem Tag auf den anderen verschwinden, aber er sieht das selbst und ist bereit, daran zu arbeiten.

»Ja, wir stehen am Anfang, aber es ist so eine Sache mit der

Liebe. Sie bedeutet, dass man verletzbar wird, angreifbar, und ich habe all die Jahre versucht, mich zu schützen«, bestätigt er meine Gedanken. »Wenn ich jetzt so drüber nachdenke, kam daher auch meine Abwehr gegen Kinder und eine Familie. Wenn man sich so weit öffnet, wird man automatisch verletzbar. Schon durch einen Blick, ein Wort oder eine Geste. Das habe ich als Kind gehasst. Mir ging es erst besser, als ich diese Bande gekappt hatte.« Sanft streicht er über meine Wange. »Wir haben vorhin darüber gesprochen, was wir aus diesem Wochenende mitnehmen. Für mich ist es die Erkenntnis, dass Familie nicht zwangsläufig mit Einengung, Bevormundung und emotionaler Verletzung einhergeht. Meine Eltern haben indirekt immer noch Einfluss auf mich und mein Leben, auch wenn ich das nicht wahrhaben wollte. Meine Einstellung zu Kindern und Familie ist durch sie geprägt, und ich tue vieles, nur um nicht so zu sein wie sie. Das ist eine subtile Verbindung, die viel schwerer zu kappen ist als einfache Kommunikation.«

»Es wird wehtun.« Vielleicht nicht der beste Moment für so eine Aussage, aber ich will diese Beziehung nicht mit einer Lüge beginnen. »Nimm mich als Beispiel. Ich liebe meine Eltern, sie lieben mich, und trotzdem läuft nicht alles glatt. Ich hab dir von unseren Problemen erzählt. Wir verletzen uns, ohne es zu wollen.«

»Mmmmh.« Erneut streifen seine Finger über meine Wange. »Aber egal, was zwischen euch passiert, du hast die Gewissheit, dass sie dich lieben und immer für dich da sein werden. Und du für sie. Eure Liebe ist bedingungslos. Und das ist genau das, was ich möchte, das habe ich endlich begriffen. Fürs Erste bin ich froh über diese Erkenntnis. Und darüber, dass du bei mir bist und bereit, dich mit so einem verkorksten Kerl einzulassen. Ich werde Fehler machen, zu wenig sagen, obwohl ich ständig rede, und denken, dass ich immer mit allem richtigliege.«

»Dann werde ich mir angewöhnen müssen, aus dir herauszukitzeln, was dich tief drinnen beschäftigt, anstatt nur darüber zu brüten, was es wohl sein könnte.« Ich runzle nachdenklich die Stirn. »Das ist etwas, das ich aus diesem Wochenende mitnehme. Ich muss deutlicher formulieren, was mich beschäftigt, geradeheraus nachfragen, wie du darüber denkst, und weniger mutmaßen.«

»Ich finde, du bist darin schon ziemlich gut.« Er küsst mich sanft. »Zum Beispiel bin ich echt froh, dass du darauf bestanden hast, das Einzelzimmer zu nehmen. Sonst könnte ich das nicht tun.« Sein Mund sucht meinen, und ich schmelze in seinen Armen dahin. Wir werden unsere Probleme haben, das sehe ich jetzt schon, aber diese Verbindung zwischen uns, dieses Gefühl, dass der andere genau das ist, was man braucht, wird hoffentlich bleiben und uns alle Klippen umschiffen lassen. Für heute genieße ich einfach seine Nähe. Diese Nacht gehört uns, und egal, wie es im Alltag weitergehen wird – dieses überwältigende Gefühl, eins mit Jonas zu sein, kann mir niemand mehr nehmen.

Die gemeinsamen Stunden vergehen viel zu schnell, und irgendwann falle ich in einen leichten Schlaf, der durch Geräusche auf dem Flur unterbrochen wird. Alex und Annika sind aufgestanden. Unsere Zeit hier ist damit endgültig zu Ende.

»Schon so spät?«, fragt Jonas neben mir und vergräbt sein Gesicht in meiner Halsbeuge. »Ich will nicht, dass es vorbei ist.«

Mein Innerstes jubiliert, strahlt, fliegt ihm zu, und gleichzeitig breitet sich Traurigkeit in mir aus. »Ich auch nicht«, flüstere ich. »Aber ich will mich gern verabschieden.«

Ich mache mich von ihm los und stehe auf.

»Ich auch.« Er dreht sich so, dass er auf dem Boden nach seiner Wäsche suchen kann. »Zwischen uns ist alles gut?«

Ich erstarre. Warum stellt er diese Frage? »Ja?«, antworte ich vorsichtig.

»Es wird gleich komisch werden, sobald wir runtergehen und

die beiden wissen … Zwischen uns soll es nicht komisch sein. Komm her.«

Schnell schlüpfe ich in meine Unterwäsche und folge seiner Bitte. Er legt einen Arm um meine Taille und zieht mich zu sich aufs Bett. »Für mich ist das hier eine Premiere. Wahrscheinlich glaubst du mir nicht, aber ich bin noch nie neben einer Frau aufgewacht.«

Das kann nicht sein Ernst sein. »Hast du nicht gesagt, dass du bei Patrizia übernachtet hast? Oder sie bei dir? Wenn auch selten?«

»Die wenigen Male, die ich bei ihr geblieben bin, habe ich auf der Couch geschlafen. Ihr Bett ist schmal.« Er sieht auf das Bett, in dem wir die Nacht verbracht haben. »Was mich mit dir nicht gestört hat.«

»Und deins ist auch nur für eine Person?« Ich kann einfach nicht glauben, was er mir da erzählt.

»Nein, das wäre breit genug. Aber sie ist nie geblieben, weil meine Tiere bei mir schlafen.« Er runzelt die Stirn. »Das macht dir doch nichts aus?«

»Weiß ich nicht. Ich hatte nie ein Tier, das bei mir hätte schlafen können.« Das ist die Wahrheit. Ich habe mir auch noch nie Gedanken darüber gemacht, ob mich das stören würde.

»Dann testen wir es möglichst bald aus. Wahrscheinlich wird es sie mehr nerven als dich. Eine Hälfte gehört normalerweise ganz ihnen.«

»Wie viele Tiere sind das? Drei Hunde und …«

»Zwei Hunde. Allerdings keine sehr großen.« Er hält seine Hand auf Kniehöhe. »Und vier Katzen.« Er lächelt schief. »Aber die sind nachts nie alle gleichzeitig zu Hause, sondern treiben sich draußen rum.«

»Dann bin ich sehr gespannt auf meine erste Nacht bei dir«, sage ich und kuschle mich an ihn.

»Ich kann es kaum erwarten.« Sein Blick wird ernst. »Ich meine, was ich gesagt habe. Wir haben eine Chance verdient und sind jetzt ein Paar. Nur falls ich das nicht deutlich genug gemacht habe und du etwas anderes denkst.«

»Tue ich nicht.« Zum Beweis küsse ich ihn.

»Gut«, sagt er schließlich und löst sich von mir. »Dann ziehen wir uns an und stellen uns den unausweichlichen Kommentaren.«

Fünfte Strophe

Abschied

»Da du heute Morgen nicht in deinem Bett warst, nehme ich an, dass du sie rumgekriegt hast.« Alex schaut Jonas an und grinst dabei so anzüglich, dass ich mit den Augen rolle. Seine Begrüßung ist wie immer auf den Punkt und ohne Umschweife. Doch heute nervt es mich nicht so sehr wie sonst, auch weil Jonas meine Hand hält und sie nicht loslässt, als wir die Küche betreten.

»Etwas mehr Respekt vor meiner Freundin, wenn ich bitten darf«, sagt Jonas und zieht mich näher zu sich heran, was mir einen wohligen Schauer über den Rücken laufen lässt.

»Freundin?« Alex hebt skeptisch die Brauen und schaut zu mir. »Das hast du dir hoffentlich gut überlegt, Klara.« Er deutet mit dem Kopf zur Kaffeemaschine. »Ein letzter Kaffee, bevor es wieder in den Alltag geht?«

Ich nicke, und Annika schenkt ein. Sobald wir versorgt sind, hebt sie ihre Tasse und schaut uns nacheinander an. »Auf dieses Wochenende, das unser aller Leben verändert hat.« Wir prosten uns zu und trinken.

»Wie seid ihr verblieben?«, will ich wissen, weil es mich interessiert und denke, dass die Frage in unserer Situation berechtigt ist.

»Ich fahre mit Annika nach Darmstadt und lerne Vanessa kennen«, sagt Alex mit einem Strahlen, wie ich es selten vorher bei ihm gesehen habe.

»Glückwunsch.« Jonas hebt die Hand, und Alex schlägt ein.

»Danke. Und ihr?«

Weil wir darüber nicht gesprochen haben, sehe ich zu Jonas, der mit den Schultern zuckt. »Als Nächstes müssen wir zusammen rausfinden, wie wir unser Leben umkrempeln, um eine richtige Beziehung zu führen. Mit allem Drum und Dran. Eltern kennenlernen haben wir ja schon durch, also bleibt mehr Zeit für traute Zweisamkeit.«

Er zwinkert mir verschwörerisch zu, und ich lächle, um zu signalisieren, dass mir gefällt, was er sagt.

»Meinen Segen habt ihr auf jeden Fall.« Annika hebt erneut ihre Tasse. Dabei fällt ihr Blick auf die Küchenuhr, und sie flucht. »Wir müssen uns echt beeilen.« Sie stellt ihren Kaffee ab. »Kümmert ihr euch um das Geschirr?«

»Klar.« Ich sehe ihr nach und lehne mich gegen Jonas, der mich flüchtig küsst.

Alex verzieht das Gesicht. »Ich freue mich ja für euch, bin aber echt froh, dass das nicht das ganze Wochenende so ging. Nichts für ungut.« Er hebt die Hand und verlässt ebenfalls die Küche.

»Noch mal drüber nachgedacht, bedauere ich meine Entscheidung, gewartet zu haben«, sagt Jonas, und ich verstehe ihn gut.

»Schon allein, um ihn zu ärgern, hätte es sich gelohnt«, bestätige ich seine Worte. »Aber vielleicht war es besser so. Wer weiß, ob Annika jemals mit ihrem Geheimnis herausgerückt wäre. Und wie es mit uns beiden gelaufen wäre. Am Ende ist es gut so, wie es war.«

»Solange ich dich habe, ist mir alles andere egal.« Er vergräbt seinen Kopf an meinem Hals, und sein warmer Atem lässt mich genüsslich die Augen schließen.

»Charmeur«, flüstere ich, und wir küssen uns. Ich fühle mich vollkommen geborgen. Es ist so leicht, nachdem die Fronten geklärt sind.

Wir hören Annika und Alex auf der Treppe und gehen in den Flur hinaus. Die nächsten Minuten werden hektisch und überraschend emotional. Sowohl Annika als auch ich haben bei der Verabschiedung Tränen in den Augen.

»Wir bleiben in Kontakt«, sage ich und nehme sie fest in den Arm.

»Ganz sicher. Ich meld mich, sobald Alex weg ist. Muss mich doch bei jemandem über ihn aufregen, der ihn kennt.« Das entlockt uns beiden ein Lachen. »Und wenn Jonas Mist baut, meldest du dich. Oder wenn er was total Süßes macht. Bei dem weiß man nie.«

»Schafft ihr beiden es heute noch?« Alex steht mit genervter Miene in der Tür. »Wir haben einen Zug zu erwischen.«

»Ich komm ja schon.« Ein letztes Lächeln, ein letzter Händedruck mit Alex, und dann sind die beiden verschwunden.

Jonas schließt die Tür, und Stille umfängt uns.

»Jetzt sind sie weg«, sage ich überflüssigerweise und sehe weiter zur Tür.

»Zum Glück.« Jonas schüttelt lächelnd den Kopf. »Ich glaube, noch mal vierundzwanzig Stunden mit Alex hätte ich nicht ertragen.«

»So schlimm ist er nun auch wieder nicht.«

»Doch, ist er. Das wissen wir beide. Das ist aber zum Glück nicht mehr unser Problem.« Jonas nimmt meine Hand, kommt einen Schritt auf mich zu und bringt sie so zwischen unsere Herzen.

»Was mich traurig macht, ist die Tatsache, dass wir uns heute trennen. Ich wäre gern noch ein paar Tage geblieben. Nur mit dir allein.«

»Das wäre schön, geht aber leider nicht. Ich werde im Laden gebraucht.«

»Ich muss ja auch zurück. Wegen der Tiere und so. Also bleiben uns nur ein paar Stunden.«

»Und danach?« Eine Frage, die mir trotz aller Zusicherungen von seiner Seite etwas Angst macht. Sich darauf zu einigen, dass wir ein Paar sind, ist das eine. Aber ich habe keine richtige Vorstellung davon, wie es weitergehen soll. Unsere Leben sind so verschieden, und auch wenn unsere Wohnorte nur wenige Kilometer Luftlinie voneinander entfernt liegen, trennt uns doch ein ziemlich breiter Fluss. Mit öffentlichen Verkehrsmitteln dauert es ewig, und mit dem Auto muss man entweder einen Riesenumweg über eine Rheinbrücke bei Mainz oder Worms nehmen oder die Autofähre benutzen, die allerdings nur bis einundzwanzig Uhr fährt.

Scheinbar sieht Jonas mir meine Sorge an, denn er streichelt mir liebevoll über die Wange, offensichtlich bemüht, mich zu beruhigen. »Du machst dir viel zu viele Gedanken. Wir finden schon Mittel und Wege, uns regelmäßig zu sehen. Ich weiß, dass du gerne im Voraus planst, aber das ist in diesem Fall unnötig. Manche Dinge regeln sich am besten von selbst.«

»Kein Zehnjahresplan?«, versuche ich es mit einem Scherz, weil ich ihm nur so halb recht gebe.

»Kein Zehnjahresplan«, bestätigt er, und in mir zieht sich alles zusammen. Ob aus Freude oder Enttäuschung, kann ich nicht sagen. »Aber ein Zehnstundenplan wäre drin. Ich dirigiere dich jetzt ins Wohnzimmer«, er küsst mich sanft, »und dort liebe ich dich vor dem Kamin.« Ein weiterer Kuss. »Danach packen wir, räumen auf und fahren zum Flughafen. Und sobald wir beide wieder zu Hause sind, telefonieren wir. Gern mit Kamera, dann zeige ich dir, wo ich wohne, stell dich meinen Tieren vor und sage dir hundertmal, wie sehr ich dich vermisse. Wie klingt das?«

Mit jedem seiner Worte beruhige ich mich mehr. Ich werde wohl noch eine Weile brauchen, bis ich mir seiner vollkommen sicher bin. Aber das ist in Ordnung. Ich bin bereit, ihm zu vertrauen. Deshalb sage ich: »Wunderbar.« Meine Stimme ist nur ein Hauch, und wir versinken in einem tiefen Kuss, der mich auf eine herrliche Zukunft hoffen lässt.

Der Vormittag vergeht wie im Flug, und wir machen uns auf die Heimreise. Im Zug sitzen wir eng aneinandergekuschelt, reden über die Vergangenheit – unsere gemeinsame und die, die wir ohneeinander verbracht haben, aber nicht über unsere Zukunft.

Im Flugzeug sitzen wir an verschiedenen Enden und treffen erst nach der Passkontrolle wieder aufeinander. Jonas breitet die Arme aus, und ich fliege hinein. Einen langen Kuss später frage ich: »Wie kommst du nach Hause?« Der melancholische Unterton ist meinen Gefühlen angemessen. Unsere gemeinsame Zeit ist erst einmal zu Ende.

»Ein Freund holt mich ab.« Jonas löst sich von mir, sucht aber meine Hand und hält sie, während wir in Richtung Ausgang gehen. »Und du?«

»Mein Vater«, sage ich und komme mir blöd vor. Mitte dreißig, und meine Eltern holen mich ab.

»Das ist doch toll.« Er bleibt stehen und schaut mich an. »Schäm dich bitte nicht deswegen. Niemals.«

»Ich versuch's.«

»Das will ich doch hoffen.« Sein Druck um meine Finger verstärkt sich. »Dann ist das jetzt unser Abschied?«

Ich nicke, weil ich nicht weiß, wie weit ich meiner Stimme trauen kann. Abschiede sind Mist.

»Wir telefonieren, sobald wir zu Hause klar Schiff gemacht haben, ja?«

Wieder nicke ich und löse meine Hand aus seiner.

»Bringen wir es hinter uns.« Ich versuche mich an einem Lächeln, drehe mich um und gehe schnellen Schrittes an der Gepäckausgabe vorbei zur Ausgangstür.

Kurz bevor ich hindurchgehe, höre ich Jonas' Stimme hinter mir. »So leicht kommst du mir nicht davon.« Ich spüre seinen warmen Atem in meinem Nacken. »Spricht etwas dagegen, dass wir allen zeigen, wie es um uns steht?«

»Aber ich dachte …« Ich breche ab, und ein erleichtertes Lachen steigt in mir auf. »Dich direkt zu fragen, was in dir vorgeht, anstatt davon auszugehen, dass ich es bereits weiß, ist wesentlich schwieriger, als ich es mir vorgestellt habe. Du hast kein Problem damit, mich vor den Augen meines Vaters zu küssen? Oder vor deinen Freunden?«

»Warum sollte ich? Wir sind jetzt zusammen und haben nichts zu verbergen. Vor niemandem. Weder vor meinen Freunden noch vor deinen Eltern.«

Jeder Satz beflügelt mich. Er will das mit mir, das kann ich ihm ansehen. So treten wir gemeinsam nach draußen und zeigen der ganzen Welt, dass wir von nun an zusammengehören.

Mein Vater wartet schon, und ich rechne es ihm hoch an, dass er nichts sagt, als er mich mit Jonas Hand in Hand sieht. Er hebt lediglich die Brauen und begrüßt ihn.

Jonas' Freund ist da weniger zurückhaltend. Mit Blick auf unsere ineinander verschränkten Finger fragt er: »Lohnt es sich, sich ihren Namen zu merken?«

Was ist das denn für einer? Nun, was er kann, kann ich schon lange. »Ist das der Typ, mit dem du geübt hast, dich mit unhöflichen Arschlöchern zu besaufen, bevor du es mit Alex zur Kunstform erhoben hast?«

Jonas' Lachen ist offen, und er zieht mich enger an sich. »Jetzt, wo du es sagst, könnte da was dran sein. Andi, das ist Klara, und ja, ihren Namen wirst du dir verdammt gut merken müssen. Sie ist diejenige, die dir in Zukunft die Hölle heißmachen wird, wenn du dich danebenbenimmst.«

Andi verzieht keine Miene, sondern streckt mir die Hand entgegen. »Verstanden. Klara. Ist gespeichert.«

Ich begrüße ihn und mustere ihn dabei von oben bis unten. Äußerlich gleicht er Alex kein bisschen. Er sieht mehr aus wie eine blonde Version von Jonas mit seinen Boots, den zerschlissenen Jeans und dem Hoodie unter der Steppjacke.

»Ob es lohnt, sich deinen Namen zu merken, werden wir dann noch sehen«, sage ich vollkommen ernst.

»Das ist mein Mädchen.« Jonas küsst mich und wendet sich meinem Vater zu. »Sie haben eine wundervolle Tochter, Herr Bäumler, und ich freue mich drauf, in Zukunft wieder häufiger bei Ihnen zu Gast zu sein.«

»Du bist jederzeit willkommen«, antwortet mein Vater und meint es auch so, was diesen Tag beinahe perfekt macht. Der einzige Wermutstropfen ist, dass ich mich jetzt von Jonas verabschieden muss.

»Wir sehen uns, sobald wir zu Hause alles geregelt haben?«, fragt er lächelnd, und ich nicke.

»So gegen acht?« Bis dahin sollte ich den Fragen meiner Eltern entkommen sein.

»Acht klingt perfekt, aber viel zu weit entfernt.« Jonas küsst mich ein letztes Mal, und ich presse mich an ihn, weil ich ihm voll und ganz zustimme.

»Drei Stunden«, murmle ich zwischen zwei Küssen.

»Drei Stunden«, antwortet er, drückt mich noch einmal fest und zieht sich dann zurück. »Bis später.« Ein glückliches Grinsen erscheint auf seinem Gesicht, und er dreht sich von mir weg. Auch sein Freund grinst, sagt aber nichts. Die beiden verabschieden sich von meinem Vater und verschwinden dann in der Menge.

»Jonas Giesecke also«, kommt es von meinem Vater, der den beiden nachschaut. »Ich habe mich immer gefragt, was aus dem Jungen geworden ist.«

»Winzer für Bioweine«, erkläre ich, und die Heimfahrt verbringen wir damit, dass ich meinem Vater alles über Jonas erzähle, was ich weiß.

Zu Hause erwartet uns meine Mutter mit einem Abendessen, bei dem ich alles noch mal wiederholen darf und danach vom Rest des Wochenendes berichte. Erst um kurz vor acht bin ich zurück in meiner Wohnung und lasse mich auf die Couch fallen.

Ein Blick aufs Handy zeigt, dass Jonas sich bisher nicht gemeldet hat, was mir einen Moment Ruhe beschert. Ich schließe die Augen und versuche, meine Gedanken zu ordnen.

Es ist viel passiert, seit ich am Donnerstagmorgen aufgebrochen bin. Ist das erst vier Tage her? Fast erscheint es mir wie ein ganzes Leben.

Das könnte daran liegen, dass ich mich an diesem Wochenende so intensiv mit meinem eigenen auseinandergesetzt habe wie lange nicht. Und mit dem der anderen drei. Kein Wunder, dass es sich so überwältigend anfühlt.

Die letzten Tage haben Türen aufgestoßen, die ich längst für geschlossen gehalten hatte. Wenn ich ehrlich bin, gehörte schon so etwas Einfaches wie eine Beziehung in diese Kategorie. Ich hatte mich danach gesehnt und gehofft, irgendwann den Richtigen zu treffen, mit dem ich eine Familie gründen könnte, aber in Wahrheit hatte ich aufgegeben. Auch wenn ich nicht sicher bin, ob es mit Jonas langfristig funktionieren wird, bin ich doch optimistisch.

Und freue mich darauf herauszufinden, wie er lebt, wie er seinen Arbeitstag gestaltet. Ich möchte mit eigenen Augen sehen, wofür er brennt, und meine Leidenschaft für Bücher mit ihm teilen.

Dieser Gedanke entlockt mir ein Grinsen. Leidenschaftlich sind noch ganz andere Dinge zwischen uns. Ich schließe die Augen und denke an die letzte, wunderschöne Nacht zurück. Seine Blicke, seine Berührungen, seine Worte. Besonders Letztere haben mich überrascht. Ich wusste vorher nicht, wie sehr es mich anmacht, wenn ein Mann beim Sex darüber redet.

Ich schaue auf mein Handy. Kurz nach acht und keine Nachricht von Jonas. Nicht weiter schlimm, er hat seine Tiere zu versorgen, und wer weiß, wann dieser Andi gegangen ist.

Sein Kommentar war vollkommen unpassend, hat mich aber merkwürdigerweise nicht getroffen. Weil ich Jonas vertraue. Er meint es ernst.

Ein Blick zur Uhr. Viertel nach acht, keine Nachricht. Ich stehe auf und räume meinen Koffer aus. Muss auch gemacht werden.

Um halb neun bin ich fertig und beschließe, dass ja genauso gut ich mich bei Jonas melden kann. Gesagt, getan, es klingelt, und er hebt nicht ab. Irritiert schaue ich auf mein Handy. Dann eben eine Textnachricht per WhatsApp.

Hi, bin zu Hause und fertig mit allem. Freu mich auf unseren Call.

Keine Reaktion, die Häkchen werden nicht blau.

Mit einem tiefen Atemzug versuche ich, die Unruhe, die in mir aufsteigt, zu unterdrücken. Es gibt viele Gründe, warum er nicht ans Handy gehen kann. Hat er nicht gesagt, er habe Hühner? Vielleicht füttert er die und hat das Telefon im Haus gelassen. Oder er steht unter der Dusche. Ja, das wird es sein. Duschen klingt nach einer hervorragenden Idee, sollte ich auch tun.

Ich lasse das warme Wasser über meinen Körper laufen und versuche, bewusst nicht aufs Handy zu achten. Als ich tropfnass im Bad stehe und den Bildschirm aktiviere, ist es Viertel vor neun. Keine Nachricht von Jonas.

Hi, schreibe ich noch mal. Sonst nichts. Was soll ich auch sagen? Ich will ihn schließlich nicht unter Druck setzen. Allerdings hatten wir acht gesagt. Jetzt ist es fast eine Stunde später.

Wie soll ich damit umgehen? Im Grunde habe ich keine Ahnung, wie zuverlässig Jonas ist. Diesen Punkt müssen wir auf jeden Fall klären. Es kann immer etwas dazwischenkommen, aber dann sollte man sich wenigstens …

Die Türklingel lässt mich zusammenzucken. Gleichzeitig meldet mein Handy den Eingang einer Nachricht.

> *Konnte beim Fahren nicht rangehen. Sorry. Machst du mir trotzdem auf?*

Steht dieser verrückte Kerl etwa vor meiner Tür? Ich greife nach meinem Bademantel, werfe ihn über und haste in den Flur. »Jonas?«, rufe ich in den Hörer der Gegensprechanlage.

»Genau der. Lässt du mich rein?«

Ich nicke, stelle fest, dass er das nicht sehen kann, und drücke den Summer. »Hier oben«, rufe ich durch die geöffnete Tür ins Treppenhaus und will meine Frisur richten. Mist, mein Haar ist klitschnass, und ich trage nur einen alten Bademantel. Daran kann ich aber erst mal nichts ändern.

Lächelnd und mit großen Schritten kommt er auf mich zu,

nimmt mich zur Begrüßung in den Arm und sucht meine Lippen. »Ich wollte dich sehen«, murmelt er und küsst mich erneut.

»Und das hättest du mir nicht sagen können?«, frage ich ein wenig atemlos. »Ich habe mir Sorgen gemacht, und …«

»Dann wäre es ja keine Überraschung gewesen.«

»Ich freu mich riesig, dass du da bist.« Meine Worte unterstütze ich mit einem Lächeln und dadurch, dass ich ihm sanft über die Wange streiche. »Nur bitte, gib mir das nächste Mal Bescheid, damit ich weiß, was los ist. Wie gesagt, ich habe mir Sorgen gemacht.«

»Es tut mir leid, ich habe nicht nachgedacht. Mein Handy verbindet sich nur ungern mit meinem Auto.« Er sucht meinen Blick und wirkt ernsthaft zerknirscht. »Ich werde mich bessern. Versprochen.«

Für mich ist die Sache damit erledigt. Es wird immer wieder Punkte geben, bei denen wir uns aneinander gewöhnen müssen, Kompromisse finden. Aber ich bin zuversichtlich.

»Danke«, sage ich und schaue an ihm hinab. Er trägt keine Jacke, wahrscheinlich weil er im Auto gesessen hat. Auf Brusthöhe prangt ein großer, dunkler Fleck. Das war wohl ich. »Sorry, jetzt bist du ganz nass.«

Ein amüsiertes Lächeln erscheint in seinen Zügen. »Was hältst du davon, gemeinsam unter die Dusche zu gehen?« Mit dem Zeigefinger fährt er langsam meinen Hals entlang und fängt einen Wassertropfen auf.

»Das würde mir gefallen.«

»Gut, mir nämlich auch. Und dann übernachte ich hier. Andi hat sich bereit erklärt, die Tiere einen weiteren Tag zu versorgen. Als Buße für sein ungehobeltes Benehmen.« Er küsst mich. »Keine Dauerlösung, aber mir fällt schon was ein. Das nächste Mal kommst du auf jeden Fall zu mir.«

»Ich kann es kaum erwarten«, sage ich und schließe die Tür. Anschließend führe ich ihn ins Badezimmer. Eine Sache steht zumindest fest: Mit Jonas an meiner Seite wird es nie langweilig werden.

Zehn Jahre später

»Hier sieht es aus wie damals. Unglaublich!« Kopfschüttelnd steht Annika im Wohnzimmer des kleinen Cottages in Rochester.

»Immer noch keine Heizung?« Alex schaut sich mit hochgezogenen Brauen um. »Und renoviert hat hier auch seit einer Ewigkeit niemand. Selbst die Möbel sind dieselben. Na ja, solange es Leute wie euch gibt, die einen Haufen Kohle hinblättern, um diese Bruchbude zu mieten …«

»Gott, was habe ich euch vermisst!« Ich laufe auf Annika zu und ziehe sie in eine Umarmung.

»Ihn auch?« Annika deutet auf Alex. »Er ist nämlich mal wieder unerträglich. Ihr könnt ihn gern das Wochenende über haben, dann habe ich zur Abwechslung mal meine Ruhe.«

»Danke, kein Bedarf«, kommt es von Jonas, der sie ebenfalls in den Arm nimmt. »Wir freuen uns auf ein kinderfreies Wochenende ohne ständiges Genörgel. Ich verstehe ja, dass du dringend einen Babysitter für Alex brauchst, aber wir stehen leider nicht zur Verfügung, sorry.«

»Haben wir uns jetzt genug über mich lustig gemacht? Falls ja, würde ich euch gern begrüßen.« In Alex' Stimme klingt ein Lachen mit, und ich breite die Arme aus.

»Komm her. Schön, dich zu sehen.« Wir drücken uns, und ich zeige nach oben. »Jonas und ich haben unser Zimmer schon ausgesucht. Wir wussten nicht, ob ihr eins zusammen nehmt oder lieber getrennt schlafen wollt.« Mein Vorgehen ist nicht gerade subtil, aber in den letzten zehn Jahren haben wir bei Alex und Annika so ziemlich jeden Beziehungsstatus gesehen, den man sich denken kann. Von *Glücklichstes Paar der Welt* bis zu *Wir reden nicht mehr miteinander* war alles dabei. Die letzten Jahre, seit er in ihre Nähe nach Frankfurt gezogen ist, scheint es meistens so eine Art Freundschaft-plus-Ding zu sein, aber man weiß trotzdem nie so genau, woran man bei den beiden ist.

»Zwei«, kommt es von ihm.

»Eins«, gleichzeitig von ihr, und ich unterdrücke ein Grinsen.

»Ehrlich?«, fragt er überrascht.

»Mit so was mach ich keine Scherze«, antwortet Annika ernst, und ein Lächeln erscheint auf seinem Gesicht.

»Okay. Soll ich die Koffer übernehmen?«

Sie nickt, und Alex macht sich auf den Weg nach oben. »Ich helf dir.« Jonas läuft ihm hinterher, und gemeinsam hieven sie die schweren Koffer die Treppe hoch.

Das ist eines der Dinge, für die ich Jonas liebe. Er hat ein Gespür dafür, wann er besser verschwinden sollte, und tut es dann auch.

»Hattet ihr Streit?«, stelle ich die offensichtliche Frage, und Annika seufzt.

»Eigentlich nicht. Er hat nur die ganze Zeit gemosert, weil wir den Zug genommen haben. Kennst ihn ja. Er wäre lieber geflogen, was er ja hätte machen können. Ich habe sicher nicht von ihm verlangt, dass er mich begleitet.«

»Dann ist zwischen euch alles beim Alten?«

»Hat sich nichts geändert seit dem Sommer.« Annika lässt sich in einen Sessel fallen. »Oder doch, er hat jetzt die Chefarztstelle, auf die er so scharf war. Hat sein ohnehin schon überdimensionales Ego noch weiter aufgeplustert.« Trotz der harschen Worte höre ich Stolz in ihrer Stimme.

Nach unserem Treffen hier vor zehn Jahren hat Alex seinen Job als Schönheitschirurg in einer Privatklinik aufgegeben und auf Rekonstruktive Chirurgie umgesattelt. Das heißt, er hilft inzwischen vornehmlich Unfallopfern oder Menschen, die durch schwere Krankheiten entstellt sind. »Eine wirkliche Überraschung ist das aber nicht. Er ist und bleibt eben Alex. Das weiß niemand besser als du.« Ich setze mich in den Sessel neben ihr.

»Ja, stimmt. Überraschenderweise kommt Vanessa nach wie vor gut mit ihm aus, die beiden sind sich in mancher Hinsicht geradezu unheimlich ähnlich, auch wenn mir das früher nie so aufgefallen ist. Und ich …« Sie zuckt mit den Schultern. »Ich gebe das nur ungern zu, aber da gibt es eine Verbindung zwischen uns, über Vanessa hinaus. Vielleicht ist das Liebe, wer weiß?«

Diese Worte aus Annikas Mund kommen einem Liebesgeständnis so nahe wie nichts, was ich je zuvor von ihr gehört habe.

»Weiß er das?«

»Das will ich schwer hoffen. Nach unserem letzten großen Crash hat er aber einiges wiedergutzumachen. Ich bin mit dem Angebot, gemeinsam ein Zimmer zu nehmen, auf ihn zugegangen. Jetzt ist er dran.« Sie seufzt und macht eine wegwerfende Handbewegung. »Anderes Thema. Wie ist es so, ein paar Tage ohne Kinder?«

»Wie immer ein Genuss«, gehe ich auf den Themenwechsel ein. »Und gleichzeitig merkwürdig. Lisa war noch nie so lange von uns getrennt, und meine Eltern haben zum ersten Mal alle drei auf einmal. Wird schon schiefgehen.«

»Wie alt ist Lisa jetzt? Zehn Monate?«

»Elf. Und inzwischen ziemlich mobil. Darius vergöttert seine kleine Schwester und passt ganz wundervoll auf sie auf. Und Lotte ist sich noch nicht sicher, wie ihr die Rolle als große Schwester gefällt. Das übliche Chaos also.«

»Redest du von den drei Plagen?«, fragt Jonas mit einem Lachen in der Stimme. In Wahrheit liebt er unsere Kinder über alles und geht voll in seiner Rolle als Vater auf. Dabei ist es egal, ob er sich mit dem achtjährigen Darius, der fünfjährigen Lotte, der kleinen Lisa oder allen zusammen beschäftigt.

Denn obwohl Lisa nicht geplant war, vervollständigt sie unsere kleine Familie. In dem Moment, als ich sie im Arm hielt, wusste ich, dass wir jetzt komplett sind. Eine Schwangerschaft über vierzig war kein Zuckerschlecken. Zumal ich mitten im Umzug des Buchladens steckte. Meine Eltern sind schließlich doch in Rente gegangen, und ich habe ihren Buchladen in mein neues Zuhause verpflanzt. Der alte Stall in unserem Hof ist jetzt ein Buch-Begegnungscafé, wie ich es mir immer erträumt habe. Der Umzug und die Eröffnung waren in Verbindung mit der Schwangerschaft beschwerlich und chaotisch, aber wir haben es gut überstanden, der neue Laden läuft sogar besser als erwartet, und das Familienleben zu fünft gefällt uns.

»Von wem sonst?«, beantworte ich Jonas' Frage und strecke meine Hand nach ihm aus. Er zieht mich an sich und beugt sich für einen leidenschaftlichen Kuss zu mir herunter.

»Das ist ja widerwärtig, nehmt euch ein Zimmer! Dass ihr zwei euch immer noch wie ein frisch verliebtes Paar benehmt, werde ich nie begreifen. Was stimmt nicht mit euch?« Alex ist mal wieder echt unausstehlich, da muss ich Annika recht geben.

»Es wird noch besser«, übergeht Jonas, der meine Hand nimmt, seinen Kommentar. »Wir haben vor einer Woche geheiratet.«

»Was?« Kommt es von Annika. »Und wir waren nicht eingeladen?«

»Niemand war eingeladen«, sagt Jonas ruhig, und ich ergänze: »Es waren nur meine Eltern und die Kinder dabei. Im Grunde war es eine Formalität. Das muss man nicht feiern.«

Annika runzelt die Stirn. »Na gut, dann lasse ich euch das gerade noch mal so durchgehen. Kurz Bescheid geben hättet ihr trotzdem können.«

»Wir wussten doch, dass wir euch heute sehen.« Jonas zuckt mit den Schultern und sieht von Annika zu Alex.

»Wirst du auf deine alten Tage doch noch vom Hippie zum Spießer?«, fragt Alex.

»Es wurde Zeit.« Jonas setzt sich auf die Lehne meines Sessels und lächelt glücklich. In seinen Haaren zeigen sich die ersten grauen Strähnen, was ihm wahnsinnig gut steht.

Auch ich lächle und ergänze: »Wir dachten, nach zehn Jahren können wir auch den letzten Schritt gehen.«

»Abgesehen davon haben wir mit drei Kindern sowieso keine Zeit für eine Trennung.« Jonas zwinkert mir bei diesen Worten zu.

»Und, wie fühlt es sich an?« Alex richtet die Frage eindeutig an Jonas, der erneut mit den Schultern zuckt.

»Ehrlich gesagt nicht anders als vorher.«

»Ich sehe keine Ringe.« Natürlich überrascht ihn das. Wie alle.

»Wir haben uns dagegen entschieden«, antworte ich.

»Ein Ring am Finger macht die Sache nicht mehr oder weniger wahr«, ergänzt Jonas. »Wir wissen, was wir uns versprochen haben, und nur das zählt.«

»Na, dann herzlichen Glückwunsch.« Annikas Worte klingen ehrlich. »Wenn es wer schafft, dann ihr beiden.«

»Danke«, antworten wir gleichzeitig.

»War das ausreichend Small Talk, um der Höflichkeit Genüge zu tun?«, fragt Alex und schielt in Richtung Küche. »Ich habe Hunger, und irgendwer muss den Punsch vorbereiten.«

Ein allgemeines Stöhnen ist die Antwort. »Du weißt schon, dass den niemand mag außer dir?« Jonas verzieht das Gesicht.

»Ich mag den auch nicht«, antwortet Alex. »Aber es ist Tradition, da kann man nichts machen. Kochen wir beide? Annika wollte eh noch irgendwas wegen des Festivals mit Klara besprechen. Sollen sie das hinter sich bringen, dann haben wir den Rest des Wochenendes fürs Vergnügen.«

Die zwei verschwinden in der Küche, und ich sehe ihnen nach. »Wer hätte gedacht, dass wir noch mal hier enden?«, fragt Annika lachend, und ich wende mich ihr zu.

»Fünfundzwanzig Jahre ist das erste Mal her, eine halbe Ewigkeit«, stimme ich zu. »Und ich bin froh, dass wir die letzten zehn davon Kontakt gehalten haben.«

»Aber hallo! Was mich zum WtKF bringt. Was hältst du davon, wenn wir nächstes Jahr einen Act mehr anbieten und …«

Schon sind wir mittendrin in der Planung unseres jährlichen *»Wein trifft Kultur«*-Festivals, das inzwischen in der ganzen Region bekannt ist. Wir erweitern das Programm jedes Jahr, und was anfänglich ein Samstagnachmittag war, ist inzwischen ein ganzes Wochenende. Es gibt ein buntes Programm für Kinder und Erwachsene. Musik, Comedy und Lesungen wechseln sich ab. Für jeden Geschmack ist etwas dabei.

Jonas ist verantwortlich für Essen und Getränke, ich kümmere mich um die Literatur und Annika um den Rest. Selbst Alex hilft inzwischen mit.

»Fertig mit Planen?« Jonas steht in der Tür und streckt mir eine Hand entgegen. »Es fängt an zu schneien und …«

»Und dieser Romantiker ist der Meinung, dass wir rausgehen sollten, um uns das anzusehen, weil es in Südkorea eine Art Brauch gibt.« Sichtlich irritiert runzelt Alex die Stirn, was mir ein Lachen entlockt.

»Liebespärchen treffen sich dort beim ersten Schnee, weil er ein gutes Omen ist und das Liebesglück vertieft«, erkläre ich. »Bestimmt sehen wir zu viele koreanische Serien, aber ich mag diesen Brauch.« Ohne zu warten, was Annika tut, stehe ich auf, nehme Jonas' Hand und ziehe ihn hinter mir her nach draußen. Vor der Tür bleiben wir stehen und schauen in die weiße Pracht. Zusammen mit der weihnachtlichen Beleuchtung zum *Dickensian-Christmas-Festival* sind die weißen Flocken ein toller Anblick.

»Na, dann probieren wir das doch mal«, höre ich Alex neben mir und drehe überrascht den Kopf. Er hat den Arm um Annika gelegt und spricht weiter. »Wenn ihr nach zehn Jahren den Bund fürs Leben schließen könnt, schaffen wir es vielleicht, doch noch ein Label auf unsere Beziehung zu kleben.«

»Glücklich nur manchmal zusammen?«, fragt Annika lächelnd.

»Wie wäre es mit: Glücklich zusammen, aber mit ausreichend persönlichem Freiraum in getrennten Wohnungen und Städten?« Alex klingt sanft und ernst zugleich, was Annika zum Lächeln bringt.

»Klingt schon nicht schlecht, aber dir fällt bestimmt noch was Längeres ein.« Sie lehnt sich an ihn und ich spüre Jonas' Arm um meine Schultern, während wir gemeinsam die tanzenden Schneeflocken beobachten.

Danksagung

An der Entstehung eines Romans ist nie nur eine Person allein beteiligt. Von der ersten Idee bis zum fertigen Buch begleiten mich viele Menschen, von denen ich einigen an dieser Stelle meinen besonderen Dank aussprechen will.

Zuerst ist da Nina, meine tolle Agentin, die mich gefragt hat, ob ich nicht mal Lust hätte, eine Weihnachtsgeschichte zu schreiben. Schnell habe ich dabei an Charles Dickens gedacht, denn genau wie Klara liebe ich *A Christmas Carol,* habe es mehrmals gelesen (auf Deutsch und Englisch) und verschiedene Verfilmungen gesehen.

Die erste Idee war geboren, und ich machte mich zusammen mit meinem Mann ans Plotten. Wie immer ist er mein steter Begleiter, Brainstorming-Partner, Ideenlieferant und erster Lektor. Danke, ohne dich wären meine Geschichten nur halb so gut.

Dann ist da Yvy Kazi, die stets ein offenes Ohr für mein Gejammer, meine Selbstzweifel und all die Unwegsamkeiten hat, die das Autorinnenleben bestimmen. Von ihr stammt die Bezeichnung »Kalenderspruchgenerator« für Jonas und die Sache mit dem Eichhörnchen. Wer mehr darüber erfahren will, wie das mit den Eichhörnchen ist, dem empfehle ich ihr Buch *Crazy Kind Of Love.*

Danke auch an Tatjana, Kim, Raywen und Corinna für die allmorgendliche Unterstützung in unserer Schreibgruppe. Ihr seid die Besten.

Die Leseprobe war also geschrieben, und die liebe Nina hat ein ganz wundervolles Zuhause für meine vier Protagonisten des *Weihnachtsbuchclubs* gefunden. Danke an den Ullstein Verlag und meine dortige Lektorin Nicola, die meinem Buch den letzten Schliff gegeben hat.

Und natürlich tausend Dank an meine treuste Testleserin Vicky, die auch das leckere Scones-Rezept geliefert hat. Du weißt gar nicht, wie viel es mir bedeutet, dass du mich schon so lange beim Schreiben begleitest, obwohl wir uns in einem ganz anderen Zusammenhang kennengelernt haben.

Bleibt mir nur noch, euch zu danken, liebe Leserinnen und Leser. Meine Geschichten sind für euch, und ich hoffe natürlich, dass Klara, Jonas, Annika und Alex euch ein wenig in Weihnachtsstimmung gebracht haben und ihr dem Alltag entfliehen konntet.

Falls ihr Lust habt, ein wenig zu schnuppern, was ich noch alles so geschrieben habe, schaut gern auf meiner Website www.nicoleknoblauch.de vorbei.

Marie Hatzbach ist ein Pseudonym, unter dem ihr auch weiterhin humorvolle Liebesgeschichten mit authentischen Charakteren von mir zu lesen bekommt.

Ich wünsche euch ein besinnliches Fest und verbleibe mit herzlichen Grüßen

Eure Marie Hatzbach/Nicole Knoblauch

Winterwunder sind auf Sylt zum Greifen nah

Aleas Leben verläuft durch und durch geordnet. Bis ihre geliebte Tante sich bei einem Sturz schwer verletzt und Alea überstürzt auf das winterliche Sylt reist. Ihre Beziehung überlebt das nicht, aber es bleibt keine Zeit für Herzschmerz: Alea kümmert sich plötzlich nicht nur um die wirtschaftlich angeschlagene Kerzenmanufaktur ihrer Tante, sondern auch um deren Hundewelpen! Ein Glück, dass Nachbar Felix ihr mit dem Weihnachtsgeschäft zur Hand geht. Schneller als gedacht, findet Alea sich in ihr neues Leben ein und sucht nach einem Investor für den Laden, um dessen Überleben zu sichern. Doch als die potenzielle Investorin auf Sylt auftaucht, entpuppt sie sich als niemand anderes als Felix` Partnerin. Ist ein Weihnachtswunder noch möglich?

Julia Rogasch

Winterträume in der kleinen Manufaktur am Meer

Ein Sylt-Roman

Taschenbuch
Auch als E-Book erhältlich
www.ullstein.de

ullstein